迪拜世博会·广东启示录

张欢 编著

广东旅游出版社

中国·广州

图书在版编目（CIP）数据

迪拜世博会·广东启示录 / 张欢编著 . – 广州：广东旅游出版社，2024.5
ISBN 978-7-5570-3200-5

Ⅰ . ①迪… Ⅱ . ①张… Ⅲ . ①新闻报道－作品集－中国－当代 Ⅳ . ① I253

中国国家版本馆 CIP 数据核字 (2024) 第 032448 号

出 版 人：刘志松
策划编辑：官　顺
责任编辑：林保翠
图片提供：张　欢
装帧设计：朱经纬
责任校对：李瑞苑
责任技编：冼志良

本书出版受到呈映画传媒（广州）有限公司"慕课制作与新媒体运营"项目的资金支持，项目编号：330601052202

迪拜世博会·广东启示录
DIBAI SHIBOHUI GUANGDONG QISHILU

广东旅游出版社出版发行
（广州市荔湾区沙面北街71号首、二层）
邮编：510310
电话：020-87347732（总编室）　020-87348887（销售热线）
投稿邮箱：2026542779@qq.com
印刷：河北文盛印刷有限公司
地址：河北省保定市涿州市东仙坡镇下胡良北口
开本：787毫米×1092毫米　16开
字数：296千字
印张：16.75
版次：2024年5月第1版
印次：2024年5月第1次印刷
定价：88.00元

［版权所有　侵权必究］
本书如有错页倒装等质量问题，请直接与印刷厂联系换书。

目录
contents

序言 / 1

引言 / 3

高层关注　多方推动

国家主席习近平在迪拜世博会中国馆的致辞 / 005

国务院副总理胡春华向迪拜世博会中国国家馆日活动发表书面致辞 / 008

中国贸促会会长高燕：中国高水平参加迪拜世博会 / 009

阿联酋驻华大使阿里·扎希里：迪拜世博会是孕育商机的平台 / 011

国际展览局秘书长迪米特里·科肯切斯：世博会中国馆彰显世博会价值观 / 014

上篇：回顾篇

01 第一章　疫情大考

第一节　数字防疫——中国方案创新社会价值 / 022

　　精彩亮相！2020年迪拜世博会中国馆正式开馆 / 023

　　中国防疫"黑科技"启航2020年迪拜世博会 / 025

　　中阿两国人士分享疫苗合作经验 / 027

第二节　数字参博，拓展无限可能 / 031

　　线上：广东—阿联酋经贸对接会　不出国门"享商机""拓市场" / 032

　　线上：小程序打卡世博会 / 033

　　线下到线上：迪拜到广深 / 035

02 第二章 数字未来

第一节　数字技术：刷新全球经济发展路径 / 040

　　英国：文化与人工智能的碰撞 / 041

　　比利时：多维可持续发展 / 042

　　荷兰：农业生产新变化 / 045

　　德国：MULTI 无缆电梯 / 047

　　中国：科技出海，再展大国风采 / 049

第二节　数字合作：注入广东智慧 / 055

　　广东智慧——迪拜世博会的建造印记 / 056

　　数字未来——广东熊猫机器人优悠载誉归来 / 059

03 第三章 中阿机遇

第一节　世博会上的可持续发展 / 066

　　迪拜世博会的可持续展馆 / 067

　　迪拜世博会各展馆各显身手，力推可持续 / 069

第二节　世博会期间的能源合作 / 072

　　世博会期间的能源合作·山西篇 / 073

　　世博会期间的能源合作·上海篇 / 074

　　世博会期间的能源合作·广东篇 / 075

04 华夏之光

第四章

第一节　中华文明，生生不息 / 080

润物无声：中国馆内外回荡浓烈的中华文化氛围 / 081

形式万千：多种文化形式展中华文化之美 / 086

灼灼其华："中国华服周"展华服之韵 / 091

第二节　魅力广东，文化盛宴 / 093

深圳文艺之声响彻"华夏之光" / 094

"广东活动周"图片展世博之美 / 098

05 "一带一路"

第五章

第一节　"广东周"活动精彩纷呈 / 102

科技出海，同步共赢：迪拜世博会的"广东时刻" / 103

扩大开放，深化合作：迪拜世博会推动广东跨境电商高质量发展 / 107

招商引智，先驱先行：迪拜世博会"粤式营商"释放红利 / 112

携手合作，开创未来：迪拜世博会为大湾区发展注入新动能 / 116

奇迹之城，未来之城：迪拜世博会"深圳日"展创新之城风采 / 120

第二节　广东特色产业"走出去" / 122

地理标志产品成广东特产新势力 / 123

粤阿经贸合作注入新动力 / 127

从黄金时代迈向光辉未来 / 130

III

06 第六章 世博往昔

1982 年美国诺克斯维尔世博会：能源——世界的原动力 / 135

1984 年美国新奥尔良世博会：河流世界——水乃生命之源 / 137

1985 年日本筑波世博会：新兴技术科创区 / 139

1988 年澳大利亚布里斯班世博会：技术时代的娱乐 / 142

1992 年意大利热那亚世博会：船舶与海洋 / 145

1998 年葡萄牙里斯本世博会：海洋——未来的财富 / 148

2000 年德国汉诺威世博会：人·自然·科技 / 151

2005 年日本爱知世博会：自然的睿智 / 153

下篇：启示篇

07 第七章 后疫情时代的谋与变

困境：疫情下的广东企业 / 160

出路：疫情下的新机遇、新对策 / 163

突围：广东"专精特新"企业启动拯救订单计划 / 166

专家视角：将广东构建为我国双循环发展格局的新引擎 / 171

08 第八章 数字化时代 朝夕必争

树立：全国数字政府建设标杆 / 178

坚定：自主创新的高质量发展之路 / 180

推进：数字化技能人才培养 / 184

探索：粤澳深度合作的标杆和样本 / 186

专家视角：智慧城市建设中的数字孪生与元宇宙 / 188

09 第九章 后石油时代的优势互补

转型：一道艰难的必答题 / 194

破局：广东谋划布局新能源 / 197

推动：清洁能源成为广东能源消费增量主体 / 199

奋起：广东光伏产业开始发力 / 201

携手：共同下好能源合作一盘棋 / 204

专家视角："双碳"产业战略的可持续发展 / 206

10 第十章 丝路复兴　正当其时

应对："一带一路"上的文化挑战 / 212

守护：传承岭南文脉 / 214

创新：丝绸之路上文化遗产的保护性开发 / 217

抵达：更美的"诗和远方" / 220

专家视角：让岭南文化之花开遍五洲 / 223

V

11 第十一章 "一带一路" 争当领头羊

打造：一中心、一门户、一样板、一纽带 / 228

助力：广东跨境电商出海 / 230

开创：对外开放新高地 / 232

重视：机遇与挑战并存 / 234

专家视角："一带一路"与广东地缘经济功能重塑 / 238

12 第十二章 点亮人民美好生活

倡导：构建人类命运共同体 / 244

擘画：美好生活新蓝图 / 246

专家视角：率先打造人民美好生活的幸福家园 / 250

参考文献 / 254

后记 / 255

序言
PREFACE

沟通思想
创造未来

2021年10月1日,迪拜世博会盛大开幕,这届世博会首次在中东地区举办,汇聚了全球192个国家和地区。展会主题为"沟通思想、创造未来",目的是加强彼此了解、扩大相互交流、促进文明互鉴与共同繁荣,大家携手共同探索应对未来发展、能源安全、卫生健康、气候变化等挑战人类生存的解决方案。在182天的世博会展期里,中国满怀着构建人类命运共同体的美好愿景与世界各国积极探讨未来的可持续发展之路,积极开展先进技术和经验做法的共享互动。

10月1日,习近平总书记为阿联酋迪拜世博会中国馆作视频致辞指出:"中方倡议,世界各国人民一道努力,回应时代呼唤,加强全球治理,以创新引领发展,朝着构建人类命运共同体的方向不断迈进。"面对百年变局和世纪疫情,人们期待彼此沟通思想,携手应对挑战,共同创造未来。习近平总书记准确把握历史前进方向,从各国整体和长远利益出发,超越社会制度、发展阶段以及民族宗教的迥异,创造性地提出构建人类命运共同体的重要理念,对世界之惑给出了中国解答,为时代之问提出了中国方案。

广东作为我国的人口大省、经济大省、文化大省以及开放大省,在以习近平同志为核心的党中央的坚强领导下,认真贯彻落实党中央、国务院决策部署，坚持构建人类命运共同体理念，借助世博会这个大舞台，通过承办中国国家馆日文艺演出和举办"广东活动周"系列活动，为世界献上了一场中西方文化融合的文化盛宴，展现了广东新变化、新成就、新形象，搭建起大湾区连接世界的"彩虹桥"。在新冠肺炎疫情影响下，广东省以"合作创新、魅力湾区"为主题，在迪拜、广州和深圳线上线下同步启动了16场活动，实现不出国门看世界、享商机、拓市场，促进了广东与世界各国的经贸文化交流，为粤港澳大湾区建设注入强劲动能。《迪拜世博会 广东启示录》一书全面总结我省参博工作，介绍了迪拜世博会上世界各国的先进科技、发展理念和未来路径，研究和借鉴世界各国的优秀文化，创造性地提出迪拜世博会对广东社会、经济、文化的重要启示，具有一定的研读意义。

持续不断地交流和互鉴使得文明多彩而丰富。我们要善于通过世博会的平台，从不同文明、不同种族、不同国家寻求智慧，汲取营养，更加完整、准确、全面贯彻新发展理念，紧紧抓住"双区"和两个合作区建设重大机遇，扎实打造新发展格局战略支点，全面深化改革开放，坚持创新驱动发展，坚定不移推动高质量发展，努力实现习近平总书记赋予广东在全面建设社会主义现代化国家新征程中走在全国前列、创造新的辉煌的使命任务。

多年来，广东省在中国对外贸易发展进程中扮演着重要角色，广东的对外贸易发展经历了显著的变革，而在此过程中，一系列的活动和展览成为了推动交流的重要平台。此次迪拜世博会，中国馆广东活动周主题系列活动成功举办，不仅为广东企业提供了展示自身实力的舞台，也为广东与世界各地的经贸合作搭建了新的桥梁。为了回顾和总结这一盛会的发展历程，以及探讨未来广东经贸文化交流的发展方向，我对此次盛会的新闻报道进行搜集，并编写相关启示，因此该书中有大量新闻报道以记录盛会发展历程，也有新闻评论以客观真实地反映疫情期间广东经济发展形势和企业生存状况。本书于2022年7月完成编写，先是印刷成册以供内部传阅。为了使世博会得到更多人的关注，为广东经济发展提出更多宝贵意见，也能在学术领域引起对会展经济的讨论，本人遂将该书结集出版。

是为序。

编者

引言
INTRODUCTION

世界博览会（Universal Exposition）是全球历史最悠久、最大规模的国际盛会之一，有注册类（综合性）世博会和认可类（专业性）世博会两种类别。其中注册类世博会一般每5年举办一次，每次持续6个月，至今已有170年历史。受新冠肺炎疫情影响，2020年世博会延迟举办，于2021年10月1日—2022年3月31日在阿拉伯联合酋长国的迪拜展出，全球192个国家参展，这也是历史上第一次在中东、非洲、南亚地区举办的世博会，也是首届由阿拉伯国家举办的世博会。

200多年前，迪拜成为独立酋长国，一直以来以采集珍珠和饲养骆驼为主业。直到1966年发现石油，迪拜凭借"石油美元"发家，从1969年开始出口石油，从一个小渔村逐渐成长为中东的金融中心，成长之速要归功于创新与机遇。面对世界百年未有之大变局，叠加复杂严峻的全球疫情，全人类比以往任何时候都更需要加强合作，高举创新大旗，紧抓未来发展机遇，为子孙后代创造一个持久和平、普遍安全、共同繁荣、开放包容、清洁美丽的地球家园。

广东在本次迪拜世博会的中国馆活动期间发挥了重要作用，其中的广东活动周以"合作创新魅力湾区"为主题，共举办了16项大型活动，分别是开幕式、粤港澳大湾区（广东）—阿联酋经贸交流会、广东投资营商环境推介会、2020年迪拜世博会广东精品展、广东地理标志产品国际合作大会、全球新兴市场跨境电商交流会、2020年迪拜世博会广东活动周图片展、科技创新互动展等，这些活动不仅与中国馆内的主题深度契合，更借助世博会平台充分展现了广东的新变化、新成就、新形象。

Universal
Exposition

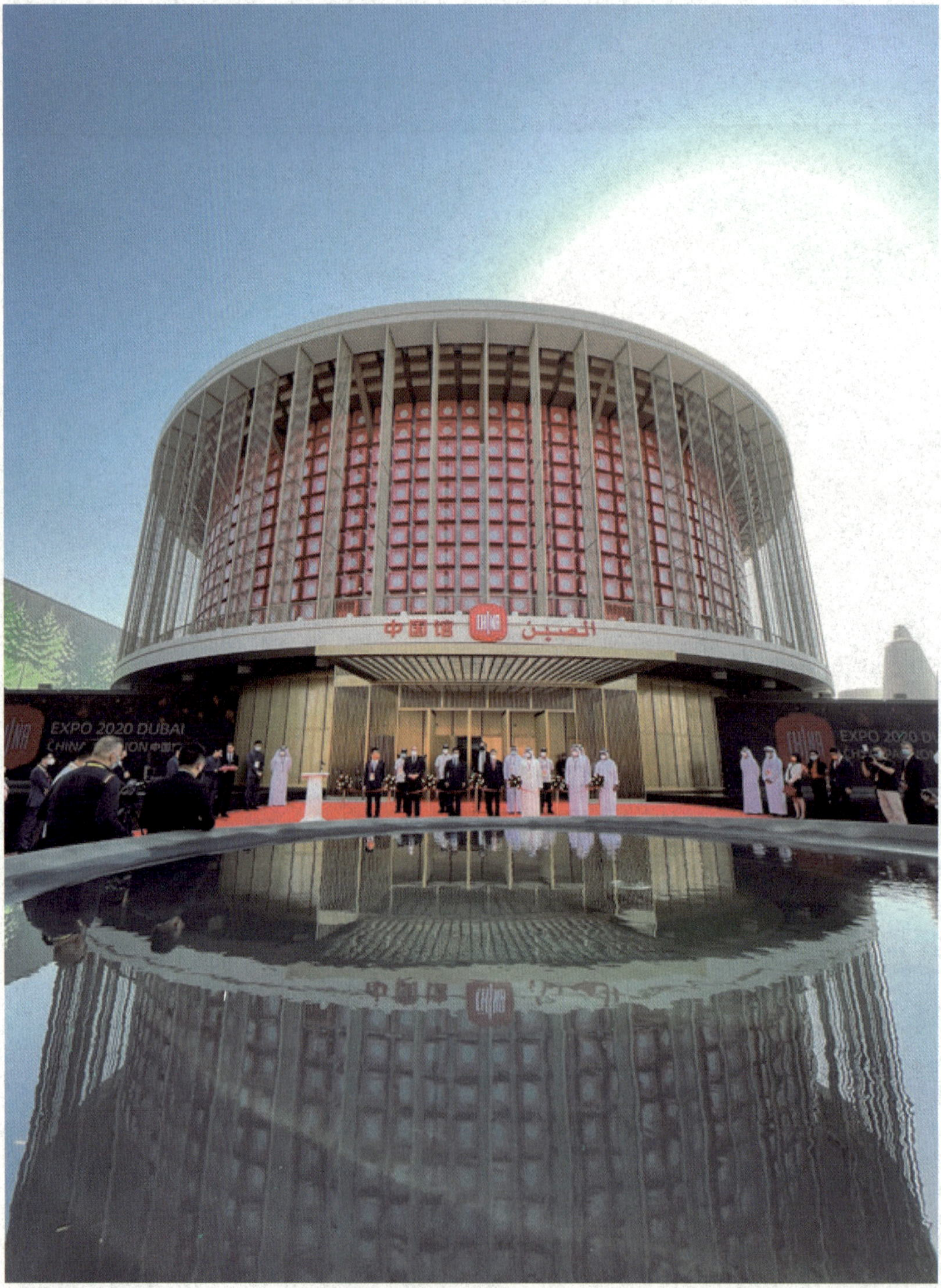
中国馆
الصين
EXPO 2020 DUBAI

迪拜世博会·广东启示录

高层关注　多方推动

国家主席习近平
在迪拜世博会中国馆的致辞

2021年10月1日，阿联酋迪拜世博会中国馆开馆仪式

女士们，先生们，朋友们：

欢迎大家光临中国馆！

阿联酋迪拜世博会是在中东地区举办的首届世博会，各国围绕"沟通思想，创造未来"这一主题，展现经济社会发展理念和成就，加强对话合作，具有重要意义。

我们所处的时代充满挑战，也充满希望。人类社会应该向何处去？中方倡议，世界各国人民一道努力，回应时代呼唤，加强全球治理，以创新引领发展，朝着构建人类命运共同体的方向不断迈进。

中国馆以"构建人类命运共同体——创新和机遇"为主题，展示中国在航天探索、信息技术、现代交通、人工智能、智慧生活等领域的成果。中国愿同各国加强交流合作，把握创新发展机遇，为推动构建人类命运共同体积极努力。

祝迪拜世博会取得圆满成功！[1]

---

[1] 全文选自：中华人民共和国中央人民政府网 http://www.gov.cn/xinwen/2021-10/01/content_5640688.htm 《习近平在迪拜世博会中国馆的致辞（全文）》[引用日期 2023-3-16]

链接："人类命运共同体"有关重要论述[1]

这个世界，各国相互联系、相互依存的程度空前加深，人类生活在同一个地球村里，生活在历史和现实交汇的同一个时空里，越来越成为你中有我、我中有你的命运共同体。

——2013年3月23日，习近平在莫斯科国际关系学院的演讲

"大道之行也，天下为公。"和平、发展、公平、正义、民主、自由，是全人类的共同价值，也是联合国的崇高目标。目标远未完成，我们仍须努力。当今世界，各国相互依存、休戚与共。我们要继承和弘扬联合国宪章的宗旨和原则，构建以合作共赢为核心的新型国际关系，打造人类命运共同体。

——2015年9月28日，习近平在美国纽约联合国总部举行的第七十届联合国大会一般性辩论时的讲话

人类已经成为你中有我、我中有你的命运共同体，利益高度融合，彼此相互依存。每个国家都有发展权利，同时都应该在更加广阔的层面考虑自身利益，不能以损害其他国家利益为代价。

——2017年1月17日，习近平在瑞士达沃斯举行的世界经济论坛上的主旨演讲

让和平的薪火代代相传，让发展的动力源源不断，让文明的光芒熠熠生辉，是各国人民的期待，也是我们这一代政治家应有的担当。中国方案是：构建人类命运共同体，实现共赢共享。

——2017年1月18日，习近平在联合国日内瓦总部的演讲

人类发展进步大潮滚滚向前，世界经济时有波折起伏，但各国走向开放、走向融合的大趋势没有改变。产业链、价值链、供应链不断延伸和拓展，带动了生产要素全球流动，助力数十亿人口脱贫致富。各国相互协作、优势互补是生产力发展的客观要求，也代表着生产关系演变的前进方向。在这一进程中，各国逐渐形成利益共同体、责任共同体、命运共同体。无论前途是晴是雨，携手合作、互利共赢是唯一正确选择。这既是经济规律使然，也符合人类社会发展的历史逻辑。

——2018年11月30日，习近平在二十国集团领导人峰会第一阶段会议上的发言

1　**节选自：** 人民网 http://world.people.com.cn/n1/2022/0118/c1002-32334251.html 《重温习近平主席关于命运共同体重要论述》[引用日期 2023-3-16]

迪拜世博会中国馆开馆仪式上的主题介绍

　　人民渴望富足安康，渴望公平正义。大时代需要大格局，大格局呼唤大胸怀。从"本国优先"的角度看，世界是狭小拥挤的，时时都是"激烈竞争"。从命运与共的角度看，世界是宽广博大的，处处都有合作机遇。我们要倾听人民心声，顺应时代潮流，推动各国加强协调和合作，把本国人民利益同世界各国人民利益统一起来，朝着构建人类命运共同体的方向前行。

——2021年7月6日，习近平在中国共产党与世界政党领导人峰会上的主旨讲话

　　我们所处的时代充满挑战，也充满希望。人类社会应该向何处去？中方倡议，世界各国人民一道努力，回应时代呼唤，加强全球治理，以创新引领发展，朝着构建人类命运共同体的方向不断迈进。

——2021年7月6日，习近平在中国共产党与世界政党领导人峰会上的主旨讲话

　　人类是一个整体，地球是一个家园。任何人、任何国家都无法独善其身。人类应该和衷共济、和合共生，朝着构建人类命运共同体方向不断迈进，共同创造更加美好未来。推动构建人类命运共同体，不是以一种制度代替另一种制度，不是以一种文明代替另一种文明，而是不同社会制度、不同意识形态、不同历史文化、不同发展水平的国家在国际事务中利益共生、权利共享、责任共担，形成共建美好世界的最大公约数。

——2021年10月25日，习近平在中华人民共和国恢复联合国合法席位50周年纪念会议上的讲话

国务院副总理胡春华向迪拜世博会中国国家馆日活动发表书面致辞[1]

迪拜世博会中国国家馆日活动于 2021 年 10 月 10 日举行，国务院副总理胡春华发表书面致辞。

胡春华表示，习近平主席在中国馆开馆时发表视频致辞，高度评价迪拜世博会的重要意义，倡议世界各国人民一道努力，回应时代呼唤，加强全球治理，以创新引领发展，朝着构建人类命运共同体的方向不断迈进。

中国馆以"构建人类命运共同体——创新和机遇"为主题，立足中国发展的生动实践，重点展示中国在卫星导航、高铁、无人驾驶、海水稻、智能机器人等领域的发展和创新成果，分享中国发展理念和经验，展现了中国坚持用和平、发展、合作、共赢的"金钥匙"促进与全球合作。

迪拜世博会期间的中国馆活动

中国馆内的太空走廊

---

[1] 节选自：中工网 https://www.workercn.cn/c/2022-01-10/6941447.shtml《胡春华向迪拜世博会中国国家馆日活动发表书面致辞》[引用日期 2023-3-16]

中国贸促会会长高燕：
中国高水平参加迪拜世博会[1]

高燕
中国国际贸易促进委员会
党组书记、会长

"中国高水平参加迪拜世博会，对于推进中阿全面战略伙伴关系和'一带一路'建设走深走实、推动构建中阿命运共同体具有重要意义。"中国贸促会会长高燕近日在接受新华社记者采访时表示，坚持合作共赢、交流互鉴是实现共同繁荣的必然选择。

2021年10月1日，阿联酋迪拜世博会开园，世博会中国馆同日开馆。中国贸促会作为中国参与世博会事务的主管单位，统筹各方资源，扎实推进迪拜世博会中国馆建设。

4636平方米的中国馆，是世博会最大的国家馆之一。"华夏之光"的名称，彰显出浓浓的中国韵味。"构建人类命运共同体——创新和机遇"的主题，更蕴含着深刻的发展理念。高燕介绍，中国馆依托中国发展的生动实践，立足五千多年的中华文明，全面阐述中国的发展观、文明观、生态观、国际秩序观和全球治理观，诠释中国与各国构建21世纪伙伴关系、凝聚国际社会力量、促进全球合作、创造更美好未来的理念，有效回应迪拜世博会的主题。

阿联酋迪拜世博会是在中东地区举办的首届世博会，各国围绕"沟通思想，创造未来"这一主题，展现经济社会发展理念和成就，加强对话合作，具有重要意义。中方倡议，世界各国人民一道努力，回应时代呼唤，加强全球治理，以创新引领发展，朝着构建人类命运共同体的方向不断迈进。

1　全文选自：中国国际贸易促进委员会官网 https://www.ccpit.org/a/20211003/20211003sqtz.html 《权威访谈 | 合作共赢 交流互鉴——中国贸促会会长高燕谈中国高水平参加迪拜世博会》[引用日期 2023-3-16]

10月1日迪拜世博会中国馆开馆仪式现场

"新冠肺炎疫情仍在持续演变，保护主义、单边主义有抬头趋势，但这阻挡不了滚滚向前的经济全球化潮流，各国经济社会发展紧密相连、加速融合。"高燕说。

高燕表示，世博会是全球最高级别的博览会，是加强彼此理解、扩大相互交流、促进文明互鉴与共同繁荣的重要平台。"中国将通过高质量参展此次世博会，推进中阿全面战略伙伴关系深入发展、与世界分享中国发展理念和发展成就、加强同世界各国的交流合作、推动构建人类命运共同体。"

她特别提到，近年来，中阿关系快速发展，政治互信不断深化，高层互访更加频繁，经贸合作成果丰硕，人文交流欣欣向荣，抗疫合作成为双方关系新亮点。中国"一带一路"倡议与阿联酋"重振丝绸之路"理念高度契合，两国发展战略有效对接，合作前景广阔。

早在两千多年前，中阿两大民族就在古丝绸之路上出入相友。疫情之下，中阿继续开展双边对话、加强务实合作，打造"健康丝绸之路""绿色丝绸之路""数字丝绸之路"已成共识。同时，中阿探索数字化转型合作加速，在传统能源合作基础上，清洁能源与技术合作成为新增长点，可再生能源发展、能源减贫与治理将是合作新亮点。

"加强国际协作是应对人类共同挑战的根本之道，迪拜世博会及中国馆搭建了一个良好平台。"高燕说。

中国馆从"共同的梦想""共同的地球""共同的家园""共同的未来"四个方面展示中国在航天探索、信息技术、现代交通、人工智能、智慧生活等领域的成果。组织26个省区市以及40多家国内领军企业和机构，举办展览展示、经贸论坛、文艺展演等活动200余场，开展多层次、多领域的国际交流。

高燕表示，在迪拜世博会182天的展期里，中国将与世界各国积极探讨面向未来的可持续发展之路，共享先进技术和经验做法，共同推动构建人类命运共同体。

阿联酋驻华大使阿里·扎希里：
迪拜世博会是孕育商机的平台[1]

"在经历新冠肺炎疫情的挑战后，2020年迪拜世博会将于2021年10月1日起至2022年3月举行。世博会是全面展示经济复苏、国家实力和文化振兴的全球盛会。在这一独一无二的盛会到来之际，阿联酋热情欢迎您的到来。"日前，在接受本刊记者采访时，阿联酋驻华大使阿里·扎希里向中国观众发出盛情邀请。

阿里·扎希里
阿联酋驻华大使

2020年迪拜世博会是中东地区举办的首届世博会。据了解，本届世博会有192个国家参展，同时汇聚了众多全球商业机构、教育机构和多边组织参加，采取线上线下同步展示的形式。对此，扎希里表示，阿联酋作为举办方感到无比自豪。他认为："正如迪拜是未来之城，阿联酋以包容、雄心勃勃和展望未来的形象面向世界。同中国一道，我们坚信创新和进步是人类思想以鼓舞人心的崭新方式汇聚在一起的成果。"

体验科技成果的视觉盛宴

此次迪拜世博会的主题是"沟通思想，创造未来"，共设3个主题展区——机遇区、流动性区和可持续发展区。机遇区的重点是释放内在潜力，涉及新兴产业、就业、教育、金融资本和治理。流动性区的重点是在物流、运输、旅行以及数字连接方面，创造更智能和更有成效的连接。可持续发展区的运作理念，促进人们对资源管理、

---

[1] 全文选自：郭艳. 迪拜世博会不仅是国际文化盛会，更是孕育商机的平台——专访阿联酋驻华大使阿里·扎希里 [J]. 中国对外贸易,2021(10):16-17.

气候变化和绿色增长、自然生态系统和生物多样性的认识以及对可持续发展的城市和建筑生境重要性的认识。

扎希里告诉记者，此次迪拜世博会不仅是一场视觉的盛宴，更将是一场科技成果的展示。据他介绍，本届世博会有三大亮点。其一，各个场馆的建筑造型。从世界上数一数二的360度投影面，到100多个各具特色的国家馆，游客可以在一个地方体验数不胜数的建筑奇观。其中，阿尔瓦斯尔穹顶的宽度几乎为两架空客a380两个机翼之间的宽度。其二，游客可以体验最新的科技成果。迪拜世博会的官方合作伙伴将提供150多个可编程机器人，它们具有多点触摸显示屏、5G网络功能和人工智能驱动的物体映射和检测功能，让游客体验到基于服务的技术解决方案。其三，迪拜世博会体现了智慧城市的理念。当展会落幕后，世博会场地将改造成一个永久性的未来派住宅、文化、商业和技术中心，在这里可以测试最新的技术。

作为迪拜世博会最大的展馆之一，中国馆面积达4636平方米，届时将有诸多来自中国的高科技企业参展亮相。扎希里表示："中国馆会展示中国在科学、技术和可持续发展领域取得的优秀成果。我期望中国朋友们能够趁着2020年世博会的良机，无论是通过云游世博还是亲临现场，都非常欢迎你们来今年的世博会看看，探索精彩华夏，发现奇迹阿联酋。"

同时，扎希里表示，两国相互支持对方举办的迪拜世博会和2022年北京冬奥会，"我参观了北京2022年冬奥会筹备现场，工作人员和组织者的专业精神和热情让我深受鼓舞。"此外，谈到对当前疫情风险防范有哪些举措时，扎希里表示："阿联酋有充分的信心应对新冠肺炎疫情的挑战。2020年迪拜世博会将是安全的世博会。为了确保入园游客们的安全，我方进行了周密而细致的规划，在阿联酋国内进行大范围的疫苗接种，并实行严格的安全预防措施。届时，世博会的所有工作人员，甚至其家庭成员都将接种疫苗。"

科技领域的合作大有作为

"中阿战略伙伴关系不断深化，合作是两国交往的关键词。我相信2020年世博会带来的不仅仅是文化交流的广阔平台，更是孕育商业潜力的摇篮。"扎希里表示。

自2018年，中国和阿联酋建立全面战略伙伴关系以来，双方已将合作扩大至可再生能源、物流、基础设施、生命科学以及人工智能等新一代信息技术领域。在农业上，"杂交水稻之父"袁隆平在迪拜成功进行了沙漠海水稻试种；在医疗领域，2020年中国国药集团和阿联酋G42集团开展新冠疫苗合作，今年3月国药集团又和阿联酋

Julphar 公司签署协议，将在阿联酋生产国药集团疫苗，预计最终产能将达每年 2 亿剂；在科研领域，今年初阿联酋大学和中国科学院签署了合作谅解备忘录以加深两国在科学和创新上的合作等。

目前，两国大型经济合作项目包括中阿产能合作示范园、哈斯彦清洁煤电站项目等。阿方还将与中方共同推进科技研发，建立联合研究机构和实验室。同时，在文化领域两国往来也很频繁。2020 年，在阿联酋知识与人类发展局的支持下，迪拜中文学校开学。目前，阿联酋全国有 118 所学校开设汉语课程，吸引了 3 万多名学生。这一数字正在迅速增长。

扎希里指出，从古至今，中国一直是世界贸易最重要的国家之一。几个世纪前，阿联酋的珍珠被运往中国；中国古代的瓷器在阿联酋境内被挖掘出来。阿联酋是最早加入中国"一带一路"倡议的国家之一，也是亚投行的创始成员国之一，自阿联酋加入亚投行以来，中国对阿联酋的投资仅 2015 年一年就增长了 33%。如今阿联酋被定位成"一带一路"项目中东和北非地区的首要物流中心。

中国海关统计数据显示，2021 年 1—6 月，中国向阿联酋出口同比增长 38.8%，与此同时阿联酋向中国出口同比增长 52.9%。目前，阿联酋与中国的贸易额已超过 500 亿美元，并力争在 2030 年将双边贸易额扩大到 2000 亿美元。据扎希里介绍，阿联酋在世界经济论坛的 2019 全球竞争力报告中排名第 25 位。同时，阿联酋也是全球国际发展援助的 10 个最大捐赠者之一。目前有超过 200 个国家的人在阿联酋经商、生活和学习。他表示，2021 年 3 月，阿联酋开启了"3000 亿迪拉姆行动"的工业战略，启动在新能源、人工智能、大数据、物联网等领域的进一步探索，希望将阿联酋建成世界一流的工业国家。

"当前，阿联酋在为'后石油时代'进行规划，并与中国政府和参与到'一带一路'倡议的企业进行更多合作，为积极实现阿联酋的经济多元化，为'后石油时代'做好准备。"扎希里指出。他表示："中国出台的'十四五'规划也将科技创新摆在优先发展的战略地位。我相信两国之间在科技创新领域合作大有可为。"2021 年 12 月，阿联酋将迎来建国 50 周年大庆；而在 7 月，中国共产党迎来了建党 100 周年。同时，2021 年是阿中两国建交 37 周年。对此，扎希里表示："对阿联酋和中国来说，2021 年都是重要的一年。阿联酋和中国都期待加快战略产业增长，增强经济韧性。在此共同目标下，阿中全面伙伴关系必将取得越来越丰硕的成果。同时，这也有利于实现中东和中国的和平与繁荣。"

国际展览局秘书长迪米特里·科肯切斯：
世博会中国馆彰显世博会价值观[1]

在阿联酋迪拜世博会正式开园、名为"华夏之光"的世博会中国馆正式开馆之际，国际展览局秘书长迪米特里·科肯切斯接受了中新社"东西问"栏目独家专访。

国际展览局成立于1928年，总部设在法国巴黎，是一个政府间负责协调和管理举办世界博览会的机构。中国于1993年5月加入国际展览局。迪米特里·科肯切斯对迪拜世博会中国馆予以高度评价，表示中国馆的主题同时彰显了中华文化与世博会价值观。

高度评价
世博会中国馆

迪拜世博会中国馆的主题是"构建人类命运共同体——创新和机遇"。中国国家主席习近平为迪拜世博会中国馆作视频致辞时指出，阿联酋迪拜世博会是在中东地区举办的首届世博会，各国围绕"沟通思想，创造未来"这一主题，展现经济社会发展理念和成就，加强对话合作，具有重要意义。人类社会应该向何处去？中方倡议，世界各国人民一道努力，回应时代呼唤，加强全球治理，以创新引领发展，朝着构建人类命运共同体的方向不断迈进。中国愿同各国加强交流合作，把握创新发展机遇，为推动构建人类命运共同体积极努力。

科肯切斯就此表示，中国积极参与迪拜世博会，并将人类命运共同体的理念作为中国馆的主题，这一主题同时彰显了中华文明与世博会价值观。他说，人类命运共同体理念关乎各国合作发展，展示了中国致力于围绕人类未来进行全球对话的承诺，表明共同建设一个开放、包容、可持续发展世界的愿景，实现持久和平、普遍安全与共同繁荣的目标。

科肯切斯对中国馆予以高度评价，认为中国馆会提供了"美丽而迷人"的参观体验，并为迪拜博览会的整体景观作出重要贡献。科肯切斯本人出席了中国馆的开

---

1 全文选自：中国新闻网 https://www.chinanews.com.cn/gn/2021/10-17/9588604.shtml 《东西问 | 专访国际展览局秘书长：世博会中国馆主题如何彰显中华文化与世博会价值观？》[引用日期 2023-3-16]

馆仪式并发表致辞，指出中国参加迪拜世博会将为中国和世界建立新的联系，促进全人类文化交流。

迪拜世博会中国馆共4636平方米，是本届世博会面积最大的外国馆之一。中国馆从共同的梦想、共同的地球、共同的家园、共同的未来四个层次展示中国在信息技术、现代交通、人工智能等方面所取得的成就。

科肯切斯对记者表示，他目睹了近年来世博会中国馆所取得的进步。他说，中国馆从参展质量和内容上看，都被认为是"最具有信息量的和最令人振奋的展馆"。不论是2015年米兰世博会还是2017年阿斯塔纳专项世博会的中国馆，都体现出中国在参与世博会时对卓越的追求。

世博会与中国

在被问及世博会对中国的影响和意义时，科肯切斯首先回顾了2010年上海世博会取得的巨大成功。他说，通过世博会形成的城市概念深刻影响到上海。黄浦江畔的美丽公园、世博会展馆、上海无与伦比的交通网络、国际大都市景观……所有这些都或多或少得益于上海世博会。上海通过举办世博会取得的经验、对"城市，让生活更美好"这一主题的独特探索，极大影响了数以千万计民众的生活，令中国和世界各地的城市发展都可从中得到借鉴。

科肯切斯说，上海世博会给中国带来深远影响，促进了长三角地区更深层次的区域一体化，推动了沪杭高铁等双赢合作战略及一系列基础设施项目。总的来说，上海世博会促进了全中国塑造和发展和谐城市，当主题为"绿色生活，美丽家园"的2019年北京世园会举行时，他亲眼看到了中国城市的发展变化。中国还通过上海世博会加强了与世界的合作，有21个当时尚未与中国建交的国家参展上海世博会。

科肯切斯认为，由于中国在城市建设和可持续发展方面拥有无与伦比的经验和专业知识，其民众和企业都可通过迪拜世博会进一步深度参与城市创新解决方案的共享和推广，同时中方还可通过世博会了解其他国家的解决方案，从而促进中国自身发展。

世博会与国际交流互鉴

谈到世博会促进国际交流互鉴话题时，科肯切斯说，世博会给参与国一个独特的"国家展示平台"，向全球参观者展示其国家的发展成就、文化思想和创新理念。

他说，世博会紧跟时代发展潮流，响应新趋势，应对新挑战，其核心精神仍然是创新与合作。在联系越来越紧密的快节奏世界中，世博会是分享实践和加强全球交流和研讨的重要场合。

科肯切斯指出，世博会上的相关交流推

动国际社会应对挑战，并寻求找到解决方案。他对记者说，接下来的数年时间里，我们将会遇到哪些新挑战、取得哪些创新成果，恐怕没有人能够预测；但我们知道，数字技术转型已影响到人类生活的方方面面，不论是发展中国家还是发达国家、农村还是城市，数字技术都产生了深远影响。

科肯切斯强调，当面临错综复杂的挑战时，需要根据建立在共同价值观和共同责任基础上的具有包容性的多边主义方法来解决。正如中国在 2010 年上海世博会取得的经验，世博会本身便是具有包容性和普适性的聚会，展现了众多国家取得的文明进步；构建了包容性多边主义的独特平台。世博会连通全球的能力有助于所有国家互相学习，为世界民众福祉展开合作。

科肯切斯指出，迪拜世博会是首次在中东地区举办的世博会，也是新冠疫情暴发以来首个汇聚文化多样性的全球性盛大聚会。国际展览局及其成员国与迪拜世博会相关方密切合作，保证观众、工作人员等参与者的健康福祉，持续努力以求实现举办一届真正包容的世博会，精炼展出内容并最大限度提高虚拟体验。他说，与上海世博会相同的是，在迪拜世博会上，各国也将一起探寻更美好的未来，为全球问题展示创新解决方案，并引导公众了解世博会的主题。

迪拜世博会将在后疫情时代的全球复苏中发挥重要作用，恢复有目的性的联系和富于成效的交流。

展望世博会的未来前景，科肯切斯表达了乐观态度。他说，迪拜世博会"沟通思想，创造未来"的主题由于疫情因素而被赋予了新的含义，即为应对疫情相关的挑战而采取共享解决方案和协调行动的重要性。世博会提供了让乐观主义回归的机会，期冀共同推动世界复苏、打造更美好未来。科肯切斯说，在共同挑战面前，推动合作和交流的国际意愿仍然强劲，国际展览局正与其成员国密切合作，以促进更大的国际合作与进步。

阿联酋迪拜世博会中国馆

高层关注　多方推动　- 017 -

2020迪拜世博会各国展馆盛况

Part 1

上篇

回顾篇

Universal
Exposition

01

第一章 疫情大考

第一节

数字防疫——
中国方案创新社会价值

编者语

新冠疫情暴发以来，中阿在联防联控、信息共享、疫苗研发、医药卫生等领域开展高效合作。其中，中阿合作开展了全球首个新冠灭活疫苗三期国际临床试验，并获得成功。

科学技术是人类同疾病较量的最有力武器。为了精准识别、精准施策和精准防控疫情，互联网、大数据、人工智能等为代表的数字技术得到了广泛应用，数字技术因此而蓬勃发展，并发挥疫情防控的重要支撑作用，这在中国已经得到完全验证。因为数字技术可以将管理中隐性、分割、线下的关键要素，变成了显性、融合和在线的要素，从而更好更快更准确地帮助疫情防控和复工复产的决策与执行。

迪拜世博会期间，同样应用了中国先进的防疫技术手段，确保展会过程中防疫数据的安全性、稳定性、时效性，同时实现数据接口打通、秒级核验。为迪拜世博会贡献中国智慧和中国方案，并得到越来越多国家的积极响应和支持。这些点点滴滴的科技力量，汇聚起来，充分说明中国抗疫斗争取得重大战略成果，国际社会对中国抗疫举措的科学性和有效性充满信心。

精彩亮相！
2020年迪拜世博会中国馆正式开馆

世博会中国馆开馆仪式现场

  2021年10月1日，2020年迪拜世博会中国馆盛装揭幕，正式开门迎客。当天，中国馆举办开馆仪式，"云上中国馆"小程序同步上线。迪拜世博会中国馆政府总代表、中国国际贸易促进委员会副会长张慎峰，中国驻阿联酋大使倪坚，中国驻迪拜总领事李旭航，国际展览局秘书长迪米特里·科肯切斯，阿联酋航空公司主席兼董事长赛义德·阿勒马克图姆，迪拜警察局总司令阿卜杜拉·迈利等中外嘉宾悉数出席。[1]

---

1 节选自：中国网 http://news.china.com.cn/2021-10/06/content_77792255.htm《中国馆亮相迪拜世博会》[引用日期2023-3-16]

开馆仪式现场首先播放了习近平主席为中国馆发表的视频致辞首播，之后部分嘉宾发表简短致辞。

张慎峰表示，习近平主席高度评价迪拜世博会重要意义，发出加强全球治理、创新引领发展、推动构建人类命运共同体的中国倡议，提出了回答和解决当今世界面临的时代之问的中国方案，传递了中国与各国携手建设更加美好世界的坚定决心。迪拜世博会中国馆通过丰富多彩的展览展示、虚实融合的互动体验、绚丽多彩的灯光展演和精彩纷呈的文化活动，展示真实、立体、全面的中国形象。中外观众可在线访问"云上中国馆"远程参观。中国愿通过参加迪拜世博会，加强与世界各国的交流合作，朝着构建人类命运共同体的方向不断迈进。期待中阿两国通过迪拜世博会深化传统友谊，拓展合作领域，实现更高水平、更深层次上的互利共赢。

科肯切斯表示，中国馆以"构建人类命运共同体"为主题，在2020年迪拜世博会上向世界发出令人信服的信息。中国呼吁各国加强合作，共同建设持久和平、普遍安全、共同繁荣、开放包容、可持续的世界。这体现了中国对围绕人类和地球未来开展全球对话与合作的承诺和行动。

倪坚表示，中国馆"华夏之光"展示了中国改革开放和社会主义建设事业取得辉煌成就的缩影，展现了博大精深的中华文明，承载着14亿中国人民对阿联酋及世界人民的美好祝福。让我们大力弘扬和平、发展、公平、正义、民主、自由的全人类共同价值，携手应对各种威胁和挑战，推动构建人类命运共同体，共同建设更加美好的世界。

随后，出席仪式的嘉宾为中国馆剪彩并巡馆。中国馆合作企业、单位以及相关媒体代表等约50人参加仪式。

迪拜世博会于2021年10月1日至2022年3月31日举办，主题为"沟通思想，创造未来"。中国馆占地面积4636平方米，是本届世博会面积最大的展馆之一。中国馆以"构建人类命运共同体——创新与机遇"为主题，从共同的梦想、共同的地球、共同的家园、共同的未来四个层次展示中国在不同领域取得的成就，首次展出"嫦娥五号"、北斗卫星、未来概念汽车、智能机器人等展项，旨在展示中国科技创新成果、传递中国发展理念、推动国际交流合作。

中国防疫"黑科技"
启航 2020 年迪拜世博会

在"2020 东京奥运会"上亮相的防疫黑科技"星际光 222 纳米波"消毒设备再度亮相 2020 年迪拜世博会，成为世博会上的话题焦点。

2021 年，由中国馆、世博总代表和馆长联合支持，在上海城市最佳实践区举办了名为"世博品质，抗疫前行"主题的世博开幕专项论坛。上海市政协副主席、原上海世博会执委会副主任周汉民；原中国贸促会副会长、国际展览局前中国首席代表王锦珍；复旦大学上海医学院副院长、上海市重大传染病和生物安全研究院院长吴凡等出席该论坛。据了解，在为期 6 个月的展期中，迪拜世博会接待游客累计突破 2000 万人次，因此防疫重任成为了此次迪拜世博会所面临的最大难题。如何打造一个安全的参观环境，向世界展示中国的防疫力量和科学技术，是本次世博会中国馆的一个重要使命。[1]

巡控机器人正在园区进行巡控工作

[1] 节选自：凤凰网财经 https://finance.ifeng.com/c/8A9AoIK92Up 《世博品质，抗疫前行 中国防疫"黑科技"再度启航 2020 迪拜世博会》引用日期 2023-3-16]

论坛上，在 2010 上海世博会时担任上海疾控中心主任的吴凡院长作了名为《新冠疫情下的世博会保障》的专题报告，分享了上海公共卫生和防疫工作的成功经验。吴凡指出，要在"上游建坝"，控制疾病传染，增加健康人群，减少疾病人群，要在新冠疫情常态化的前提下，以预防为主，保障迪拜世博会中国馆，乃至全体观众和工作人员的健康安全。

论坛上，吴凡特别介绍了"222 纳米波"消毒技术，该消杀"黑科技"技术是由上海市重大传染病和生物安全研究院、复旦大学电光源研究所和星际光公司合作实现技术转化和应用。

星际光公司作为迪拜中国馆指定设备供应商参加了论坛和签约仪式。据了解，星际光公司新型"222 纳米波"产品已在迪拜世博会中国馆的关键位置安装，无声无息得保护着来自世界各地的参观人员和馆内工作人员。

星际光总裁曹巍在论坛上表示："迪拜世博会是一个将中国文化及品牌向世界推介的绝佳平台，中国馆也是在世博平台上代表中国的官方舞台，能够入驻是对企业品牌的肯定，也是中国企业品牌走向世界的一把金钥匙。星际光将和参与本次世博会的其他中国企业一起向世界展示中国智慧，中国方案，中国力量和中国担当。"

"222 纳米波"科学原理的发现者——哥伦比亚大学布伦纳教授，通过各种实验证明 222 纳米波因为无法穿透皮肤角质层和泪液层，无法伤害活体细胞，所以对人体安全。同时 222 纳米波和传统紫外线相比拥有对病毒和细菌相类似的消毒能力。这项科学发现解决了人类在消毒领域的一个重大课题：如何实现人机共存的实时消毒。

星际光"222 纳米波"黑科技——消毒门实现 3 秒内的快速消杀

中阿两国人士
分享疫苗合作经验

　　国药集团中国生物于 2020 年 12 月 9 日举办了"全球首支新冠疫苗正式注册上市一周年"研讨会，来自中国和阿联酋的嘉宾通过线上视频方式，围绕国药疫苗上市一周年的应用、生产供应、应对变异毒株研发、真实世界使用等情况，进行交流分享，共享科研智慧结果，探索更多解决方案，为早日结束新冠大流行，维护人类共同家园献言献策。

　　同一天，阿联酋批准国药集团中国生物新冠病毒疫苗注册上市，这也是全球首支新冠病毒灭活疫苗正式注册上市。国药集团董事长刘敬桢在致辞中指出，作为中国最大的医药健康企业，抗疫国家队、主力军，国药集团是全球唯一独立自主在 3 条技术路线上研发 4 款新冠疫苗的企业，国药新冠灭活疫苗目前已在全球 10 个国家注册上市，112 个国家、地区批准使用，并通过了世卫组织紧急使用认证及欧盟 GMP 认证，年产能超过 70 亿剂，目前全球生产供应疫苗已达 25 亿剂，成为获批国家数最多、供应范围最广、接种量最大、安全性最好、产能最充足的新冠疫苗。[1]

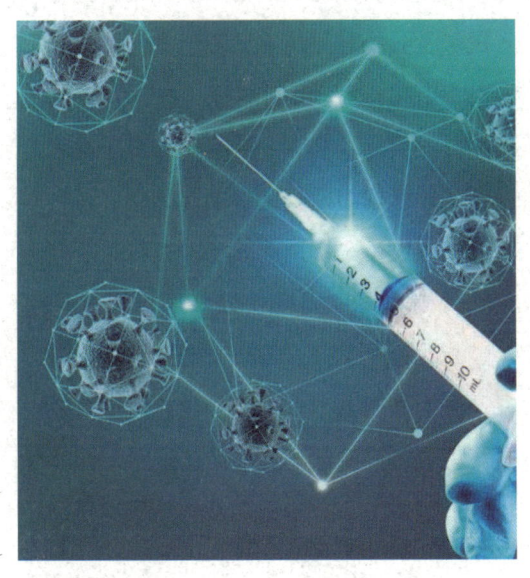

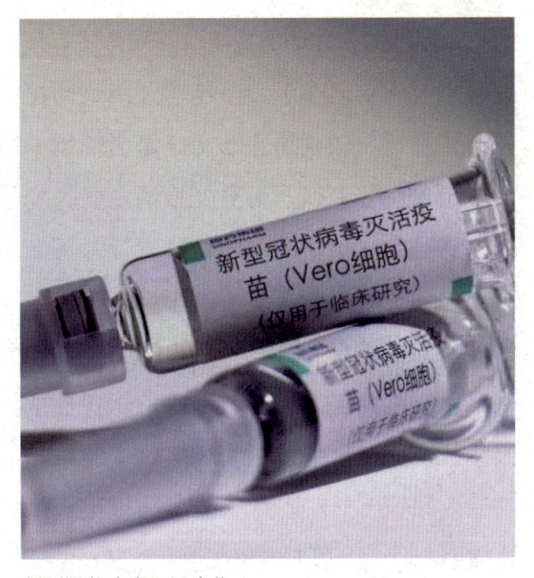

新冠疫苗分享合作　　　　　　　　　　　新型冠状病毒灭活疫苗

1　节选自：人民网 http://world.people.com.cn/n1/2021/1210/c1002-32305198.html 《中阿两国人士分享疫苗合作经验 盛赞两国抗疫成果》[引用日期 2023-3-16]

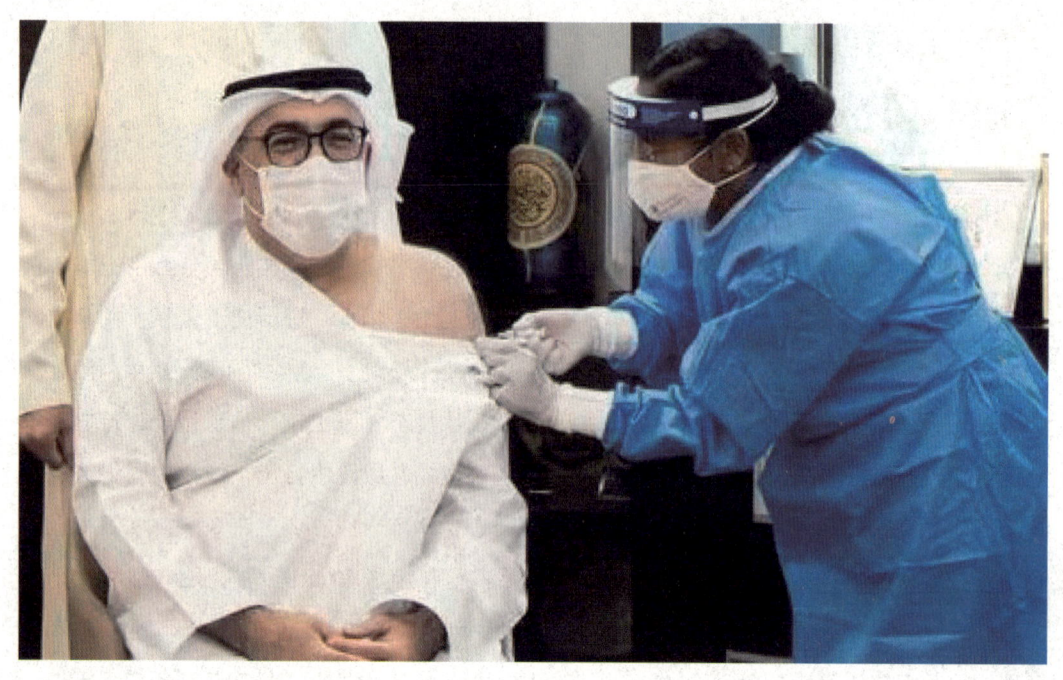

阿联酋卫生部长接种中国研发新冠疫苗

"阿中携起手来，面对疫情的挑战，我们见证了共同合作的历史。"阿联酋驻华大使阿里·扎希里表示，一年前国药集团疫苗正式在阿联酋注册上市，这是全球第一个上市的新冠疫苗，为身处疫情中的人们带来曙光，对于中国和阿联酋来说都具有历史性意义。"非常感谢中国为我们提供的非常有效的疫苗。"扎希里指出，两年来，两国携手应对新冠肺炎这一全球性重大挑战，见证了阿中全面战略伙伴关系日益深入和强大，双边关系成为21世纪全球合作的典范。得益于疫苗合作与充足产能，2020年迪拜世博会和2022年北京冬奥会筹备工作进展顺利，阿联酋和中国相互支持，正在共同努力改善国际健康和福祉，为各国人民和世界的和平与繁荣而努力。

"我和同事们亲眼见证，中阿双方为了抗疫共同目标，紧锣密鼓组织大批志愿者，展开了一场同时间赛跑的试验活动。"中国驻阿联酋使馆公参周飙指出，去年新冠肺炎疫情肆虐全球，阿联酋果断同中方开展了全球首个新冠灭活疫苗三期国际临床试验。在双方共同努力下，国药疫苗在阿正式注册并获批上市，筑起了当地免疫屏障，帮助拯救大批宝贵生命，创造了领先全球的奇迹。2021年3月，中阿启动当地疫苗合作生产线。中方还分批向阿方提供了近一千万剂疫苗，助推阿跻身全球接种率最高国家行列。中阿疫苗合作诠释了两国全面战略伙伴关系内涵，是双方守望相助患难与共的生动写照，也是两国友谊的鉴证。

外交部国际经济司副司长郭学军表示，一年来，中国政府与企业积极落实习近平主席关于将中国疫苗作为全球公共产品的重要宣示，已向120多个国家和国际组织提供超过18.5亿剂疫苗，其中很大一部分属于国药疫苗，中国政府对外捐赠的首批疫苗也是国药疫苗。有的国家将国药疫苗的抵达比喻为"隧道尽头的亮光"。国药集团既以可负担的价格对外出口疫苗，又向发展中国家捐赠疫苗，还同阿联酋等多个国家联合生产疫苗，让国药疫苗不仅在中国制造，也在世界制造。这体现了国药集团作为一家国际化企业的国际责任担当，是对中国倡导的人类卫生健康共同体理念的生动实践。

阿联酋G42集团首席执行官肖鹏表示，G42集团与国药集团的通力合作，对阿联酋更好应对疫情起到了积极作用，为全球更多国家认可和接种国药集团中国生物新冠疫苗起到了标杆作用。中国生物与G42成立合资公司哈雅生物科技公司，本土化分装生产的新冠疫苗能够满足全球范围内20多个国家的供应。在中阿两国领导人强有力的支持下，在双方高度信任下，G42集团与国药集团必将在未来为阿联酋乃至全世界战胜新冠疫情、守护人类健康贡献力量。

中阿两国疫苗原液灌装生产线项目"云启动"仪式

哈雅生物科技公司首席执行官丛宏彬介绍了由国药集团中国生物与阿联酋G42集团共同组建的生命科学合资企业目前生产的新冠灭活疫苗情况。2021年3月，中阿两国合作灌装中国疫苗生产线正式启用，生产后的疫苗被命名为Hayat-Vax，意为"生命之苗"。

"感谢中国的伙伴，相信通过我们的精诚合作，一定能够战胜新冠肺炎疫情。"阿联酋卫生部门官方发言人、阿布扎比公共卫生中心传染部执行主任法瑞德表示，在阿联酋的真实世界研究分析表明，中国新冠疫苗在安全性、有效性、可及性方面优势明显。法瑞德表示，国药疫苗在预防新冠疫情肺炎住院率和重症率、死亡率方面都非常有效，由于在储存和运输的方面不需要过于严苛的要求，国药疫苗对于发展中国家抗击疫情起到重要作用。

阿联酋新冠肺炎国家临床委员会主席、

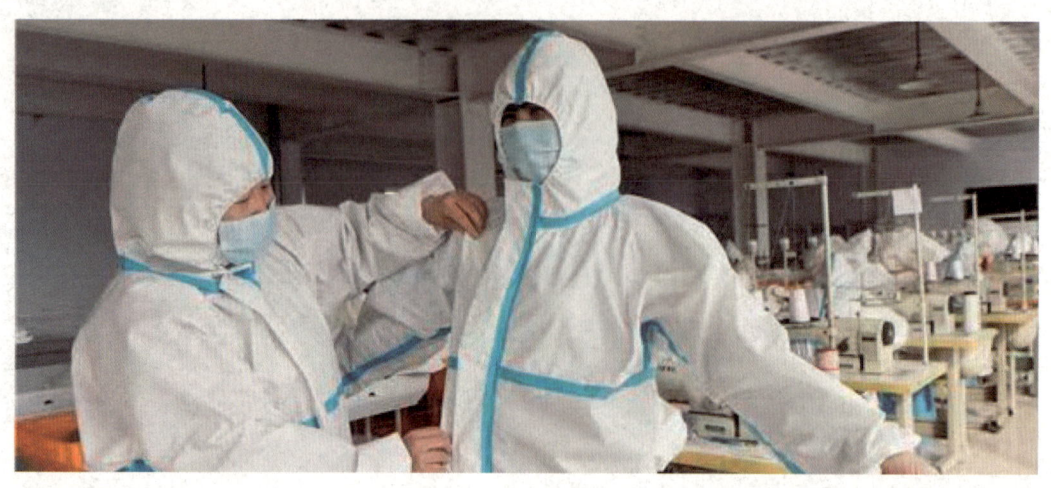

防疫生产线项目"云启动"

SKMC 首席医疗官纳瓦尔·阿尔卡介绍了国药集团中国生物新冠疫苗在阿联酋完成的近万人加强针研究结果。阿尔卡指出,两剂疫苗接种完成 6 个月后再接种一剂加强针,可以显著增强抗体水平。"加强针接种 14 天后,中和抗体的迅速增加,28 天以后抗体可以达到接近 10 倍左右。"阿尔卡指出,阿中两国在疫苗研发的紧密合作为阿联酋实现疫苗接种高覆盖率提供有力支持。

第二节 数字参博，拓展无限可能

编者语

线上平台的展览形式，是基于互联网、云计算、大数据、移动互联网技术、社交社区、展览产业链实体构建数字信息集成展示空间，形成全面三维的新展览和服务模式，也是对实体展览模式的有效补充。它可以说是新冠特殊时期产生的新事物，也可以说是产业发展的必然趋势。

在移动技术和 5G 网络的科技赋能下，迪拜世博会不再是一个封闭的、预先规制编排好的物理空间，而是一个更加流动的、开放的空间，游客的体验越来越多的呈现出跨媒体、多模态特点，且可以在世博会场内外即时分享。迪拜世博会成为探索数字技术创造新的沉浸场体验的诸多可能性的又一关键节点。

古往今来，世博会以生动且多样的方式体现了讲故事的艺术，也包括建筑创新和多感官的狂欢盛宴。在后疫情时代，世博会的展出形式将不可避免地受到一些改变。迪拜世博会中国馆"广东活动周"积极探索"线上＋线下"的创新模式，推出官方小程序，可以实现实时互动交流、云端商贸洽谈、全链路参会体验、会展生态服务、行业资讯分享等多种方式的线上交流，为广东特色产业"走出去"助力。而这些做法将在未来的岁月里持续下去，并具有重要意义。

线上：广东—阿联酋经贸对接会
不出国门"享商机""拓市场"[1]

上百家广东企业和阿联酋企业参与"一对一"线上对接洽谈

为了让更多企业不出国门"享商机"，广东活动周期间举办的粤港澳大湾区（广东）—阿联酋经贸交流会，通过"一对一"线上对接平台，为来自广东和阿联酋的80多家企业搭建合作交流平台，两地企业所属行业涵盖高端智能装备、生物医药与健康、电子电器、家居建材、轻工纺织、美妆个护等领域。

来自阿联酋的40余家企业带着明确的贸易投资需求前来对接，其中包括商业领导人俱乐部等有影响力的商协会组织。交流会上还举行了粤阿政企合作项目云签约仪式，推动广东高质量参与共建"一带一路"，搭建起大湾区连接世界的"彩虹桥"。

依托线上专业会展平台——广东国际贸易数字博览馆，广东活动周期间举办了阿联酋—广东精品线上展，以"云展示""云对接""云洽谈"等沉浸式参展体验，助力企业在云端开展国际交流与合作。300余家

企业参与"一对一"线上对接洽谈

---

[1] 节选自：广东省人民政府网 http://www.gd.gov.cn/hdjl/hygq/content/post_3754717.html《迪拜世博会中国馆广东活动周将于1月11日至13日线上线下融合举办》[引用日期 2023-3-16]

广东参展企业在智能制造、数字化生活、电子信息及人工智能装备、家居日用等展区，向世界展示广东的科技创新成果。

展会同期在线上举办 20 余场行业交流会、市场热点分享会、采销配对会等配套活动，展商和采购商可以在云端便捷顺畅完成供采对接。展会出口、进口并重，还设立了阿联酋及中东国家产品展区，为阿联酋等国的企业共享广东市场机遇搭建平台，目前已吸引迪拜一腾速运有限公司等阿联酋企业线上参展。

本次广东活动周还举行了线上线下广东地理标志产品国际合作大会，借助世博平台推介广东地理标志名优产品，构建广东地理标志名优产品生态合作新平台；举办全球新兴市场跨境电商交流会，首度发布了《跨境电商出海合规 促进外贸新业态发展》调研报告，引导电商企业适应新形势、应对新挑战、抓住新机遇。

线上：小程序打卡世博会[1]

中国贸促会与腾讯共同打造的迪拜世博会中国馆官方微信小程序"玩转中国馆"上线，为各国游客打造便捷有趣的智慧游览体验。国内观众可在国庆假期足不出户，指尖游览"线上中国馆"。

迪拜世博会是新冠肺炎疫情发生后的第一次世博会，也是中东地区举办的首届世博会，其主题"沟通思想，创造未来"，寓意凝聚国际社会力量、促进全球合作、创造美好未来。

而受疫情影响，本届世博会中国馆积极探索"线上+线下"创新模式，鼓励游客们从丰富多彩的线上、线下活动中感受世博会的魅力。首个以微信小程序形式出现的"线上中国馆"便是一次独具匠心的大胆尝试。

同时，迪拜世博会中国馆以科技赋能、面向未来的展项和互动体验备受瞩目。作为 2020 年迪拜世博会中国馆官方合作伙伴，腾讯等多家科技企业亦以多种技术能力和数字内容参与打造中国馆的创新智慧体验，通过智慧城市、智慧社区、智慧零售、智慧医疗等一系列场景，既展现了中国科技"硬实力"，也充分体现中国数字化建设深入民生的人文关怀。

---

1 节选自：央视网 https://jingji.cctv.com/2021/10/01/ARTIC1ZP3E308t2u7BW1mTNO211001.shtml《迪拜世博会"玩转中国馆"小程序上线 来看科技加持的中国式日常》[引用日期 2023-3-16]

小程序具体内容

在家也能逛的"线上中国馆"

"玩转中国馆"是世博会中国馆首次采用小程序形式打造的线上展馆。观众可通过微信搜一搜"玩转中国馆"直达小程序进行在线参观。作为技术支持方，腾讯希望这个"玩转中国馆"是世博会中国馆首次采用小程序形式打造的线上展馆。观众可通过微信搜一搜"玩转中国馆"直达小程序进行在线参观。作为技术支持方，腾讯希望这个移动端智慧参展互动平台能充分发挥微信小程序的便利性、社交性、分享性，为远程逛中国馆的人们带来良好的线上体验。

在小程序上，世界各地的用户都可以沉浸式浏览中国馆的精彩内容。比如，在线上了解北斗背后的中国航天故事；观赏"一带一路"风光，了解我国积极推动国际能源合作的诸多重要成果；或是穿过"时空隧道"，在社区、零售、医疗、教育、出行等与日常生活息息相关的场景里体会科技带来的便捷；还能在线观看中国馆主题电影，人人都能享受最前排的"VIP"待遇。

在线上参观中国馆的各个展区时，游客们还能在小程序中打卡，并将足迹分享到朋友圈中，在千里之外给中国馆点赞。当中国馆于迪拜当地时间夜晚上演精彩的灯光秀时，远在中国的观众也可以直接通过小程序随时随地观看精彩的演出，共赏世博会最亮眼的"华夏之光"。

世博会开幕后，中国馆内不断上演精彩的省市及企业活动，多个活动以国内外会场连线共庆的方式上线，用户可以在小程序内密切关注活动日程、了解活动资讯。

紧贴线下中国馆的科技属性，小程序内也为游客准备了富有趣味的科技互动体验。由腾讯多媒体实验室提供技术支持的"沉浸式数字山水画"小工具，会根据用户的笔触生成一幅意境悠长的山水画，并题诗一首，为世博会中国馆的文化数字体验添彩。

据了解，这座"线上中国馆"还接入了中国馆全景导览，让线上观众不用排队就能享受360度的VR体验，让每一位"云游客"真正做到足不出户，却都能尽兴而归。

除小程序外，迪拜世博会中国馆也会通过微信公众号、视频号等数字化工具作为展示窗口，以丰富多彩的内容讲好中国故事。

线下到线上：
迪拜到广深

迪拜世博会正式进入"广东时刻"。2021 年 1 月 11 日，以"合作创新，魅力湾区"为主题的迪拜世博会中国馆广东活动周在迪拜、广州和深圳线上线下同步启动。科技创新互动展和各类经贸对接活动轮番登场，展现广东科技创新实力和多元文化气息。

"迪拜和广东如能发挥协同效应，或可携手打造走在全球前列的智能化地区、知识型经济体和创新中心。"迪拜工商会主席兼首席执行官哈马德·布阿米姆说，希望深化迪拜与广东在高科技设备制造、研发、绿色低碳、生物医药、数字经济和海洋经济等新领域的合作互动。[1]

线上线下精品，展"广东智造"展实力

在迪拜世博会中国馆，"广东智造"元素处处可见。

"大家好，我是熊猫机器人优悠，很高兴与您相遇……"在智慧生态分展区，会打太极的熊猫机器人优悠吸睛无数，它是中国馆的和平友好"使者"。在中国馆的探索与发现区，"智能导览讲解员"Walker X 介绍了中国从古至今对宇宙的不懈探索。

这两款由深圳优必选科技自主研发的机器人，已经在迪拜世博会"上岗"3 个多月，这也是首次有大型仿人服务机器人在国际经贸盛会中提供如此稳定、长时间的智慧导览服务。

点开"玩转中国馆"官方小程序，观众在线上不用排队就能体验 360 度的 VR "玩法"。"我们运用小程序、短视频等平台和多媒体技术，让全世界的人们足不出户就可以参观中国馆。"迪拜世博会中国馆的腾讯合作项目负责人说，腾讯还助力打造中国馆内智慧城市、社区、零售、医疗等展项和智慧生活场景，在科技"硬实力"里融入日常生活元素。

---

[1] 节选自：中国新闻网 https://www.chinanews.com/cj/2022/01-11/9649772.shtml 《2020 年迪拜世博会阿联酋 - 广东精品展开幕》[引用日期 2023-3-16]

机器人优悠形象

而在迪拜工商会大厦，深圳市贸促委在全国率先借助世博会平台，联合迪拜工商会举办阿联酋—深圳精品展，展示50多家深圳高科技及传统优势产业企业的产品，并组织中东地区专业采购商现场观展、洽谈、采购。6000多公里之外，在国内主会场广州，阿联酋—广东精品展也火热开展。

深圳市康风环境科技有限公司带来了自主研发的新一代空气洁净材料AOP-KF固体碱，目前已获中国和美国的发明专利。"公司创始人花费3年时间，终于攻克了高湿度环境去除低浓度游离态甲醛的世界性难题，能高效杀灭空气中的病原微生物。"该公司销售经理龙丽娜说，产品目前以内销为主，希望借助世博会的平台"走出去"。

不仅在线下，阿联酋—广东精品展还依托"广东国际贸易数字博览馆"专业的线上会展平台，以"云展式""云对接""云洽谈"等方式，努力让企业不出国门也能拓展国外市场。从线下到线上，从迪拜到广深，"广东智造"活力迸发。

世博会作为全球性的大盛会，是让世界认识中国、读懂中国的重要平台。从2010年的上海世博会到如今的迪拜世博会，广东连续参加了5届世博会，举办了5次广东活动周。"广东活动周要承担起向世界展示地域文化、促进经贸交流的双重使命和任务，在国际舞台上展现广东新形象。"

考虑到疫情影响，展会全程采用线上展示、线上推介、在线洽谈、无接触供需精准对接等方式，推进广东企业与"一带一路"沿线国家和地区企业开展贸易投资往来。大族激光科技产业集团、广东三和化工科技、广州荣裕智能机械、深圳引力波联科技、东莞斯派特激光科技、深圳雄韬电源科技、广州雷诺生物科技、鸿宝科技、魔比天线技术、广东东菱电源科技、尼路科技、英得尔、乐超机电、当然电子、冰寒信息科技、均汇生物科技、汕头深特宝洁、智衣链等广东明星企业，向全世界客商展示了在智慧制造、智慧电子领域的硬核科技实力。

有企业代表称，中国企业拥有强大的制造能力和完善的供应链，通过互联网、跨境电商平台等成熟的市场通路，很容易走向世界。值得一提的是，此次"阿联酋—广东精品展"通过PC端、手机端、"2020迪

2020年迪拜世博会阿联酋—广东精品展开幕

拜世博会中国馆广东活动周"小程序同步呈现和推广,力求给参展企业带来更多品牌曝光和客户资源。活动为参展企业创造了来自40多个国家的企业之间的产销合作、供需连结、信息交流、商贸洽谈的机会。而迪拜工商会、阿联酋粤商会的积极参与,有助企业了解当地产业结构,开拓当地市场,发展合作伙伴。中国与阿联酋是共建"一带一路"的天然合作伙伴,经贸合作的潜力巨大,前景广阔。据统计,目前已有超过4000家中国企业在阿联酋投资兴业,阿联酋已成为中国在阿拉伯地区第一大出口目的国和第二大贸易伙伴,双边重大经贸合作项目扎实推进。2021年上半年,中阿双边贸易额增长势头强劲,同比增长43.6%,达到313亿美元。[1]

---

[1] 节选自：中国青年网 http://news.youth.cn/hotnews_41880/202201/t20220112_13387826.htm 《迪拜世博会"刮"起广东"科技风"》[引用日期 2023-3-16]

02

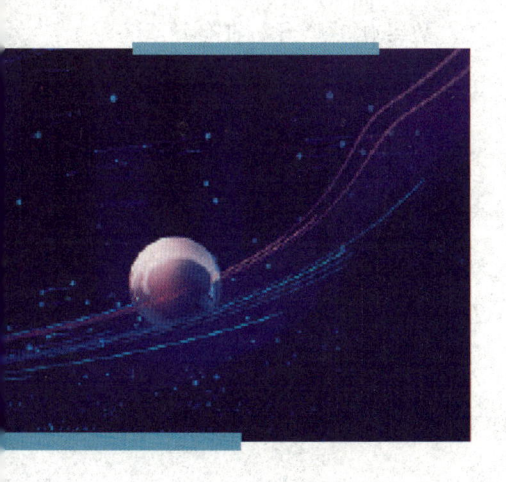

第二章
数字未来

第一节

数字技术：
刷新全球经济发展路径

编者语

  世博会上，很多国家的展馆不约而同地突显数字技术色彩。英国馆利用计算机算法将参观者提供的单词编成可读的文本，每分钟生成一首集体诗；比利时馆的"未来移动实验室"展示了他们在国家层面向软性和低移动性碳迈进的手段；荷兰馆从绿色低碳出发，通过农业、工业的数字化，演示资源可循环利用；德国馆把着力点放在数字技术在应对全球气候变化问题上。西方国家在 PC 互联网技术研发和利用上保持领先，不断把新技术和产业融合，形成了生态效应。

  世界各国已对数字技术助力人类社会未来发展达成共识。中国的比较优势会因为与他国过往发展路径的不同而愈加彰显。可以很明显地看到，移动互联网时代的中国通过消费互联网领域后来居上，丰富的应用场景随着广阔的市场需求应运而生。与此同时，数字化转型升级在各行各业如火如荼展开，激发了数实融合在生产供给、社会公共领域等场景的落地。

  回看"十四五"规划纲要，一个非常突出的特点，也是最引人注目的，当属"加快数字化发展建设数字中国"。这是中央的重要文件中第一次重点提及，并为数字经济、数字中国专设了一篇。未来，数字经济的发展路径是什么？业界人士普遍认为，数字经济并非"为数字而数字"，也不是单指新产品的发明，而是要进一步为不同行业、不同场景赋能，形成新的发展生态。

英国：文化与人工智能的碰撞

英国馆外观

　　举世瞩目的文学作品，比如莎士比亚、简·奥斯丁、查尔斯·狄更斯等知名作家的作品一直以来对全世界都产生着重大影响，也无疑成就了英国的近代文化，此次迪拜世博会，英国就将他们的文化与科技结合了起来。因此，英国馆也被称为"诗歌馆"。

　　这是自1851年第一届世博会以来，第一个由女性设计的英国馆。早在2019年，该馆的设计重任就落在了艺术家兼设计师Es Devlind 身上。展馆已于2021年10月1日正式在迪拜世博会上向世人亮相。

　　整个巨大的锥状木结构建筑里，游客们进入建筑中央空间的"合唱空间"时，会被邀请在"传声筒"上贡献一个单词，点亮20米高的立面，用他们的语言来贡献文化合作与多样性，利用人工智能系统收集各国单词，伴着合唱乐的背景音拼出诗歌。最初，人工智能机器学习模型由互联网上的文本训练开始，随后，这个模型不断学习由策展团队精心挑选的五千多首诗歌，因此，其主要利用计算机算法将参观者提供的单词编成可读的文本，每分钟生成一首集体诗。这一奇思妙想的设计，突出了英国作为文化和思想交汇点的特质。

比利时：多维可持续发展

比利时馆被称为"绿色拱门"，因为它融合了茂密的绿色植物和用实木打造的未来主义设计元素。该展馆致力于打造成为可持续发展方向的典范。它是对可再生循环经济、生物基以及地源材料、生物气候学法则、可再生能源整合和自然与生物多样性保护的典范。这不由地让人们想起哲学家吉尔·德勒兹（Gilles Deleuze）曾说过的"我们已经被剥夺且完全失去了那个我们最怀念的世界。事实上，如今的年轻人正深陷于对气候问题逃避以及人类社会面对气候改变等挑战而无能为力的消极情绪之中"。因此，比利时馆的设计无疑是对人类发展的一场深刻反思。

绿色拱门主体是一个桥梁形式的建筑，在其两根柱子之间是一个有着三维曲率的巨大拱顶。这个弯曲的拱顶是由一个称为"双曲抛物面"的最小曲面生成的。这个抛物面是用CLT交叉层压木材建造的，超过5.5公里的云杉百叶创造出了一个巨型木制的"Mashrabiya"，通过旋转180度包围整个项目，以更好地保护它免受太阳辐射。[1]

比利时馆外观

---

1 节选自：ArchDaily 网 https://www.archdaily.cn/cn/971511/lu-se-gong-men-2020-nian-di-bai-shi-bo-hui-bi-li-shi-guan-vincent-callebaut-architectures-plus-assar-architects《绿色拱门，2020年迪拜世博会比利时馆》[引用日期 2023-3-16]

比利时馆外观

　　广场被打造成一条"捷径",通过展馆直接连接"流动区域"和"可持续区域"。底层公共空间的街道装置完全由白色混凝土通过 3D 打印制成。

　　布景有 4 个亮点:首先,充满未来主义设计感的自动扶梯被设计成时空隧道的样子,将游客推向 2050 年的奥德赛。其次,再次伴随比利时漫画英雄,"未来移动实验室"为三个地区(布鲁塞尔、佛兰德斯和瓦隆)展示了他们在国家层面向软性和低移动性碳迈进的手段。第三,"主秀"提供身临其境的视频投影体验,为 2050 年树立起可持续和有弹性的比利时天际线。最后,"比利时移动中心"邀请所有人,无论老少,通过前所未有的动态捕捉,将自己投射到比利时城市和明天的生态建筑。

比利时馆外观

比利时展馆外观

同时，它也是一个对生物十分友好的建筑，拥有丰富的功能，其阳台和屋顶种植了超过 2,500 种植物、灌木和树木的密集重新植被。这些"可呼吸"的滴水外墙通过植物的蒸腾作用自然焕然一新——鼓励人们享受乐趣的大型户外露台。

未来移动实验室

荷兰：农业生产新变化[1]

随着世界人口的不断增长，人们对农产品的需求也在不断增加。近二三十年来，农作物产量的增加主要依靠施用化肥、喷洒农药、耕作机械化、改善灌溉等方式，但这些都需要消耗大量的石油、煤等资源。新时代背景下，如何利用先进技术，以可持续的生产和发展方式，实现农作物产量的突破性提升，是人们进一步研究的课题。由于土地资源的限制，荷兰种植者一直奔赴在提高农作物产量的道路上，农民从19世纪末就开始把玻璃盆覆盖在植物上用于透光和保温。因此，荷兰在玻璃温室蔬菜种植方面已有上百年的历史。

2020迪拜世博会的荷兰馆将艺术、建筑和技术融为一体。由Kossmanndejong策划的建筑事务所设计，以自然现象为主题讲述多元感官的故事。打造出一个可以收集水、能量、制造雨水、生产食物、气候循环系统的临时生态圈。

迪拜世博会荷兰馆群众参观

---

[1] 节选自：ArchDaily网 https://www.archdaily.cn/cn/969868/2020di-bai-shi-bo-hui-he-lan-guan-zai-sha-mo-zhong-chuang-zao-xin-de-lin-shi-sheng-jing 《2020迪拜世博会荷兰馆，在沙漠中创造新的临时生境》[引用日期 2023-3-16]

这个项目以模型的真实尺寸展示了"水的耗水量、能量转换和食物短缺的解决方案"。这是一个垂直的农场，表面覆盖着可食用植物，里面长着蘑菇，筒形结构有助于调整筒体内部温度湿度，收集来自空气中的水分用于灌溉植物，这个展馆每天可以收集 800 升水。

迪拜世博会荷兰馆

游客通过斜坡进入展馆，感受温度的变化。中锥内部连接控制室经过精心安排的降雨和小气候之后，植被覆盖的结构才显现出来。一离开，气味装置就会出现，重现荷兰泥土的味道。以玉米淀粉为主要原料的生物大分子材料和含菌丝菌的生物质材料为底材，可制成展馆展示的纺织品。展览大厅的设计体现了循环经济、拆解与利用的理念。在展会结束之后，原始建筑材料将归还给当地所有者，同时生物元素也将回归自然。

德国：MULTI 无缆电梯[1]

从 2020 年 10 月到 2021 年 4 月，190 多个国家通过世博会展示其最具创新意义的技术。其中世博会的一大亮点便是世界首款用于摩天大楼的无缆电梯 MULTI。蒂森克虏伯电梯公司研发出一款开拓性的无缆电梯创新系统，德国联邦经济事务和能源部将其选为德国馆（CAMPUS GERMANY）中展示的灯塔项目（Lighthouse Project）之一。蒂森克虏伯电梯首席执行官 Peter Walker 兴奋地表示，迪拜这座城市为新发明提供平台，吸引着来自世界各地的人才和企业，迪拜作为全球重要的商业中心，又是一个旅游胜地，为 MULTI 的应用提供了广阔的市场空间，MULTI 将助力迪拜的城市发展目标，向参加 2020 年世博会的观众精确展示创新技术是如何有效支持城市的发展。

MULTI 系统对电梯构造进行了革新，改变了人们在建筑内的移动方式，为建筑师、规划师和经营者带来全新视角。其载客量和独特技术对于行业来说都是颠覆性的改变。2017 年 6 月，在德国罗特魏尔高 246 米的先进试验塔上，MULTI 向公众揭开了其神秘面纱。与传统电梯相比，该解决方案对电梯井道的空间要求较小，可将建筑中电梯所占

MUTI 无缆电梯

---

1 节选自：搜狐网 https://www.sohu.com/a/327406719_120068175 《蒂森克虏伯无缆电梯 MULTI 将亮相 2020 年迪拜世博会德国馆》[引用日期 2023-3-16]

空间降低多达 50%。鉴于目前的电梯、自动扶梯井道占用超高层建筑的建筑面积最多可达 40%，这一点显得尤为重要。

MULTI 的问世是电梯行业的一场革命。该系统为每个轿厢配备线性马达，完全不需要缆绳。MULTI 既能垂直运行又能水平运行，甚至可以斜向运行，而且可以在同一井道中循环运行多个轿厢。这不仅使电梯的运输能力提高了 50%，还缩短了乘客的等待时间。MULTI 为未来城市创造了更多的设计可能性和更高的建筑效率。它打破了建筑高度限制，可以用于从一座建筑穿梭到另一座建筑的人行天桥，还为地下交通枢纽开辟了发展新方向。

蒂森克虏伯电梯德国罗特魏尔试验塔

MUTI 无缆电梯概念图

MULTI 每秒最高运行速度可以达到 5—6 米，但需要的峰值功率却和传统电梯系统相比降低了 70% 的能耗。这大大减轻了建筑物的能源需求，更有利于管理成本的降低，也同时降低了电力基础设施的投资成本。尤其是对于 300 米以上的高层建筑，使用 MULTI 电梯是它们的最佳解决方案。

在 2020 年迪拜世博会期间，德国馆运用数字和现实元素展示创新技术 MULTI 是如何帮助未来的人们在建筑物内部和建筑物之间移动的，让大家一览未来城市楼宇交通的风采。根据世博会提出的未来城市交通概念，MULTI 展示了其在各种交通解决方案（从地下交通到空中出租车）中的运用。其中，采用水平运行的 MULTI 系统的人行天桥将把客流输送能力提升到一个全新的水平。

德国馆占地 4600 平方米，将围绕世博会的可持续发展主题展示多项创新技术和产品。除了未来能源实验室和生物多样性实验室，这里还设立一个未来城市实验室。未来城市需要更高效的移动解决方案——蒂森克虏伯电梯和 MULTI 将在该领域大显身手。

中国：科技出海，再展大国风采

智慧生活展区：展示科技加持的中国式日常

在此次世博会上，中国馆第三展区"创新与合作展区"从智慧城市、智慧生活、智慧生态等多个维度，以"美好的家园"为主题，展望未来的美好生活，是整个中国馆的重要亮点。

与2010年上海世博会"城市让生活更美好"主题相呼应，在"智慧城市"展项中，世界看到了中国宏大的"未来城市"图景——巨大的立体城市沙盘和大屏共同呈现出一座3D的虚拟未来城市，在云计算、大数据、物联网、人工智能等新技术推动下，人们共治、共建、共享健康和谐的美好未来。作为展项共建方，腾讯云WeCity未来城市解决方案已落地北京、上海、深圳、广州等十多个城市，助力这一梦想逐渐成为现实。

在"智慧生活"展区，游客们可以看到，居民通过物联网、无感支付等技术流畅停车；核酸检测可通过手机轻松完成预约；单独出门的老人跌倒、AI及时将意外情况通知管理人员救助……现场观众还可以扫码体验一台虚拟"智慧零售"柜，了解数字化技术在一次购物的各个环节如何发挥作用。这些中国老百姓刷个微信就能享受的服务和熟悉的场景，却让外国观众感到十分新鲜。[1]

迪拜世博会中国馆"智慧生活"展区

---

[1] 节选自：中国日报中文网 http://ex.chinadaily.com.cn/exchange/partners/82/rss/channel/cn/columns/snl9a7/stories/WS624eb338a3101c3ee7acf589《科技出海，合作共赢 | 世博会带给AI产业的不止猎奇》[引用日期 2023-3-16]

目前，全球针对新冠疫情的抗争还在继续，这也让"智慧医疗"成为一个备受瞩目的展区。现场展示的腾讯医疗 AI 基层导辅诊系统，生动讲解了科技如何全面提升基层医院医生的诊疗能力、改善老百姓们担忧的看病慢、看病难等问题。值得一提的是，本次中国馆还特别呈现了"科技抗疫"相关的内容。现场观众们可以看到，2020 年初新冠肺炎来袭时，能最快 2 秒识别病灶的腾讯觅影医学影像 AI，为武汉方舱医院提供技术支持的故事。

"智慧医疗"展区

通过一个个智慧场景，迪拜世博会中国馆向全世界展示了中国老百姓充满科技范的"小日子"，与背后中国数字化建设提升人民获得感、幸福感、安全感所取得的"大进步"。

作为中国馆"线上＋线下"精彩体验的重要合作建设者，腾讯表示，通过科技不断提升人类生活品质，实践"用户为本、科技向善"是腾讯的使命，这与世博会的愿景、以及本次中国馆的主题高度契合。在为期半年的迪拜世博会中，腾讯作为官方合作伙伴持续为中国馆提供数字化支持[1]。

在 2022 年腾讯品牌日期间，腾讯还以不同主题的精彩直播，展现互联网科技在文化、零售、医疗、公益等中国老百姓不同生产生活场景中发挥的作用，将更美好的中国展示给全世界。

此外，作为迪拜世博会中国馆官方短视频平台，腾讯微视通过短视频、直播等形式展现真实、立体、全面的中国，助力讲好中国故事。

---

1 节选自：央广网 http://tech.cnr.cn/techph/20211001/t20211001_525621607.shtml 《迪拜世博会"玩转中国馆"小程序上线 十一在家也能逛世博》[引用日期 2023-3-16]

第二章 数字未来 — 051 —

抢占科技先机的 5G 技术

迪拜一直是科技创新与未来技术应用的试验场，是技术创新的引领者。凭借扎实的基建基础，迪拜世博会以大数据与人工智能为"大脑"，以物联网和5G为"神经"，真正实现了5G网络全覆盖。自此，迪拜世博会已不再是一个封闭的、预先规制编排好的物理空间，而是一个更加流动的、开放的空间，为世界各地的游客提供跨媒体、多模态的游览体验。

中国馆全面覆盖极致容量的先进5G网络，传输速度相比4G提升了20倍以上，完全满足了成千上万名观众5G网络新体验及用网要求；也为这场大型盛会的组织者、媒体、电视转播商、观众等提供了强有力、高可靠的通信网络服务；向全球传播这一场精彩绝伦的视听盛宴，更让世界看到了中国科技的硬核实力。

中国馆内部景象

创新智造的无人驾驶技术

世博中国馆展出无人驾驶新能源概念车与中国北斗、中国高铁一起组成中国智造"三剑客"，展示出了中国高端制造业的强大创新实力和独特科技魅力。生物智能主动交互汽车集生物智能交互、光合作用能源、零重力座椅、全息影像交互、自动驾驶等先进技术于一身，展现未来不受空间限制、人车环境融合共生的智慧出行美好画面，可谓"一眼科技、一眼未来、一眼中国"的独特体验。

中国馆内部景象

AIoT 赋能下的群智机器人

本届世博会的另一个亮点便是随处可见、热情活泼的吉祥物机器人 Opti。憨态可掬的 Opti 每天兢兢业业为游客提供着细致的服务和精彩的表演，已经成为了世博园区内的新晋"网红"，受到全球各年龄段游客的喜爱。Opti 的问世像"礼物"一般给世人带来欢乐、信心和力量，为本届世博会注入了一剂"强心剂"，更让世界见证了中国智造、中国速度，以及中国新生代企业的科技力量。

除 Opti 外，由中国科技企业特斯联所打造的各款泰坦机器人在世博舞台上演了一场群智化变革，通过 AIoT 物联网技术，机器人群体互联互通，可实现一键召唤，在世博会园区实时配送、巡控、表演等任务中展现出色的智能决策能力。

吉祥物机器人 Opti

迪拜世博会首席科技官穆罕默德·哈希米（Mohammed Al Hashmi）在接受媒体采访中讲到，在为期六个月的会展期间，特斯联为世博园区部署了 150 多台智能交互机器人，用于服务游客。每台机器人都配备先进的通信技术，以及人工智能驱动的对象映射和监测功能。在世博会结束后，这些机器人仍然留在后世博特区，持续提供园区智能化服务。

迪拜世博会的智能递送机器人

机器人不仅是一场产业变革，更进一步激发了千亿市场。迪拜世博会为中国 AI 科技公司在全球范围内的交流和合作提供了沟通平台和成功范例，吸引大批国际巨头抛出橄榄枝，加速更多持续性合作。

在世博会期间，特斯联与中东在线餐饮配送巨头 talabat 达成首期合作，以智能递送机器人代替人工餐食配送，在 182 天的一期服务合作中出色完成了 8000 多单送餐任务，现场部署共 80 条线路可供选择，平均每单仅需 20 分钟，在疫情期间，人潮汹涌的世博主会场，这样高效、安全、节省人力成本的无接触配送备受赞誉。

"鲲"的诞生——上汽概念车亮相世博会

在迪拜世博会中国馆内，游客们会发现有一辆名为"鲲"的概念车陈列其中。有趣的数字前脸让来自四海的游客驻足停留，透过"鲲"体验一场跨越时空的中国之旅。[1]

为什么叫"鲲"？

"鲲"的外形

一直以来，中国现代航天事业就充满了神话色彩——中国的空间站叫做"天宫"，探月卫星叫做"嫦娥"，太阳监测系统叫做"夸父"。新时代的中国用世界领先的科技，继续着前人的追问。上汽设计则沿用了相同的思路，用一个古老的传说，表达"世界与中国，山海一脉"的核心理念。

"鲲"的前大灯尤为特别，它有一个诗意的名字"流水灯"，灯光由中央向四周流淌，寓意能量流动，万物共生。被流水灯所包围的是鲲的数字前脸，它可以借助车身上的各种感应装置，实时感知车外天气与路况，同时通过车内座位上的神经元感应器与情绪监测系统，感应到用户的心情。

---

[1] 节选自：新浪网 https://cj.sina.com.cn/articles/2298836177/890574d102000xx5v 《上汽集团鲲概念车亮相2020迪拜世博会》[引用日期 2023-3-16]

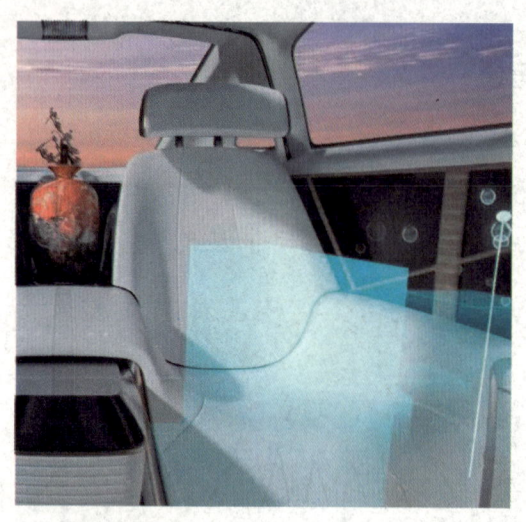

"鲲"的概念内饰

在内饰方面，"鲲"围绕中国客厅布局，设置气味、烟雾、假山、瀑布等微景，从五感着手为用户带来"人在画中"的意境。

通过"鲲"，上汽提出了自己的未来宣言，并推出了全新品类BIV。BIV全称Bio-intelligent Interactive Vehicle，意为生物智能主动交互汽车。上汽希望，在未来，车不再是一个冷冰冰的机器，而是出行的伙伴。随着汽车智能化的不断演进，汽车的生命感会是未来汽车设计发展的一个重要方向。

远程启动服务获点赞

在迪拜，10月依然是夏季，白天的平均气温在35摄氏度左右，有时最高气温将近40摄氏度。中国馆内，概念车"鲲"成为人气担当。馆外，上汽则为用户准备了清凉。据了解，世博会期间，上汽集团提供涵盖轿车、SUV、MPV、轻客4种车型作为中国馆的接待服务用车。

据相关负责人介绍，此次为中国馆提供的服务用车MARVEL R上，搭载了上汽自主研发的车机系统，能实现语音声控，远程用手机控制车辆，如开启空调、自动寻车等功能。其中，远程启动车辆受到了司机的广泛好评："在炎热的夏天，能够提前启动车辆降低车内温度，这个功能太实用了！司机和乘客的体验都上升了一个档次。"

实际上，要在中东地区实现这些互联网汽车功能并非易事。据介绍，一方面，这套车机系统是首次在中东地区使用，需要大量的测试和调试；另一方面，如果未来这套车机系统想要在GCC（海湾阿拉伯国家合作委员会）地区实现更新覆盖，需要打通各个国家不同的网络服务运营商。最终，由上汽国际牵头，经历重重谈判，只签订一家运营商就达到了实现GCC地区的覆盖，这也为之后这套车机系统的全面上线铺平了道路。

第二节 数字合作：注入广东智慧

编者语

广东的产业发展繁花似锦靠什么力量驱动？一座城市汇聚创新智慧又是靠什么力量驱动？作为改革开放的排头兵、先行地、试验区和数字化发展大省，广东在加快数字化发展方面达到了前所未有的高度和热情。广东"十四五"规划纲要指出"推进数字化发展，全面塑造发展新优势"，要加快建设数字广东，全面推进经济社会各领域数字化转型发展，着力提升数字化生产力，充分发挥数据作为关键生产要素的重要价值，推动经济发展质量变革、效率变革和动力变革，建设全球领先的数字化发展高地。

当前以数字技术为代表的科技革命正在改变传统制造业生产模式，数字化、智能化发展趋势也在加速制造业价值链向微笑曲线的两端延伸。作为全球重要制造基地，推动先进制造业与现代服务业深度融合发展是广东制造业由大到强的必然选择，对广东壮大经济新动能、打造世界级先进制造业集群具有重要意义。

近年来广东与中东阿拉伯国家不断深化数字化领域合作，为各国经济复苏、实现互利共赢注入动力。而且这种动能在不断充实，根据来自中国信息通信研究院发布的《中国数字经济发展白皮书》，2020 年我国数字经济规模达到 39.2 万亿元，占 GDP 比重为 38.6%，是国民经济的核心增长极之一。其中，广东数字经济规模第一，已经超过 1 万亿元。广东"十四五"规划纲要目标明确，到 2025 年，广东数字经济核心产业增加值占 GDP 比重指标要达到 20%。

广东智慧——
迪拜世博会的建造印记

10月1日，2020年迪拜世界博览会（Expo Dubai 2020）开幕。深圳企业中建科工集团旗下中建钢构参建此次盛会的两大重要配套建筑。[1]

迪拜哈斯彦电厂与地铁世博园站

迪拜哈斯彦清洁燃煤电站项目是"一带一路"重点项目，由4台600兆瓦（净出力）超临界机组组成，总占地面积120万平方米。目前1#机组已平稳商业运行近1年，2#机组也于2021年9月5日抢在世博会开幕前顺利投入商业运行，为迪拜世博会的顺利举办提供电力支持。

由中建钢构参建的迪拜哈斯彦电厂，是迪拜世博会重要的能源保障，它协助支撑超过190个参展国家与地区的展馆能源需求。这是世界首个实现双燃料满负荷供电的电站，保证最大"火力"为迪拜世博"助燃"。

作为中东首座最大最先进的燃煤电厂，迪拜哈斯彦4×600兆瓦清洁燃煤电站由迪拜水电局（DEWA）规划建设，中建钢构作为参建方，承包全场钢结构的深化设计、加工制造和现场安装，总吨位超7.4万吨。

项目建成后将成为中东首个清洁燃煤电站，同时也是世界首个实现双燃料满负荷供电的电站。该电站4台机组计划于2023年全部投入商业运行，投运后将为迪拜提供20%的电力能源。

迪拜哈斯彦电厂项目团队不仅在技术上攻克难关，也时刻关注项目周边的环境保护问题。按照国际标准和环保要求，项目标配2座储煤场，采用三角管桁架、下拉索结构形式，结构轻盈美观，兼顾经济性。整个储煤场钢结构工程全部严格按照国际标准进行结构设计、材料采购、加工制作及施工验收。储煤场建成之后，单座储煤场长度677米，跨度122米，占地面积高达8.3万平方米，相当于12座标准足球场的面积；用钢量约8100吨，总重与巴黎埃菲尔铁塔相当，高强度钢拉锁全长达7800米，单座煤场储煤量57万吨，能够至少满足2台60万千瓦机组连续满负荷运行45天。

---

1 全文选自：澎湃新闻 https://www.thepaper.cn/newsDetail_forward_14765327 《建证"华夏之光"！中国建筑助力迪拜世博会》[引用日期 2023-3-16]

迪拜哈斯彦电厂建设

施工过程中，中建钢构的项目团队还要面对复杂的桁架结构。针对这一技术难关，团队创新设计了标准化地面拼装胎架、格构式安装胎架和千斤顶卸载系统，通过施工模拟分析、胎架受力计算、张拉过程模拟和重大构件吊装分析等措施，保证了现场安装的顺利实施。日新月异的工程形象向世界展示了中国建筑的高水平、高技术。

哈斯彦项目施工区紧邻迪拜的野生动物自然保护区，那里栖息着多种海洋与陆上生物，其中包括濒危物种。2016年电站建设开工不久，项目就将海上施工区域内的2.8万余株珊瑚移植到附近适合生长区域。为了避免施工期间惊扰海洋生物，工人们控制夜间施工照明，保证濒危物种鹰嘴海龟正常繁殖。在建设过程中，项目团队重视垃圾处理、污水处理，现场设有专门的建筑垃圾分类处理点，从源头控制，确保当地生态环境不受到破坏。

阿联酋海洋环境组织主席和创始人阿里·萨格尔说道："看看项目周边的海域，你会发现大海依然很清澈、很漂亮，跟开工建设前相比没有太多区别。用心帮助我们保护环境，中国建设者令人尊敬！非常感谢他们。"

哈斯彦电厂是中国与阿联酋合作"一带一路"建设的重要缩影。作为丝路基金在中东的首单投资，哈斯彦清洁煤电站建成后也将是中东首个清洁燃煤电站。

钢骨展翼，助"运"世博

为保障世博会约 2500 万各国来客的通畅出行，迪拜政府延长地铁红线 15 公里，为本次世博会提供每小时双向 46000 名乘客的运力。这条"世博专线"共有七个站，其中最具特色的当属中建钢构参建的标志性终点站——世博园站。

世博园站临近马克图姆机场，占地面积约 3 万平方米，是迪拜 2020 世博园的重要配套工程。世博园站设计巧妙独特，外形像一对张开的金色翅膀，象征着迪拜正在朝着充满创新与改革的未来腾飞。中建钢构负责世博园站的钢结构制造安装，全站用钢量约 5500 吨，屋面钢结构为大跨度悬浮结构。所有钢构件均为金色建筑外露杆件，整体设计大气而磅礴，外表简约而内构复杂。

迪拜地铁 2020 专线世博站项目钢结构施工技术难度之高，主要体现在它由五个大屋面结构构成，其中最大跨度 46 米，每个大屋面又由 300 多根弦杆组成，且每一根弦杆的尺寸角度都不一样，对构件的制作及安装精准度要求极其苛刻。

在迪拜的烈日骄阳下、漫天黄沙中，中建钢构的项目团队在面对各种施工难题时大胆创新：自行设计开发悬挂式脚手架解决了空间狭小的问题，避免作业面交叉影响；创新提出"听音识板"、钻孔抽查的内隔板

迪拜哈斯彦电厂建设

验收方法，大大降低了验收时间，提高了拼装效率；采取考核筛选、正面奖励的"施工熟手"鼓励机制，提升了焊缝打磨的效率和质量，保证了项目履约。

在最高可达 50 度的炙烤天气下，中建钢构的项目团队以铁骨担当和创新智慧，在异国他乡的鏖战中，交出漂亮的答卷：项目荣获 2020 年 ISA 国际安全奖等荣誉，进一步擦亮了"中国建筑"的品牌。

数字未来——
广东熊猫机器人优悠载誉归来

  2022年3月31日，迪拜世博会"华夏之光"中国馆正式闭馆，为期182天的展示圆满结束。当天举行的闭馆仪式上，中国馆馆长郭英会进行了现场致辞，此外，还有舞龙舞狮等中国传统文化表演，以及和平友好使者熊猫机器人优悠展示太极。现场气氛热烈，众多游客参与见证了中国馆的"落幕演出"。[1]

熊猫机器人优悠在迪拜世博会中国馆闭馆仪式后和观众互动

  作为代表中国原创前沿技术水平的"科技名片"和国家先进生产力的"社交名片"，熊猫机器人优悠在世博会这一世界舞台上大放异彩，成为各国嘉宾、游客和媒体眼中的"明星"，向世界传递中国AI。

---

[1] 全文选自：人民网 http://finance.people.com.cn/n1/2022/0401/c1004-32390297.html 《迪拜世博会圆满闭幕 熊猫机器人优悠载誉归来》[引用日期 2023-3-16]

奉上这份世博会科技"成绩单",向世界传递中国 AI

为期六个月的迪拜世博会是在中东、非洲和南亚举行的首届世博会,也是阿拉伯地区有史以来规模最大的庆典。192 个国家共襄盛举,近 2500 万人次的游客齐聚一堂,共同参加这一历史与现代交融,创新与文化互映的奇妙旅程。

中国馆被誉为世博会最受欢迎、最具特色、最令人振奋的国家馆之一,并获得大型和超大型自建馆建筑类"世博会奖"铜奖。中国馆集中展示了我国在航天探索、信息技术、现代交通、人工智能、智慧生活等领域的创新成果,展出北斗卫星、中国高铁、海水稻、智能机器人等核心展项。全球有近 176 万游客感受和体验了"华夏之光"科技感与互动性的巧妙融合。

熊猫机器人优悠在迪拜世博会中国馆展示画画技能

优必选科技作为 2020 年迪拜世博会中国馆"官方唯一智能机器人合作伙伴",有多款机器人在中国馆提供智能服务,向世界展示中国智造与科技创新的最新成果。

迪拜世博会期间,熊猫机器人优悠为中国馆提供超过 1000 场次的接待导览服务,其中有超过 165 场的接待是来自阿联酋、奥地利、俄罗斯、德国、法国、日本等 45 个国家和地区的政企商界嘉宾及 VIP 参访团。熊猫机器人优悠的"兄弟"Walker X 机器人则在中国馆的探索与发现展区服务超过 1200 小时。这是首次有大型仿人服务机器人在全球顶级盛会中能稳定和安全地提供这么长时间的智慧导览及互动体验服务。六个月的时间里,熊猫机器人优悠和 Walker X 在高强度、高密度的真实商用场景中,进行了 0 失误的展示,是非常坚实的落地检验,创造了人类历史上首个大型仿人服务机器人真正商业化落地应用的历史。

商用服务机器人克鲁泽担任中国馆的

"志愿者"，白天在中国馆各楼层为全球游客提供导览讲解服务，晚上则在馆外广场担任"气氛组"进行舞蹈表演。悟空机器人被作为礼品送给阿联酋外交与国际合作部长阿卜杜拉·本·扎耶德·阿勒纳哈扬、国际展览局秘书长迪米特里·科肯切斯等国家政要和VIP嘉宾。此外，参观中国馆的游客还能领到特别定制的熊猫机器人周边礼品。

克鲁泽机器人在中国馆前方广场表演舞蹈

熊猫机器人被当作礼品赠送给马尔代夫经济发展部副部长里亚兹·曼苏尔

世博会期间，优必选机器人家族因为"勤劳工作"，在全球获得约35亿次全网总曝光，获得超过600家媒体的持续报道关注。熊猫机器人优悠还4次登上新闻联播，获得近500家外媒报道。

各国代表接力"种草"，全世界花式"打call"中国前沿科技熊猫机器人优悠成了中国馆的"网红"，不仅打入了"外交天团"的"朋友圈"，还获得中国驻外机构及领事馆的点赞。外交部新闻发言人，新闻司副司长汪文斌，中国驻美大使馆发言人刘鹏宇，中国驻巴基斯坦文化中心主任张和清在Facebook和Twitter上邀请全球观众到中国馆和熊猫机器人互动。中国驻悉尼领事馆、中国驻马尼拉领事馆、中国驻马耳他领事馆也纷纷发来"贺信"，介绍中国馆的尖端科技成果和熊猫机器人。

阿联酋驻华大使阿里·扎希里在优必选活动日上高度评价中国馆的展览展示。他表示："世博会中国馆的展品，融合了中国特色和前沿科技，让全世界的游客近距离感受中国AI创新力，向全球观众展示中国文化魅力。"

法国前总理让·皮埃尔·拉法兰和熊猫机器人优悠机器人握手互动

　　法国前总理、中国"友谊勋章"获得者让·皮埃尔·拉法兰看到熊猫机器人非常高兴,并主动要求与其合影留念。墨西哥外交部副部长玛莎·德尔佳观看熊猫机器人表演后与机器人握手互动,她高度赞扬中国馆的设计和展项,认为中国馆展陈内容丰富,充分展现了中国的先进科技和美好愿景。

　　迪拜世博会中国馆的第十万名游客赛伊夫接受采访说,中国馆的展览展示很棒,结合了古老的中国文化和现代的中国科技成就。来自意大利米兰的游客马尔科·巴比里表示,很高兴能这么近距离的和机器人互动,这是他第一次看到熊猫机器人打太极,非常吸引人。

熊猫机器人优悠机器人与游客拍照

开启 AI 新征程，与全球共享中国科技创新成果

迪拜世博会虽然圆满谢幕，但是创新探索的脚步却从未停止。自1851年英国伦敦首次举办开始，作为展示人类伟大创新的世界舞台，电视、计算机、电话等重大发明都是在世博会上首次亮相。

优必选首席品牌官谭旻表示，"世博会被誉为'经济、文化和科技界的奥林匹克盛会'，优必选科技很荣幸能够参与其中，与代表各个国家最新和最高精尖的科技产品同台展示。让智能机器人走进千家万户是优必选科技的使命，我们也期待与全球共享中国的科技创新成果，向全世界游客展示中国科技创新的魅力。"

优必选科技入选2020迪拜世博会，并成为中国馆"官方唯一智能机器人合作伙伴"，既是核心技术不断积累的铺垫，也是长期商业探索的结果。

悟空机器人与人互动

优必选科技布局了包括高性能伺服驱动器、机械传动、运动规划与控制、计算机视觉与感知、智能语音交互、SLAM与导航、人机交互和手眼协调等核心技术，同时推出了机器人操作系统应用框架ROSA服务等。公司以智能机器人为载体，人工智能技术为核心，提供"硬件＋软件＋内容＋服务"全栈式解决方案，服务了不同国家、不同行业的垂直客户的多场景应用需求和消费者多元化需求，解决社会重大问题和满足社会重大需求，为人类创造更美好的生活。

03

第三章 中阿机遇

第一节

世博会上的
可持续发展

编者语

  2020 迪拜世博会的主题为"沟通思想，创造未来"，同时还有三个副主题："机遇""流动性""可持续性"。"可持续性"作为此次盛会的主题之一。有专门为其建设的主题馆，其风格迥异在世博会上大放异彩，成为迪拜世博会的一大亮点。可持续发展馆强调独特的设计理念以及对可再生能源的利用。此外，世博会园区内的其他展馆从建筑设计到实际运营都各显身手，利用最新技术和巧妙创意体现可持续发展的理念，为世界探索可持续性的生活方式提供了诸多灵感。

  一直以来，中国对可持续发展都有着清晰的战略判断。面对世界格局的动荡变化、历史任务的迭代更新，中国在可持续的探索实践道路上足音铿锵、昂首阔步。走自己的路、办好自己的事，一直是中国走出中国式现代化道路的成功秘诀。2022 年，北京冬奥的绿色底色让我们看到长江黄河奔腾澎湃绘就着新"母亲河"的故事，以及碳达峰碳中和目标的实现，中国的"时间表"令世界赞叹。这些不仅是为构建人类命运共同体去做，更是为中华民族永续发展去做，中国从高速增长到高质量发展的转变就是践行"绿水青山就是金山银山、环境就是民生"的发展理念。一幅幅"青山不墨千秋画，绿水无弦万古琴"的大美图景徐徐铺展。人与自然和谐共生的新格局，改变着中国，影响着世界。

迪拜世博会的
可持续展馆

　　迪拜世博会开幕后的第一个主题周聚焦气候变化和生物多样性。作为本届世博会三大特色主题场馆之一的可持续展馆,其独特创新的设计理念让对可再生能源的有效利用成为本届世博会的焦点。[1]

可持续展馆的"能量树"和水塔

　　可持续展馆以拉丁语中"大地"一词"Terra"命名。整个场馆采用钢结构,形似一个巨大的树冠,宽度达130米,充分结合阿联酋阳光充足和天气潮湿的气候特点,从多达4912个光伏电池板组成的顶部获取太阳能和场馆周围漏斗形状的水塔吸取水分,加上场馆周边18棵直径在15米至18米不等的"能量树",每年可提供4吉瓦时的电力,足够为90万部手机充电。更精妙的是,"能量树"的支架采用复合碳纤维材料,可以根据太阳的方向实时调整"树冠"的角度,提升发电效率。整个场馆不仅外观设计看上去极具未来科幻色彩,同时试图通过达到场馆能源自足来探寻未来可持续发展之路。

"大地"由多达 4912 个光伏电池板组成

---

[1] 节选自:中国新闻网 https://www.chinanews.com.cn/gj/2021/10-07/9580781.shtml 《迪拜世博会可持续展馆:外形科幻,内核环保》[引用日期 2023-3-16]

可持续发展馆的建筑设计充分结合了阿联酋阳光充足和天气潮湿的气候特点。场馆周围漏斗形状的水塔以及场馆内部 6 个不同的水循环系统，能够有效吸收潮湿空气里的水分，并将其循环利用，配合创新的灌溉技术，可以为场馆周围的绿植提供用水，使得整个可持续发展馆的用水降低了 75%。世博会首席场馆总监玛尔詹表示，在身处沙漠腹地的迪拜打造一个节能环保、能源自足的零碳园区，旨在引发人们对生活方式的思考，探索人类如何更好地与自然相处。

个性化且具有趣味性的主展区图

除了设计理念先进外，个性化且具有趣味性的主展区也是一个寓教于乐的好场所，游客可以在分别以海洋和森林两个不同主题设计的游览路线中任选其一，身临其境地感受大自然的生态环境。

展馆通过影像和问答游戏等娱乐装置，展现了人类垃圾和过度消费给海洋和森林等自然环境带来的影响，引发人们对自己的生活方式进行反思。

德国游客本杰明表示，可持续展馆令人印象深刻，展厅所表现出的问题其实是日常容易被忽略，却需要去关注的事，这可以提醒人们关注日常生活对环境产生的影响。

德国游客接受采访

第三章　中阿机遇　　— 069 —

迪拜世博会各展馆
各显身手，力推可持续

"可持续性"是正在阿拉伯联合酋长国举行的 2020 年迪拜世博会的主题之一。从建筑设计到实际运营，世博会园区内的很多展馆都各显身手，利用最新技术和巧妙创意来体现可持续发展的理念，为世界探索可持续性的生活方式提供了诸多灵感。[1]

游客在迪拜世博会的新加坡馆前拍照

新加坡国家馆可以说是世博会上"最绿色"的展馆。通过 8 万株垂直栽培和 1770 株悬挂植被，打造了一个美轮美奂的空中花园。郁郁葱葱的植物已经成为建筑不可分割的一部分。展馆同样采取太阳能供电，而浇灌植物的水则来自淡化后的地下盐水。展馆还遍布着冷雾扇，可以明显降低环境温度。

新加坡馆的工作人员介绍说，即使位于迪拜夏日的沙漠中，馆内也很少需要开空调。参观者走在其中就如同漫步在气候潮湿、绿树成荫的新加坡一样。这座展馆显示只要设计合理得当，就可以减少建筑和城市对环境的压力。

德国馆设计了三大展区，分别展示创新型的风能系统、智能模块化农场和生物多样性实验室，促使人们思考如何应对全球气候变化带来的挑战。

---

[1] 节选自：经济日报 https://static.jingjiribao.cn/static/jjrbrss/rsshtml/20211225/382027.html 《迪拜世博会力推可持续发展主题》[引用日期 2023-3-16]

西班牙馆以"生命智慧"为主题,在设计中综合了创造力与生命力,底层的"智慧森林"展区是一片由 3D 打印而成的、能够制造氧气的人工森林,以及一棵能与公众互动的生命之树。[1]

西班牙馆"智慧森林"展区

中国国家馆也采用多项科技创新,积极践行可持续发展理念。中国馆名为"华夏之光",是本届世博会面积最大的外国展馆之一。据展馆工作人员介绍,整个建筑采用了节能环保的材料,使用太阳能光伏板为局部景观照明。在建设过程中,中国馆也尽可能节省材料并使其可回收利用,减少了对环境的压力。

游客在迪拜世博会中国馆内参观

---

[1] 节选自:中国经济网 http://www.ce.cn/xwzx/gnsz/gdxw/202112/25/t20211225_37201984.shtml 《迪拜世博会力推可持续发展主题》[引用日期 2023-3-16]

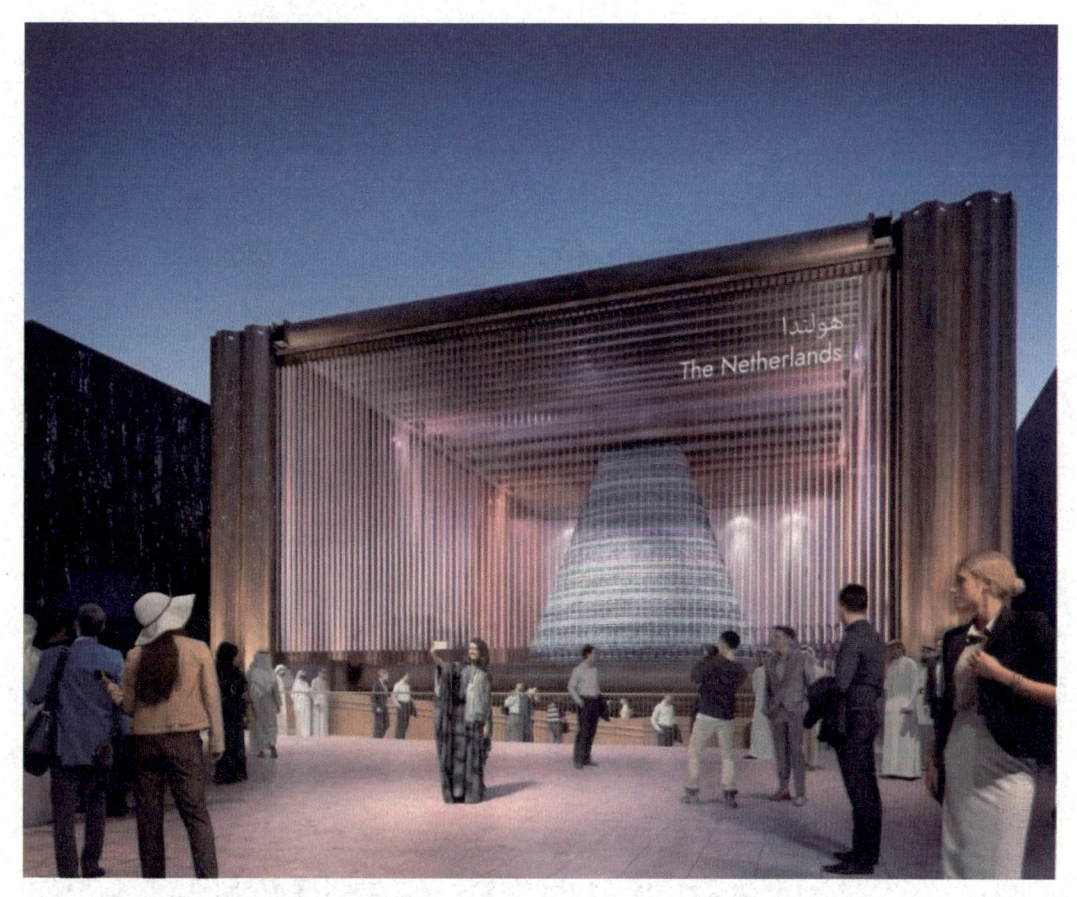

迪拜世博会的荷兰馆

　　荷兰国家馆则另辟蹊径，不追求建筑外形的奇观，而是将其打造成了一个高度自给自足的水和能源系统。展馆顶部覆盖了半透明的太阳能电池板，在充分吸收太阳能的同时又能让光照射进馆内。阳光哺育之下，荷兰馆内垂直农场的大量植物在茁壮成长。种植的芦笋、罗勒、薄荷都会成为展馆餐厅中的美食。

　　荷兰馆工作人员说，展馆的先进设施可以从空气中收集水分，每天可以提取多达1300升的水，用以灌溉垂直农场上的植物，并被净化成供游客饮用的纯净水。此外荷兰馆建筑基本都是由钢材构成，在世博会结束后，将全部拆卸后回收使用。[1]

---

[1] 节选自：新华网 http://www.xinhuanet.com/world/2022-01/17/c_1128270750.htm 《全球连线｜迪拜世博会上的可持续科技为未来生活提供灵感》[引用日期 2023-3-16]

第二节 世博会期间的能源合作

编者语

展望未来，中阿值得关注的机遇之一就是新能源，因为能源合作是两国合作的主轴和基础。目前，整个中东已有很多石油项目开采、动工，双方之间做了大量的合作。而太阳能、风能等清洁能源领域一直是中国企业处于国际领先水平，而阿联酋在光伏发电产业的天然优势完美具备，因此两国在能源合作上拥有广泛空间。未来中阿将继续在新能源领域展开密切合作。

不管是从过去的发展经验、还是从现在的发展规划以及未来的目标来看，大湾区的"双碳"先锋之路一直都走在全国前列。"后石油时代"，中阿两国能源可以实现优势互补，为进一步夯实可持续发展战略，巩固中阿能源互利共赢的桥梁，从清洁能源切入合作是个新的机遇，相信未来中阿能源合作将行稳致远，不断迈进更深层次。

迪拜世博会与会嘉宾

世博会期间的能源合作·山西篇

2021年11月8日，2020年迪拜世博会中国馆山西周开幕式和中国·山西能源革命创新合作（迪拜）云推介会（下称"能源云推介会"）以线上线下相融合的方式举行，在太原设主会场。[1]

本次山西周以"机遇、创新、合作"为主题，推出四项活动，包括线上线下相融合的开幕式，中国·山西能源革命创新合作（迪拜）云推介会，山西文旅、舞台艺术、非遗线上展演展示，山西品牌商品云上展。

作为中国首个能源革命综合改革试点省份，近年来，山西纵深推进能源革命综合改革试点，实施碳达峰碳中和"山西行动"，推动经济社会发展全面绿色转型，加快形成节约资源和保护环境的产业结构、生产方式、生活方式、空间格局。

此次，山西通过高质量参展，推动与包括阿联酋在内的中东国家和世界各国在能源领域的全面深入交流与合作。

"阿中两国企业交流合作也十分密切，当前有越来越多的（中国）企业在阿联酋迪拜开设机构。"迪拜世博局执行董事纳吉布·阿里在视频中说，期待更多企业在阿联酋迪拜投资兴业。

能源云推介会上，晋能控股电力集团、华阳新材料科技集团有限公司、太原重型机械集团、国家电网有限公司等企业就光伏、风电、储能等能源领域项目合作进行推介。

山西文旅、舞台艺术、非遗线上展演展示和山西品牌商品云上展活动于2021年11月8日至10日举行。山西品牌商品云上展，重点面向阿联酋等中东国家，搭建商品展示、供需配对、在线交流、合作洽谈等平台。山西"名优特"、非遗文创、生物医药、清洁能源、装备制造、汽车制

2020年迪拜世博会中国馆山西周开幕式现场

---

[1] 节选自：中国新闻网 https://www.chinanews.com/gn/2021/11-08/9604874.shtml《山西开拓能源领域国际交流合作》[引用日期 2023-3-16]

造等领域的近 200 家企业参加。

山西周期间，迪拜工商会、北欧科技创新型企业，就能源生产绿色转型、低碳节能高质量发展等议题，在晋开展实地考察、交流对接活动。

迪拜世博会中国馆山西周场地概念图

世博会期间的能源合作·上海篇

2021 年 12 月 1 日，以"低碳发展 智见未来"为主题的"上海电气日"活动在迪拜世博会中国馆举行。[1]

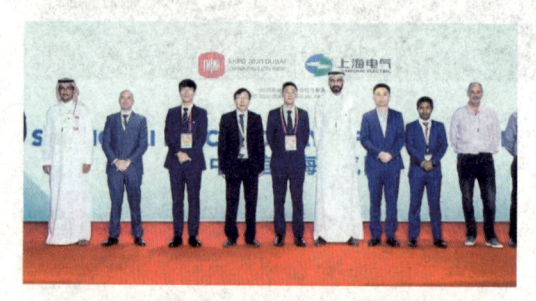

"上海电气日"活动现场

本次活动紧扣迪拜世博会"沟通思想，创造未来"主题，和中国馆"构建人类命运共同体——创新和机遇"主题。通过创新、协调、绿色、开放、共享五方面，充分反映上海电气参与"一带一路"倡议及"碳达峰、碳中和"所作贡献，让世界更了解上海电气。

迪拜世博会中国馆馆长王瑞表示，上海电气是中国装备制造业最大企业之一，当前

正在迪拜太阳能公园参建的迪拜光热项目、迪拜五期光伏项目，不仅能为当地提供高质量智慧能源系统解决方案，也为当地环保、人文社科等方面作出贡献。中国能与阿联酋和世界各国及地区分享经验、加强合作。在开启全面建设社会主义现代化国家新征程中，传承历史、融汇现代、放眼未来，创造更辉煌、灿烂的明天。

现场可以看到，沙特国际电力和水务公司与上海电气合作建设项目是"迪拜 2050 能源战略"重要的一部分。该战略旨在通过可再生能源和清洁能源，达到经济环保平衡的目标。在全球疫情冲击和原材料供应困难的情况下，上海电气及众多中国企业克服重重困难，高质量完成一个又一个重大工程节

---

[1] 节选自：上海电气官网 https://www.shanghai-electric.com/group/c/2021-12-03/564035.shtml 《迪拜世博会中国馆开启"电气时刻"》[引用日期 2023-3-16]

点。他们的努力和决心值得我们敬佩。希望各方继续加强合作，用专业知识、科技洞察力、先进技术创造更多可能。

根据迪拜的"2050 能源战略"，2020 年清洁能源占迪拜总发电量的 7%，到 2030 年将占到 35%，2050 年扩大到 75%，届时，迪拜将成为全球最低碳城市。上海电气作为总承包方参与建设的"迪拜四期 700 兆瓦光热和 250 兆瓦光伏太阳能电站项目"和"迪拜五期 900 兆瓦光伏项目"是该战略重要的一部分。迪拜光热项目建成后，每年可减少 160 万吨碳排放，为 32 余万户家庭带去绿色能源；迪拜五期光伏项目建成后，每年可减少 110 万吨碳排放，为 27 万户家庭提供清洁电力。

▎世博会期间的能源合作·广东篇

全球领先的太阳能科技公司隆基股份正式宣布成为 2020 年迪拜世博会中国馆合作伙伴，被授予"2020 年迪拜世博会中国馆指定光伏解决方案供应商"称号。隆基的光伏产品及系统解决方案出现在迪拜世博会上，代表中国光伏向世界递交一张中国领先的科技名片。[1]

隆基绿能科技股份有限公司是世博会中国馆合作伙伴

1　节选自：搜狐网 https://www.sohu.com/a/366707143_120215473《隆基成为 2020 迪拜世博会中国馆指定光伏解决方案供应商》[引用日期 2023-3-16]

公司代表表示,"中国以4636平方米的超大自建馆形式精彩亮相迪拜世博会,成为参展面积最大的国家之一。中国馆以'构建人类命运共同体——创新和机遇'为主题,建筑名为'华夏之光',外观取型于中国传统灯笼,寓意'光明与未来',光伏产业是中国一张靓丽的名片,而隆基作为中国光伏产业的领航者,将闪耀世界舞台,散发华夏之光!"

事实上,隆基过去多年一直以技术创新引领,推动整个新能源的技术革命与行业发展。同时,积极在全球范围内开展业务和合作。在以隆基为代表的光伏企业多年努力下,光伏产业成为中国在世界的一张闪耀名片,规模、应用、技术、成本等全方位领先。同时,以光伏为代表的绿色能源发展给人类生活提供了更加绿色、美好的选择。

"很高兴隆基能经过严格的筛选成为2020迪拜世博会中国馆指定光伏解决方案供应商,这是对隆基过去20年坚持的最好肯定。"隆基股份副总裁李文学表示,"我们相信参与世博会中国馆将对整个产业有着积极作用,加深社会各界对以光伏为代表的新能源的认识。现今,隆基以'推动全球能源转型'为使命,积极创新,未来也希望在构建全人类命运共同体中发挥更大价值。"

隆基以高效单晶组件打造的"光伏地砖"也在世博会中国馆亮相。作为广东隆基新能源有限公司的法定代表人陈鹏飞表示,"隆基新能源将竭尽全力为迪拜世博

光伏地砖

会中国馆提供全球领先的光伏能源综合解决方案。该解决方案以代表行业最高技术水平的隆基单晶组件为核心，深入整合逆变器、支架、汇流箱等配套设备，组成系统解决方案'梦之队'，实现系统转换效率、发电量的最优表现；以创新性的'光伏地砖'组件，实现光伏系统与'华夏之光'设计理念的高度融合，将集科技、美观、时尚于一身的光伏之路呈现在世界舞台；同时，'光伏＋储能''光伏＋农业'等光伏综合应用场景也将融入系统解决方案，为'光伏＋'的创新应用注入无限的遐想空间。"

作为全球能源变革的推动者，隆基不仅以技术的变革驱动能源转型，更是以先进的理念坚定光伏产业可持续发展的信心，为整个行业的发展带来借鉴，为全人类的绿色、可持续发展贡献着力量。此次隆基与迪拜世博会中国馆的成功牵手，不仅让中国光伏创新成果呈现于世界的舞台，这也意味着一个更加开放、更加强大的中国及中国光伏产业对世界的"绿色承诺"。

广州南沙水鸟世界图片展

广州越秀国际会议中心图片展

04

第四章 华夏之光

第一节

中华文明，
生生不息

编者语

  中华民族在长期共同生活和生产中积淀形成宝贵的精神财富——中华优秀传统文化。正如习近平总书记所说，"泱泱中华，历史悠久，文明博大"。优秀的传统文化凝聚着中华民族的共同记忆，它是中华民族文化认同和文化自信的根脉和灵魂。每当夜幕降临，中国馆就成为整个世博会园区中最耀眼的存在：中国馆建筑的主体作为视觉主体呈现的基础，百余架无人机在天空中变幻出各类图案，而灯光、LED影像、机械、建筑照明则共同配合，用创新的现代手法展现中国传统元素。

  阿拉伯民族同样有着悠久的历史和灿烂的文化，两千多年前，这两种文化就被古丝绸之路紧紧地联系在一起。作为中西方商道的连接以及中西方文化交流和融合的纽带，古丝绸之路为创造人类新文明作出了巨大贡献。而新丝绸之路既古老又崭新，尤其在近几年迪拜与中国日益频繁的交流中，更发挥融汇中西以及明确中东与国际性理念交流与融合的决心，也是中阿两国友谊的象征。

润物无声：
中国馆内外回荡浓烈的中华文化氛围

中国馆内

　　一进门，游客们就能看到北宋时期画家王希孟所作的《千里江山图》的复刻版本。这幅画是青绿山水画的传世名作，画中人与自然和谐共存，既体现了传统的"天人合一"思想，也呈现出绿水青山、绿色发展的永恒魅力。

　　太空走廊里是长长的绘画展区，展区内陈列着之前征集的以"青少年眼中的宇宙"为主题的144幅画作。玲珑宝塔、奔月的嫦娥、载着熊猫的乌篷船……小画家们用无限的想象力表达着他们对宇宙的理解和认识，充满童趣的绘画也把传统的中国文化带到了游客的眼前。

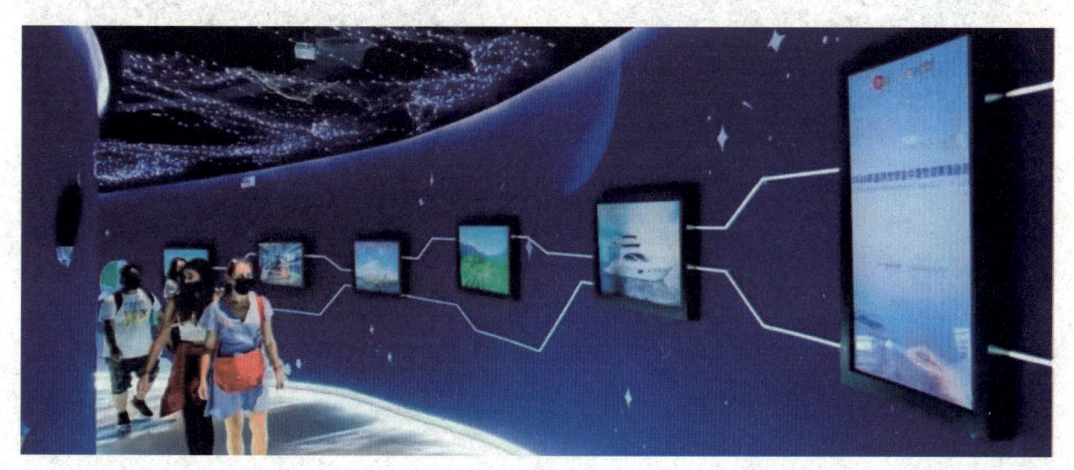

中国馆内的太空走廊

　　这面用隶书、篆书、楷书等不同字体组合而成的汉字墙上，写满了大家耳熟能详的诗句。"相知无远近，万里尚为邻""大鹏一日同风起，扶摇直上九万里"，不仅中国人看了觉得亲切，许多外国面孔也兴奋地和这些漂亮的中国字合影。[1]

1　节选自：中国青年网 http://news.youth.cn/gj/202110/t20211003_13247638.htm 《润物细无声 来迪拜世博会中国馆感受中华文化》[引用日期 2023-3-16]

如果有游客想轻松快乐地学汉语，智慧教育展项一定能满足他的要求。在这个平台，大家能跟随系统学习简单的汉语词组和句子。学完了汉语，来看看中国的榫卯工艺。一榫一卯之间，它不仅是一种部件之间的连接方式，更蕴含了华夏民族独特精巧的造物理念与智慧。这是世博会国家馆史上首次展出中国古典家具非遗作品，"四君子""松风""同道"，这些家具不仅名字非常具有中国特色，工艺与中国馆采用的建筑元素也都是传统的榫卯结构。

中国传统榫卯结构家具

中国馆外

  2022年1月31日,由中国国务院新闻办公室、中国国际贸易促进委员会主办的"感知中国——走进迪拜世博会"活动在迪拜世博会中国馆揭幕。"大象旅行团""熊猫慢直播"、汉服展演、汉服音乐快闪等活动陆续登场,为迪拜世博会带来浓浓的中国味儿。

迪拜世博会中国馆外

  2021年,一群云南大象的"出走"让全世界瞩目,在无数中国人的默默守护下,长途旅行后的大象终归家园,创造了世界级奇观。"大象旅行团"主题展览再现了幕后故事,以大象旅行途中新出生的小象为第一视角,讲述了一场人象共生的有爱之旅,现场游客表示被这种人与自然的和谐之美所打动。

  憨态可掬的大熊猫,已成为最具辨识度的中华文化符号。此次活动在迪拜世博会现场开通"熊猫慢直播",邀请各国游客一起观看熊猫家族的日常生活。在疫情背景下,熊猫的幸福生活有着神奇的"治愈功效",让人感受到温情。央视网熊猫频道出品的《大熊猫新春音乐会》赢得不少喝彩,可爱的大熊猫拿起中国传统乐器,为全世界游客"演奏"一场充满中国风的音乐盛宴。活动现场还播放了联合国《生物多样性公约》第十五次缔约方大会宣传视频,展现中国首批国家公园的生物多样性,也展现出生态中国建设的成果、人和自然共生的和谐景象。[1]

---

[1] 节选自:新华网 http://www.news.cn/world/2022-02/01/c_1128321827.htm 《"感知中国"走进迪拜世博会》[引用日期 2023-3-16]

进行汉服展演的演员在阿联酋迪拜世博会中国馆外合影

来自河南修武和海外汉服品牌"听月小筑"的汉服作品登上世博会舞台。古色古香的展台上，精美绝伦的汉服引发惊叹，掀起一场中华文化风潮；中国馆外的工作人员身着各色汉服向游客拜年，馆内的外国志愿者则身着绣有葫芦、柿子、锦鲤等吉祥元素的汉服接待各国宾客，创造出沉浸式的"中华文化之旅"。

一场汉服音乐快闪为现场带来高潮，随着《茉莉花》《我和我的祖国》等经典中国歌曲的优美旋律响起，浓浓的中国味儿引发不少华人游客的乡愁，也吸引了各国游客驻足欣赏。

迪拜世博会中国馆外的"汉字之树"上各个汉字的造型

"感知中国"以传播中国优秀文化，增进中外文化交流和文明互鉴为使命。活动策划者表示，本次活动中，"爱"贯穿始终——野生动物的可爱、中国老百姓对动物的友爱、中国年轻人对优秀传统文化的热爱、春节团聚家人之间的相亲相爱，讲述了一个个有爱的中国故事，并通过迪拜世博会这一平台，让世界看到了更加"可信、可爱、可敬"的中国形象。

迪拜世博会中国馆内身着汉服的工作人员欢迎游客的到来

由此可见，不管是馆内还是馆外，各种各样的文化活动与别具一格的中华文化展示均展现了我国的文化自信以及我国文化的悠久历史与魅力，也正因为如此，中华文化深刻的吸引着阿拉伯的游客，让他们能够在参观中国馆的同时，深入的感受中国文化之美，感受中国文化别具一格的中国特色。

形式万千：
多种文化形式展中华文化之美

"中国式浪漫"——中华文化展示活动[1]

2021年11月12日下午，迪拜世博会中国馆举行"中国式浪漫"——中国文化展示活动。通过深度导览中国馆、文化印章收集之旅和文艺演出等活动，带领游客领略中国文化的独特魅力。2000多名世博会游客及部分世博会外国馆代表、当地学校学生等参加了活动。

当天，中国馆游客在专业讲解员的引导下参观中国馆，重点了解各展项背后的文化故事，并在馆内的5个打卡点盖上中国馆的9枚特别文化章。中国馆运营团队——中青旅博汇工作人员为游客详细介绍了"人类命运共同体""华夏之光""美丽中国""北京冬奥会吉祥物冰墩墩"等印章。这一系列主题文化章为国家一级美术师李羊民先生设计，以秦代小篆为主，通过古朴平整、方中带圆的文字和图案，展现中国馆主题和有关重点展项。

阿联酋游客萨中华激动地表示，他曾去过中国很多城市，喜欢中国京剧，还有属于自己的中文名字，这次专门来中国馆参观，就是想要更多了解中国文化。来自意大利的小朋友萨利骄傲地向大家展示他收集齐的9枚文化章和获得的奖品中国馆吉祥物熊猫"同同"徽章，他表示会把今天的收获与家人分享，期待有机会到中国的大熊猫基地参观。在外国人学习中文体验展台，迪拜大学孔子学院老师现场教授外国游客学中文，老师带领着不同国家游客齐声说着相同的中文词汇："你好""中国""谢谢""欢迎再来"……大家纷纷表示希望继续学习汉语，聆听中国故事。

与此同时，在中国馆广场，迪拜大学孔子学院学生、华侨团体呈现了舞龙舞狮、中外儿童合唱《茉莉花》、古典文学名篇《滕王阁序》朗诵、民乐演奏、青花瓷主题舞蹈以及太极武术等引人入胜的文艺节目。阿联酋侨星培训学校的小朋友还现场书写了"沟通思想""人类命运共同体"等书法作品赠送给游客。

来自埃及的穆罕默德参加了舞龙表演，他兴奋地表示，他学习舞龙已经两年，认为

---

1 节选自：中国发展网 http://www.chinadevelopment.com.cn/sh/2021/1115/1752412.shtml《中国式浪漫——迪拜世博会中国馆中国文化展示活动》[引用日期 2023-3-16]

以"龙"为象征的中华文化已经溶入他的血液，期待以后有机会继续在中国馆演出。表演合唱的王熠欣小朋友表示，在世博会中国馆参加表演、让世界听到来自中国的歌声，非常开心和自豪。表演书法的万天翔小朋友表示，为了写好"人类命运共同体"等汉字，练习了好几个星期，能送给外国游客觉得很有意义，希望传递对世界的美好祝愿。

一位以色列游客拿到小朋友的书法作品后表示，本以为传统文化已经不受年轻人欢迎，但看到中国的小朋友如此生动精彩的表演，感受到了中华文化强大的生命力。马来西亚馆代表观看演出后表示，世界属于未来一代，中国馆通过儿童画、儿童演出等展示和活动将青少年带到世博舞台上，展现传统文化遗产，书写未来愿景，让人深刻感受到了世博会的价值所在。印尼馆代表表示，中国馆得到当地众多华人华侨的支持，感受到中华民族团结的力量。

中央电视台、阿布扎比电视台等媒体以

大熊猫主题展

及迪拜世博局全程拍摄活动并采访了现场观众。阿布扎比电视台约瑟夫认为，中国馆的活动丰富多彩，既有艺术表演也有互动体验，富有人文气息，在世博会各国展馆里独具特色，希望继续参与中国馆活动。

自 2021 年 10 月 1 日开馆以来，中国馆已接待超过 35 万游客，并成功举办了北斗日、大熊猫主题展以及北京周等省区市和企业日主题活动，还举办了中华传统文化展示、中国传统服饰秀、中华美食文化与技艺展演、春节文化盛典等文化交流活动，更加充分、鲜明地展现中国故事及其背后的思想力量和精神力量。

龙烁艺术

中华文化馆茶文化体验区引人关注。2020迪拜世博会联合国馆政府总代表马赫·纳赛尔先生在中国茶艺师的指导下学习中国茶文化知识和泡茶技艺，在了解到中国茶包括绿茶、红茶、黑茶、白茶、黄茶和青茶等六大品类后，他表示这是第一次了解到中国有这么多的茶叶品类和如此丰富的茶文化，以前只品尝过袋装绿茶和红茶的他对这次在中华文化馆品鉴到的福鼎白茶、凤凰单枞和小青柑印象深刻，赞不绝口。

马赫·纳赛尔先生在中国茶艺师的指导下学习中国茶文化知识和泡茶技艺

米因健康魔镜在展示

马来西亚馆礼宾官希拉里·蒋女士是中华文化馆茶文化体验区的常客，基本每周都会邀请她在园区内各馆的朋友来一起品茶和交流，她对中华文化馆的一套"龙凤"茶具独具青睐，经常开心的说她爷爷是中国人，她也是"龙的传人"，所以特别喜欢中国文化的代表符号"龙"和"凤"。

春节临近，为进一步弘扬和传承中华优秀传统文化，在中华文化馆茶文化体验区，伴随着悠扬的古筝，幽幽的檀香，来自不同国家的人共同品茶，共同探寻中国茶和茶背后底蕴深厚的中国文化，成为世博会上传播中国文化的一道靓丽风景。

春节的热闹氛围总让人流连忘返。在中华文化馆内美食体验区，为喜迎新春，由中国名厨团队精心打造的世博菜单汇集了各类中国特色菜肴及地方小吃，天南海北包罗万象，菊花鱼、宫保鸡丁、川味麻婆豆腐、开白水菜、贵州酸汤鱼、港式蚝油豆腐、老北京扒牛肉、扬州炒饭、重庆酸辣粉、山东大包、春卷、汤圆、蒸饺等各色美食通过自助的形式，以60迪拉姆每位的实惠价格，引得无数世博游客食指大动，大快朵颐，赞誉纷纷。[1]

传统中华美食之外，还有代表新派美食的迪悦司雪绒冰淇淋。它常温是布丁，冷藏是甜品，冷冻固化之后变成冰淇淋口感的创新"一品三吃"特色，让来馆游客们大感新鲜，

---

[1] 节选自：澎湃新闻 https://m.thepaper.cn/baijiahao_16497971 《迪拜世博会中华文化馆：以文化为基，筑民心相通之桥》[引用日期 2023-3-16]

喷喷称奇，争相购买品尝。独具特色的中国美食，加之体验区内画面精美的饮食文化视频和柔美喜庆的中国民乐，让来自世界各地游客"一饱口福"的同时，了解和品鉴"舌尖上的中国"，体验和探寻丰富多彩的中国美食文化。

"有朋自远方来，不亦乐乎"，是中国人民一贯的情怀。中华文化馆敞开胸怀、广交天下朋友，为了让更多的参展国代表和世博工作人员有机会体验中国美食文化，感受不"俗"的年味儿，中华文化馆美食体验区对主办方工作人员、各馆工作人员和志愿者只收取30迪拉姆的半价。没尝试过中国菜的可以凭发放给各馆的"友谊券"先免费品尝；没带现金和卡的，可以下次再付……

种种举措，充分体现了中国文化的博大胸怀，在世博园区内收获了大批的中国美食"粉丝"，使他们在体验中华美食文化的同时，也感受到中国人民的热情与友好，让中华文化馆成为世博园区中一个脍炙人口的去处。来自尼加拉瓜馆的小哥默克塔从未去过中国，但在品尝了几次中华文化馆的菜品之后表示自己已经被中国美食彻底折服，希望天天能吃到中国菜，并希望有机会能和文化馆的大厨们学做中国菜，把中国美味带回他的祖国，让更多尼加拉瓜的朋友们尝到中国味道，了解中国美食文化，他也因此成为了第一个获得中华文化馆"金牌食客"体验卡的外国馆工作人员。

中华文化馆紫砂陶艺体验项目受到众多好评。2020迪拜世博会芬兰馆政府总代表塞维利·科伊纳拉先生到访中华文化馆，并在工作人员中国紫砂工艺大师金文云女士的指导下亲手制作紫砂壶，经过和泥、搓泥条、打泥片、拍身筒、镶身筒、制壶、捏壶嘴、镶把手等一道道工序，通过使用一件件各式各样的紫砂壶制作工具，经

阿拉伯游客体验中华文化

游客对中华文化馆的菜品进行品尝

过一小时的制作，一把刻有他自己名字的紫砂壶终于呈现在所有围观的世博观众面前。

塞维利·科伊纳拉先生表示他从小就酷爱手工，曾经自己制作过陶泥的碗和杯子，这是第一次近距离接触和体验中国紫砂陶艺，感觉中国的紫砂泥就像皮革一样温润柔软，各种工具的设计和使用巧夺天工，真的是大开眼界，其中蕴含的中国文化也让他大为感叹。他希望金大师能将他亲手制作的这把紫砂壶烧制出来，并和中华文化馆一起捐赠给世博会官方博物馆，作为迪拜世博会中芬文化交流和友谊的鉴证，永载世博史册。

自开馆以来，中华文化馆已成功举办茶主题文化周、书法主题文化周、紫砂主题文化周、瓷器主题文化周、设计和创新论坛、中国美食之夜等文化交流活动，并为冬奥会加油助力。"惟以心相交，方成其久远"——以文化为基，以沟通为梁，中华文化馆用实际行动在2020迪拜世博会筑起连接中国与世界文化之桥，推动民心相通，践行中国优秀文化传播传承的历史使命。

塞维利·科伊纳拉先生与中国紫砂陶艺　　　　中国紫砂壶

灼灼其华：
"中国华服周"展华服之韵

中华文化促进会在 2020 迪拜世博会设立了中华文化馆，这也是中国首次以文化为内容的世博会专题馆。中华文化馆以"推动文化交流，共谋合作发展，实现互惠共赢"为宗旨，以"实现民心相通"为愿景，积极打造出了一个服务于民众、服务于全球的国际化、高端化、专业化的文化艺术交流港。[1]

深圳千人旗袍秀——"世界旗袍春晚"亮相迪拜世博会

---

1 节选自：网易 https://www.163.com/dy/article/H3CQT0AI05346936.html《2020 迪拜世博会中华文化馆"中国华服周"颁奖典礼在京举行》[引用日期 2023-3-16]

拜世博会中华文化馆组委会的委托，文促会旗袍艺委会举办了首次"中国华服周"活动，这是一次以中华传统服饰文化旗袍为主要内容的展示交流的盛会，是众多中式服装品牌的一次绚丽多彩的美好呈现。以此为契机，每年将举办全国性的华服周活动，进一步弘扬中华服饰文化，推动中华优秀文化创造性转化和创新性发展。

其中最让人感到印象深刻的莫过于获得如下几个奖项的华服作品：

旗袍刺绣工艺金奖

贵人私服

设计师陆平与刚亮相北京冬奥会的精工刺绣凤凰桃花旗袍礼服，时尚奶奶林炜作为特邀模特进行展示

旗袍艺术金奖

百格丝绸、茧迹服饰设计

茧迹总设计师、创始人李呐现场接受主持人的采访

品牌创新金奖

茧迹服饰设计、百格丝绸、那旗袍

上海的那旗袍创始人杨明明获奖

灼灼其华，锦上添花。旗袍在经典永恒的光华中，依旧未老。花样年华，随花开花落，宠辱不惊而典雅地走过一度度春秋。迪拜世博会"中国华服周"展现了中国华服的创新之美以及设计之美，并在此过程中向各地的游客深刻展现了别具特色的华服风采。

第二节 魅力广东，文化盛宴

编者语

迪拜世博会期间，中国国家馆日当天展出了由深圳承办的仪式演出、文艺演出、旗袍展演等，这些独特的文化形式在迪拜迅速刮起了浓郁的中国风，再次向世界展现了中国文化软实力，尤其是岭南文化的魅力，也为推动构建人类命运共同体作出贡献。

岭南位于东亚大陆边缘，南海之滨。正如梁启超曾说："海也者，能发人进取之雄心。"独特的地理环境激发了岭南人敢为天下先的精神特质，也成为了接触外来文化的"一线阵地"。历史上，岭南文化在汉民族的形成和发展，以及在维护国家统一、民族团结等方面都作出了不可磨灭的贡献，亦在中华民族文化发展史上居于重要地位，起着重要作用。近代岭南文化更是中国先进文化的代表，对近代中国产生了巨大影响。岭南文化更对岭南地区乃至全国的经济发展起着巨大的推动作用。尤其是其采中原之精粹，纳四海之新风，以特有的多元、务实、开放、兼容、创新等特点，在中华大文化之林独树一帜。

广东作为改革开放的前沿阵地，也是先行先试的优秀代表，一直以来以敢为天下先的精神走在全国前列，这是离不开岭南文化的支持。当前，广东建设更高水平的文化强省，更是将岭南文化继承和弘扬提升到一个新高度，这需要我们扬优势、补短板、强弱项、发挥中心地、岭南考古成果优势、提升中国近现代革命策源地、粤港澳人文湾区独特魅力。

深圳文艺之声
响彻"华夏之光"

岭南戏曲文艺表演

2022年1月10日迪拜世博会国家馆日的到来，将中国馆的热度推向新高潮。由深圳承担的中国国家馆日官方仪式演出和当晚文艺演出，是深圳文艺首次代表国家亮相世博会。两场演出以我国经典文艺作品为依托，荟萃中外一流艺术家和团组，融合多种艺术表现形式，在弘扬中华文化和世博精神的同时，深刻展现岭南文化和深圳特色。

官方仪式演出上，《欢庆吉祥》以京剧和民乐跨界演绎，描绘出普天同庆、瑞气祥和的场面，表达了人们对美好生活的向往；小提琴独奏《丰收渔歌》奏响南海大潮的勇往直前；男高音独唱《我和我的祖国》以优美动人的旋律和朴实真挚的歌词，传递出全球华人对伟大祖国的衷心依恋和真诚歌颂。

当晚的文艺演出，继续传递着东方魅力。《鼓威》采用传统中国大鼓，鼓点铿锵、节奏激扬，充分体现出两千多年前中国人民为国泰民安祈福的热闹场面；著名小提琴演奏家宁峰深情奏响《梁山伯与祝英台》，这首深具魅力的千古绝唱，以天籁之音打动现场听者之心。[1]

2020迪拜世博会戏曲文艺表演　　　　2020迪拜世博会戏曲文艺表演

---

[1] 节选自：深圳特区报 http://sztqb.sznews.com/PC/content/202201/11/content_1152475.html《深圳文艺之声响彻"华夏之光"》[引用日期 2023-3-16]

"旗袍推介会"展"国服"之美

2022年2月1日，中国传统佳节新年之际，一场别开生面的"2020迪拜世博会中国旗袍推介会"，在迪拜世博会中国国家馆举行。荣获"世界旗袍小姐"桂冠的中国佳丽和来自世界模特小姐国际组织机构的优秀模特，身着高贵典雅的旗袍，将展示女性形象美、形体美、气质美的中国传统"国服"旗袍，演绎得精妙绝伦，令在场观众由衷赞叹。[1]

"2020迪拜世博会中国旗袍推介会"中的旗袍展示

"2020迪拜世博会中国旗袍推介会"是2020世博会中国国家馆日、广东活动周、深圳日活动之一，是2020迪拜世博会宣传推广中国优秀传统文化的重要组成部分，展示了深圳、广东乃至中国的时尚产业和文化软实力。

---

[1] 节选自：澎湃新闻 https://m.thepaper.cn/rss_newsDetail_16556756《迪拜世博会中国馆举办中国旗袍推介会》[引用日期 2023-3-16]

"2020迪拜世博会中国旗袍推介会"中的旗袍展示

中国旗袍推介会是继"世界旗袍春晚"后,2020迪拜世博会中国馆推出的又一中国优秀传统文化国际传播活动。通过旗袍春晚的视觉盛宴和此次旗袍推介会的深入介绍,国际时尚界对旗袍、旗袍背后的故事以及中国优秀传统文化有更全面的了解。中国旗袍也将进入更多观众的视野,获得更多人的喜爱和传播。

活动现场,中国时装设计界"金顶奖"获得者吴海燕、梁子等通过视频方式,向在场嘉宾和全球观众详细讲解了中国旗袍的历史沿革、发展历程、裁剪细节以及所代表的中国传统服装服饰文化的丰富内涵,全面阐述了中国旗袍文化的源远流长和现代旗袍文化变化无穷的魅力所在。

"2020迪拜世博会中国旗袍推介会"中的旗袍展示

世界旗袍春晚展演大秀东方风情

迪拜世博会时跨中国春节,为烘托这一传统佳节在世博会期间的喜庆氛围,深圳举办了"世界旗袍春晚""中国旗袍推介会"和"千人旗袍大巡游"三大宣传推介活动,充分展示由深圳时尚行业带来的东方美韵。[1]

其中,"世界旗袍春晚"展演以春、夏、秋、冬四季为索引,由第32届世界模特小姐大赛国际总决赛的各国参赛代表倾情演绎,通过四季的变换展示不同风格的旗袍服饰带来的视觉魅力。春的翠意盎然、婀娜多姿;夏的热情似火、绚烂如花;秋的远山如黛、摇曳生姿;冬的隆重奢华、徐徐生辉,使整个舞台犹如一幅美轮美奂、独具特色的中国画。

活动承办单位深圳中意安娜国际传媒集团主席安娜表示,承办这一活动深感荣幸,责任重大。"我们希望利用世博会的平台,推广中国、深圳的时尚产业和文化软实力,让世界看到中国优秀传统文化的无穷魅力,展示深圳作为中国改革开放窗口的崭新风貌。"

在中国馆副馆长方可看来,服装产业是深圳的传统优势产业,本次系列展演活动深刻展现了深圳设计与国际间的良好合作。"艺术可以跨越时间距离,服饰可以承载中西文化,服装展演为世界人民带来的既是一次视觉享受,更是一场精神上的丰盈盛宴。"

指导单位深圳市贸促委相关负责人介绍,深圳在接到演出任务后,以高起点定位、高规格谋划,高标准实施,切实体现出深圳文化工作者的使命担当与责任落实。"节目编排既突出了疫情之下的温暖与鼓舞,又在突出中国传统文化符号与色彩的同时,更注重跨界创新。目前活跃在国际上具有最高水平的青年一代艺术家参与演出,彰显出青春中国、活力深圳的特色。"

---

1 节选自:深圳新闻网 https://www.sznews.com/news/content/2022-01/11/content_24870317.htm 《迪拜世博会中国国家馆日启动 深圳文艺之声响彻"华夏之光"》[引用日期 2023-3-16]

"广东活动周"
图片展世博之美

2022年1月1日至31日，以"不出国门看世博"为主题的迪拜世博会中国馆"广东活动周"图片展在广州南沙水鸟世界生态园举行。图片展分为中国馆展区、广东展区和南沙展区，重点呈现迪拜世博会园区景观，展示广东发展成就。[1]

"广东活动周"与迪拜世博会同步进行，实现不出国门看世博

中国馆展区集中展示了中国馆、俄罗斯馆、印度尼西亚馆、沙特阿拉伯馆、摩洛哥馆、英国馆等四十多个国家馆的图片，让国人不出国门便可欣赏到2020年迪拜世博会各国展馆的风采。另悉，"2020年迪拜世博会中国馆广东活动周"小程序于2022年1月11日正式上线，全球观众均可通过小程序在线观看广东活动周的直播。

2020年迪拜世博会中国馆以"构建人类命运共同体——创新和机遇"为主题，面积达4636平方米，是本届世博会最大的展馆之一，中国馆取名为"华夏之光"，外观取自中国

---

[1] 节选自：深圳新闻网 https://www.sznews.com/news/content/2022-01/14/content_24878285.htm 《迪拜世博会中国馆"广东活动周"图片展在广州举行》[引用日期 2023-3-16]

第四章　华夏之光

"广东活动周"图片展现场

　　传统灯笼，代表光明、团圆、吉祥和幸福。中国馆展示了中国在科技和可持续发展领域的创新成果，是世博会期间最受欢迎的展馆之一。

　　广东展区展示内容包括"伟大复兴""锦绣湾区""四通八达""幸福生活""壮美广东"5个篇章。向世界展示广东经济社会发展，特别是改革开放以来在路桥基建、社会民生、城乡风光等方面翻天覆地的变化。

　　世博会作为全球最高级别的博览会，是世界各国展示经济社会发展理念和成就，加强对话与合作，促进文明互鉴与共同繁荣的重要载体。广东活动周以"合作创新，魅力湾区"为主题，积极宣传共建"一带一路"倡议，突出优势产业合作、对外贸易拓展、文旅推介三个重点，精心组织系列务实高效的经贸活动，全方位、多维度展示广东发展新优势、新机遇、新成就，进一步密切了与各参展国家和国际组织之间的沟通合作，进一步提升了广东高水平对外开放的国际形象，全面助推广东经济高质量发展。

　　作为中国对外开放的前沿阵地，广东省先后参与了2010年上海世博会、2012年韩国丽水世博会、2015年意大利米兰世博会和2017年哈萨克斯坦阿斯塔纳世博会。2020年迪拜世博会广东活动周是广东参与世博会的一项重大举措，旨在向世界各国展示开放的广东，创新的广东、科技的广东，推动全面合作，促进共同发展。

"广东活动周"图片展现场

05

第五章

「一带一路」

第一节

"广东周"
活动精彩纷呈

编者语

两千年前,先辈扬帆远航,不畏牺牲,闯荡出连通东西方的海上丝绸之路,打开了各国友好交流的重要商道。两千年后,人们薪火传承、跨越山海,沟通思想,继续传承先辈的丝路精神,构建出开放共赢的新世界。

2020年迪拜世博会中国馆的"广东活动周"便是这一精神的最佳体现。以"合作创新,魅力湾区"为主题的"广东活动周"在迪拜、广州和深圳线上线下同步举行。其中"一带一路"倡议和共建在此期间得以积极宣传。广东提出要在优势产业合作、对外贸易拓展、文旅推介三个领域重点展开合作。

自2013年"一带一路"倡议提出以来,广东对"一带一路"沿线国家进出口从2013年的1.11万亿元增长至2020年的1.76万亿元,占广东外贸总值的比重从2013年的16.4%提升至2020年的24.8%。同时,贸易方式也在不断优化,自主研发、技术含量高、附加值更高的产品出口比重稳步提升。这是中国与"一带一路"沿线国家经贸合作持续深化的缩影。虽然受到新冠肺炎疫情的影响,国际贸易受到严重冲击,但广东的贸易链、产业链和供应链仍以其稳定的供给在"一带一路"商贸活动中凸显着优势。

科技出海，同步共赢：
迪拜世博会的"广东时刻"

自 2010 年上海世界博览会成功举办以来，广东省政府分别在 2012 年的韩国丽水、2015 年的意大利米兰、2017 年的哈萨克斯坦阿斯塔纳三次牵头组团参加世界博览会。

本次广东活动周于 2022 年 1 月 11 日至 13 日举办，期间安排包括岭南戏曲文艺表演、中国旗袍展示、非遗物质图片展示等展现广东传统文化的活动，也有广东高新科技产品全球直播和各类经贸对接活动等。[1]

"广东活动周"启动仪式现场

广东省人民政府副秘书长林积在致辞中表示，举办世博会广东活动周具有非同寻常的意义，广东组织了 11 场形式多样、内容丰富的大型展示和经贸活动，不仅与中国馆内主题深度契合，更希望借着世博会平台展现广东的新变化、新成就、新形象。"我们希望以本次迪拜世博会为契机，加强与中东地区在科技、经贸、人文等领域的交流合作，推动高质量共建'一带一路'，共同为应对新冠肺炎疫情，实现高质量发展，推动构建人类命运共同体，贡献力量。"林积说。

---

[1] 节选自：腾讯网 https://new.qq.com/rain/a/20220112A03UNY00《迪拜世博会进入"广东时刻"，粤阿经贸合作迎来新机遇》[引用日期 2023-3-16]

阿联酋驻穗总领事馆总领事拉哈曼·沙姆希在致辞中表示，相信广东会为世界带来非常多科研方面的创新和启发，同时也为阿联酋带来一个非常好的机会——去建立双方之间的商务以及经济合作伙伴关系，进一步地深化广东和阿联酋以及世界的关系。

中国驻迪拜总领事李旭航在视频致辞中表示，广东省是中国最具活力、对外贸易最发达、投资实力最强的省份之一，是推进中国与阿联酋双边经贸合作的重要力量，两地经贸合作的互补性强、空间广阔、前景美好。中国驻迪拜总领馆将一如既往积极发挥桥梁和纽带作用，为两地友好交往和务实合作牵线搭桥，为在阿广东籍侨胞和企业做好服务，助力双方经贸合作发展，走深走实，行稳致远。

中国贸促会副会长张慎峰在视频致辞中表示，本次广东周及深圳市承办的大型活动多达15场，创新科技、广东精神、外贸新业态、岭南文化等交相辉映，不仅与中国馆的主体深度契合，更展现了广东作为经济大省、外贸大省、科技大省、文化大省的良好形象，相信通过本次活动广东将向世界展示悠久灿烂的文化和40余年改革开放取得的新成就，全方位、多层次、宽领域地推介广东的新形象、新机遇和美好未来，让世界更好地了解广东，让广东更好地走向世界。

阿联酋驻华大使阿里·扎希里在致辞中表示，怀着可持续发展和建设人类命运共同体的共同信念，阿联酋和中国建立了全面的战略合作伙伴关系，文化和商业的合作是两国非常重要的主题，2020年迪拜世博会不仅仅为阿联酋带来了商机，还给阿联酋各地的中国企业提供了更多的机会，希望双方共同携手为世界创造一个充满希望和光明的未来。

阿联酋驻华大使阿里·扎希里进行线上致辞

"迪拜和广东如能发挥协同效应，或可携手打造走在全球前列的智能化地区、知识型经济体和创新中心。"迪拜工商会主席兼首席执行官哈马德·布阿米姆说，希望深化迪拜与广东在高科技设备制造、研发、绿色低碳、生物医药、数字经济和海洋经济等新领域的合作互动。

对接会上粤阿合作觅新机

广东活动周开幕当天,广东与阿联酋两地官方机构、商协会、企业以"线上+线下"方式,共同举办的粤港澳大湾区(广东)—阿联酋经贸交流会,邀请了40家已经在阿联酋开展业务的代表性中国企业,以及64家阿联酋企业采购商实现了"一对一"精准对接。[1]

来自也门的亚瑟·阿尔马泰尔收获满满,他是尼路科技(深圳)有限公司的销售代表。亚瑟表示他们还有几百款产品没有展示,对方双方决定后续会派人员到工厂实地考察,还希望彼此加强对产品进行培训。因此,"云展示""云对接""云洽谈"等方式,不仅让阿联酋的企业了解到中国企业,也让中国企业更加了解世界市场。

粤港澳大湾区(广东)—阿联酋经贸交流会现场

对接会围绕新能源、先进环保、生物医药健康、高端装备制造等领域进行了沟通和对接,并促成广东中鑫投资发展有限公司、广东省珠宝首饰进出口协会与中国建材国际阿联酋公司、Alhur房地产集团(迪拜工业城)等多项合作成果的线上签约。另外,经过"云洽谈",还促成12个初步合作意向。活动现场推介70多个品类的产品,包括智慧影像、医疗装备、智能家居、新能源产品、LED照明、防疫产品、智能净化设备、智能穿戴产品等。

---

[1] 节选自:网易 https://www.163.com/dy/article/GTHPPBHV0534BCD3.html 《粤阿经贸合作"云对接会"在广州成功举办》[引用日期 2023-3-16]

银河电力集团股份有限公司销售总监王维认为，疫情加快经济数字化转型，通过线上线下联动，2020年迪拜中国馆广东活动周为广东企业开拓国际市场按下了"加速键"。强脑科技（BrainCo）汪明玥表示，本次对接会由于供需配备精准，沟通非常顺利，"我们的FocusZen正念舒压系统在直播展示期间，就收到了采购商的咨询信息，经过云洽谈目前已和迪拜的一家采购商成功对接。

中山市巨轮照明科技有限公司一直以欧美市场为主，此次世博会广东周，技术部总经理麦湛钊特别带着新产品前来，他说："国际形势复杂，不能把鸡蛋放在一个篮子里。公司非常期待新的市场、新的合作。"因此，不少像巨轮照明这样的公司都希望借助迪拜世博会的平台，开发新兴市场，寻找新商机。

"太阳能系列的灯具是我们公司的重要产品。中东地区的太阳能资源很好，光伏产业也在快速发展，这是一个潜力巨大的市场。"深圳市因迈电子科技有限公司相关负责人说，他们与一家阿联酋的工程项目公司达成了初步合作意向。

会上，广东省贸促会分别与迪拜工商会、中国建材国际阿联酋公司签署战略合作协议，其他多个粤阿政企合作项目在两地会场分别签署。

阿联酋是连接亚洲、非洲和欧洲市场的重要中转站，是国际贸易的重要枢纽。更多优质的广东制造能通过阿联酋推介到中东地区，进一步走进非洲、欧洲。更多来自上述地区的产品也能通过阿联酋这个"中转站"，进入广东市场。

广东与阿联酋可围绕中阿商品集散地和交易地，合作建设专业市场、物流基地、数字贸易平台和商品展销中心，培育跨境电商龙头，推动广州"阿联酋温超（中国）采购中心"项目发展，畅通物流通道，打造双向贸易流转和商贸交易地区性枢纽。

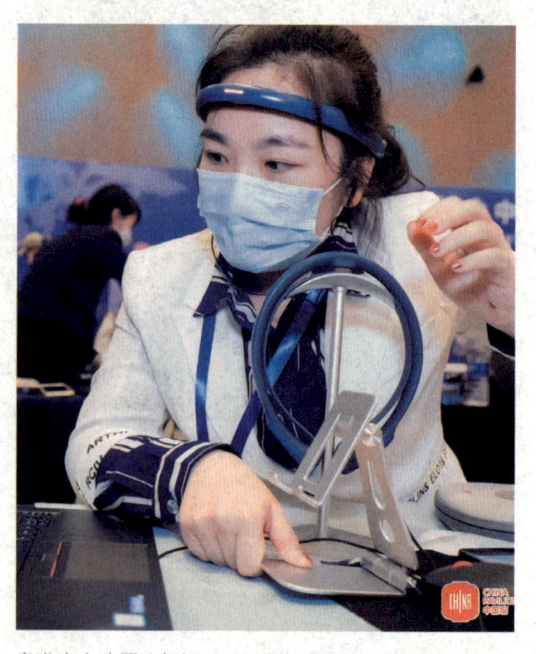

粤港澳大湾区（广东）—阿联酋经贸交流会现场

扩大开放，深化合作：
迪拜世博会推动广东跨境电商高质量发展[1]

迪拜世博会是在疫情之下举办的，2022年1月12日下午由广东省贸促会主办的迪拜世博会中国馆广东活动周之全球新兴市场跨境电商交流会在广州成功举办，大会主题为"赋能跨境新业态 互通共融惠全球"。本次大会通过线上+线下的方式举办，线下参会。企业超150家，线上直播累计吸引了海内外43万人次收看。

迪拜投资发展署首席执行官法哈德·格加维线上致辞，广东省贸促会副会长崔爽出席并致辞，姚信敏副会长主持大会。政府机构及海内外研究机构、高校、商协会、跨境电商业界代表齐聚一堂，通过主题分享、商机推介、成果发布、圆桌对话等环节多维度解析新兴市场，引导跨境电商企业适应新形势、应对新挑战、抓住新机遇，共话跨境电商高质量发展。

迪拜投资发展署首席执行官法哈德·格加维在世博会中国馆广东活动周之全球新兴市场跨境电商交流会上线上致辞

---

1 节选自：广州市人民政府网 https://www.gz.gov.cn/xw/zwlb/bmdt/sswj16/content/post_9383152.html 《2023跨境电商大会在穗成功举办》[引用日期 2023-3-16]

贸促服务，护航跨境电商高质量发展

广东省贸促会副会长崔爽在采访中表示，近年来，广东持续发挥自身产业优势，不断优化配套支持政策，促进跨境电商蓬勃发展，广东在进一步扩大开放与深化合作的背景下，正在成为引领全球贸易数字化转型的重要力量。

广东省贸促会副会长崔爽接受采访

她表示，面对新机遇、新形势、新挑战，作为广东省重要的贸易投资促进机构，广东省贸促会重点从三个方面着手，继续为广东省跨境电商的发展提供帮助：一是举办一系列支持跨境电商高质量发展的经贸活动，搭建更多的对话和交流的平台，助力跨境电商发展；二是开展跨境电商企业合规培训和风险排查，为跨境电商企业提供专业辅导，帮助企业识别和防范合规风险，提升合规管理水平；三是实施跨境电商助推计划，整合各方资源，倾力打造一个优质的跨境电商产品对接平台，实现生态资源集聚共享。

迪拜投资发展署首席执行官法哈德·格加维线上致辞时表示，新兴国家已被标记为跨境电商的"热点"，中国更被认为是全球外贸数字化的先驱，"一带一路"倡议为加强与其他经济体的合作铺平了道路。"广东省政府最近宣布的支持跨境电商的新措施也将有助于增强该行业的活力。期待迪拜和广东在跨境电商领域的合作结出丰硕果实。"

专家深度解析广东跨境电商出口营商环境

对外经济贸易大学国际经贸学院教授、APEC 跨境电商创新发展研究中心主任王健教授发表了主题为"广东省跨境出口营商环境现状与发展"的演讲。

在他看来,广东跨境电商发展的区域优势显著,中期规划清晰且宏大,建议从优化口岸营商环境、培育创新主体、加强自主创新能力、拓展国际营销网络、强化人才培养等五个方面推动创新发展。

王健教授表示,独立站是企业发展到一定规模后,进一步做大做强的重要选择之一。通过建立独立站,有助于生态链的建设和建立自主的客户群。通过调研,超过八成的企业都计划未来在品牌和产品创新方面做大量的投资,这是一个非常好的信号。未来企业的发展也要做整合的战略,不仅仅在一个平台上去开展业务,而要多渠道的,甚至建立自己的生态体系。

对外经济贸易大学国际经贸学院教授、APEC 跨境电商创新发展研究中心主任王健教授发表演讲

王健教授认为,关于跨境电商未来发展趋势存在三个方面的创新趋势。一是跨境电商的生态化和服务化的发展;二是跨境电商模式的创新,外贸综合服务向海外延伸和本土化;三是跨境电商的综试区的发展创新。

在主题分享阶段,金杜律师事务所合伙人冯晓鹏为跨境电商企业讲解当前企业国际化经营面临的主要风险,并提出了专业的法律合规建议。

他表示,跨境出口电商只有合规才能更好地把握机遇,建议企业尽早开展内部合规调查及合规调整,实现经营模式及出口模式合规,积极与当地税务局、外汇管理局沟通,明确合规申请免税、退税、收汇的方式及流程,还可以通过设立境外子公司搭建海外架构实现现有政策制度条件下的合规。

大咖面对面，畅谈跨境电商新市场新趋势新机遇

阿里全球速卖通、递四方、卓志、Fordeal、Asiabill等企业代表，作为平台、海外仓、物流、独立站、支付机构等跨境电商行业全链条企业代表，齐聚本次会议的圆桌对话，多维度解析跨境电商新兴市场。

跨境电商圆桌对话现场

卓志跨境电商TI国际事业部总经理范梦晖谈到，"新兴市场的一个趋势是本土化，即不仅用跨境的方式做电商，而是成立当地公司。对于品牌制造商而言，做新兴市场必须深耕，建议线上线下结合做，因为新兴市场还比较小，光靠线上渠道不现实，可以先从线上切入。"

中东跨境电商独立站Fordeal创始人兼CEO吕皓表示，新兴市场的竞争相对少很多，销售环节其实不难，难的是了解新兴市场的逻辑。同时发展新兴市场的难点是了解市场逻辑，因为新兴市场的基建水平较低，导致企业的成本结构存在较大差别。

跨境物流海外仓企业递四方副总裁、B类事业部总经理戴彬也谈到，传统企业进入新兴市场，首先要尊重和了解海外当地市场规则，其次要清晰自己的产品在市场中的定位，最后是要有明确的商业目标。

跨境支付机构Asiabill联合创始人兼副总裁冯援表示，相比于电商平台，针对独立站的金融服务复杂程度非常高。对于新兴市场机遇而言，每个区域的支付法律法规是千变万化的，支付场景也存在很大的不同，新兴市场的支付机遇值得探索。

阿里全球速卖通战略决策部总经理张琪说到，一个传统的制造型企业想要转型

做跨境电商，在本身有比较好的制造能力的基础上，需要结合需求端消费者洞察，并做好目的国的合规运营，反向在生产制造端进一步做好。而 RCEP 落地实施是一个很好的机遇，跨境电商市场存在进一步区域化的趋势。

跨境电商出海合规报告重磅发布

在本次交流会上，来自南沙自贸区、梅州综保区、广州白云机场综保区的相关负责人于推介环节上亮相，透过基础建设和招商引资过程中所展现出的活力，也令人窥见到了广东跨境电商蓬勃发展的内因。

官方数据显示，在跨境电商综试区设立方面，广东已有 13 个地市经批准设立跨境电商综试区，在数量上位居全国首位。事实上，广东跨境电商行业正以领跑者的姿态响应国家推动外贸新业态新模式发展的号召。

国务院办公厅在《关于加快发展外贸新业态新模式的意见》中明确提出"完善跨境电商发展支持政策""扎实推进跨境电子商务综合试验区建设"两项具有针对性的意见细则。

2021 年 10 月，商务部、中央网信办、发展改革委三部委联合发布《"十四五"电子商务发展规划》提出，鼓励电商平台企业全球化经营，完善仓储、物流、支付、数据等全球电子商务基础设施布局。

而作为本次大会的"重头戏"，广东省贸促会联合南方财经全媒体集团首度发布《跨境电商出海合规　促进外贸新业态发展》调研报告。

广东省贸促会联合南方财经全媒体集团首度重磅报告

据南方财经全媒体记者了解，这份报告经过近 4 个月的跟踪调研企业访谈问卷调查、专家咨询，采访了平台、卖家、第三方服务商、行业协会、律师、学者，触达 100 个跨境电商企业，通过详实的采访和大量的数据分析，还原跨境电商出口发展现状、解析国内外政策支持与立法监管趋势、涵盖跨境电商出海面临的典型合规风险和案例。报告从政府机构、行业协会、企业等三个方面提出了促进跨境电商合规出海的发展建议。

招商引智：先驱先行：
迪拜世博会"粤式营商"释放红利[1]

广东省商务厅二级巡视员叶华作广东投资营商环境推介

2020迪拜世博会广东周开幕以来，跨越航程逾6000公里的迪拜和广州，全球目光聚焦众多广东科技、文化和经贸元素，更推动广东营商环境成为企业家们高度关注的话题。

由广东省贸促会主办的"广东投资营商环境推介会"以线上线下相结合的方式在广州、迪拜举办。一场关于世界拥抱粤港澳大湾区新商机的热烈探讨由此展开。

升温广东成为投资热土

本次活动是2020迪拜世博会广东周的系列活动之一，广东会场邀请了来自外国驻穗总领事馆、境内外驻穗商协会以及海外粤商会代表和企业家130余人出席，阿联酋工商界

---

[1] 节选自：网易 https://m.163.com/dy/article/GTKKUKDD0550AXYG.html 《广东投资营商环境推介会：全球逾500企业家体验广东营商魅力》[引用日期 2023-3-16]

第五章 "一带一路"

广东投资营商环境推介会

代表、在阿中国侨团以及中东地区企业家逾 80 人出席，超过 500 名企业家通过同步直播线上参会。由此也可以看出众多投资者对广东的投资热情。

大会的数据显示，逾 4000 家中国企业在阿联酋投资兴业，阿联酋已成为中国在阿拉伯地区第一大出口目的国和第二大贸易伙伴，而外资投资广东的兴趣也在不断增大。

"广东不仅是外贸大省，同时也是世界知名的制造基地，是海上丝绸之路的重要枢纽，广东拥有开放稳定的投资环境，良好的商业基础，独特的产业优势，有非常好的产业链以及持续优化的营商环境，当地政府在不断地积极推进改革，建立更加有效的监管

广东投资营商环境推介会广州会场

迪拜工业和出口署首席执行官萨依德在广东投资营商环境推介会上致辞

机制，所有这些凝聚在一起是吸引国际投资的重要原因。"迪拜工业和出口署首席执行官萨依德在现场连线致辞时这样表示。

2021年11月从迪拜回到广州投资的阿联酋投资广东企业代表、阿联酋温超（中国）采购中心负责人陈英告诉记者，"温超集团起步于2006年，总部位于阿联酋迪拜。在筹建采购中心的前期，我们公司商务部门对各地进行了大量的前期调研和考察，从营商环境、政策扶持、地理位置，还有当地贸促会的认可与支持等综合因素考量，最终公司作出决定进入广东开设我们的采购中心。2021年11月温超正式启用了位于广州番禺区的温超中国采购中心，主要采购各类生鲜以及百货等产品。"

新西兰粤商会副会长谢翰霖在接受记者采访时说："广东是我的家乡，这里营商环境的优势就是先驱先行，政企各方面比较适合海外的所有体制，有引领性，我们新西兰粤商会通过广东省贸促会的推荐也非常有信心回来投资发展，抓紧粤港澳大湾区的发展机遇。"

谈起具体的投资项目，谢翰霖介绍，"新西兰粤商会与麦格迪集团作为勇尝'头啖汤'先行者，计划今年在广州空港区投资'两千万美元建设新西兰国家展馆'，展馆除了新西兰国家特色商品展销外，还包括有经贸、金融、传媒、法律、艺术等新西兰各领域优秀务实合作伙伴进驻展馆，把新西兰纯净天然的生活理念'引进来'。"

2021年1月至11月，广东实际吸收外资超过了1600亿元人民币，同比增长13.6%，新设的外商直接投入项目近1.5万个，广东仍然是广大跨国公司投资中国的首选地。

阿联酋投资广东企业代表、阿联酋温超（中国）采购中心负责人陈英发言

展望这些产业更能助力粤经贸跃上新台阶

与会嘉宾在广东投资营商环境推介会上互动交流

会上，广东省商务厅二级巡视员叶华建议，在加强产业投资合作方面，广东正着力打造新一代电子信息、生物医药与健康、汽车、高端装备制造、新能源、智能机器人、现代农业与食品等20个战略产业和新兴产业集群，以推动碳达峰、碳中和为契机，加快优化能源结构，推进产业升级。

"我们出台了《广东省鼓励跨国公司设立地区总部办法》（修订版），包含多条支持外资总部经济发展的政策措施，希望世界各地企业都能用好用足这些政策，加强与广东高端产业对接，加强新兴产业投资。"

叶华还透露，广东正完善以企业为主体、市场为导向、产学研深度融合的创新体制，希望来投资的企业发挥科技创新优势，积极在广东布局建设高水平研发中心，推动更多创新成果到广东转化应用。

展望未来，迪拜工业和出口署首席执行官萨依德说："我们希望可以进一步地加强双方在不同领域的合作，比如人工智能、智慧制造、电子通信、区块链、基础设施以及能源等。我相信今天的广东投资营商环境推介会将会为中阿经济贸易提升带来一个重要的契机。期待广东与阿联酋的经贸合作迈上新台阶。"

携手合作，开创未来：
迪拜世博会为大湾区发展注入新动能[1]

广东作为中国改革开放第一省，与迪拜这个中东国际化水平最高的区域将碰撞出什么样的火花？2022年1月11至13日，由广东省贸促会牵头主办的迪拜世博会中国馆广东活动周盛大举行，围绕"合作创新·魅力湾区"主题，组织系列交流活动，促进广东和中东国家交流合作，为粤港澳大湾区建设发展注入强劲动能。

推动广东特色产业"走出去"

广东省贸促会副会长姚信敏致辞

改革开放以来，广东产业经济发展先行一步，规模质量走在全国前列，市场消费规模巨大，区域创新综合能力多年保持全国第一，形成了强大的产业整体竞争优势。新一代电子信息、绿色石化、智能家电、汽车产业、先进材料、现代轻工纺织、软件与信息

---

1 节选自：搜狐网 https://www.sohu.com/a/510959271_121125110 《迪拜世博会"广东周"明年1月举办 为大湾区发展注入新动能》[引用日期 2023-3-16]

第五章 "一带一路"　－ 117 －

服务、超高清视频显示、生物医药与健康、现代农业与食品等产业集群，成为支撑广东经济稳定发展的十大战略性支柱产业集群；半导体与集成电路、高端装备制造、智能机器人、区块链与量子信息、前沿新材料、新能源、激光与增材制造、数字创意、安全应急与环保、精密仪器设备等新兴产业集群是未来发展的重要产业方向，成为引领带动广东经济发展的十大战略性新兴产业集群。

在共建"一带一路"倡议背景下，广东与阿联酋经贸合作正呈现出全方位、宽领域、多层次快速发展的强劲态势，双方在能源、人工智能、电信、医疗等领域的合作正稳步推进。迪拜世博会"广东周"向世界展示了广东战略性支柱产业、新兴产业，以及广东作为中国出口大省、智造大省、经济大省的活力、创新力，促进广东与"一带一路"沿线国家和地区在产业上的互补合作，进一步拓展经贸交流渠道。

迪拜世博会"广东周"期间举办的开幕式、粤港澳大湾区（广东）—阿联酋经贸交流会、广东投资营商环境推介会、阿联酋—广东精品展、广东地理标志产品国际合作大会、全球新兴市场跨境电商交流会等系列活动，多渠道、全方位推介广东社会经济发展、产业发展成就，推动广东特色产业"走出去"，与"一带一路"沿线国家和地区开展更广泛的合作。

与会代表合影

搭建大湾区连接世界"彩虹桥"

改革开放以来，广东产业经济发展先行一步，粤港澳大湾区是中国开放程度最高、经济活力最强劲的区域之一。《粤港澳大湾区发展规划纲要》提出，支持粤港澳加强合作，共同参与"一带一路"建设，深化与相关国家和地区基础设施互联互通、经贸合作及人文交流。迪拜世博会"广东周"进一步推动了广东参与高质量共建"一带一路"，搭建大湾区连接世界的"彩虹桥"，带来更多合作机遇。

活动期间，广东省贸促会精心组织了 80 家广东高科技及传统优势产业企业参与粤港澳大湾区（广东）—阿联酋经贸交流会，并提供"一对一"线上对接平台，助力广东企业充分发掘中东地区商协会、采购商等资源，进一步扩大广东与阿联酋及周边国家的经贸合作。

"我们正通过拥抱科技创新将迪拜打造成地球上最幸福的城市，让所有居民和游客都能拥有更加无缝衔接、安全高效、人性化的城市体验。"迪拜政府在"智慧迪拜计划 2021"中如此描述道。业内人士分析，在粤港澳大湾区建设的引领带动下，广东深入实施创新驱动发展战略，加快建设科技创新强省，区域创新综合能力从 2017 年起连续五年居全国第一。迪拜世博会"广东周"通过充分展示广东乃至粤港澳大湾区的创新成果，为迪拜更好地拥抱科技创新提供动力支持和经验借鉴。

"引资引技引智"赋能大湾区建设

广州

《广东省科技创新"十四五"规划》指出,以粤港澳大湾区国际科技创新中心建设为抓手,加速人才、资金、信息、技术等创新要素在大湾区集聚与自由流动,推动广东加快融入全球创新网络,更好地汇聚和运用国际创新资源,建设更高水平的开放型创新体系。

如何更好地汇聚和运用国际创新资源?迪拜世博会"广东周"期间举办的广东投资营商环境推介会,采取线上线下联动的方式,向境内外投资者介绍广东市场化、法制化、国际化的投资环境,辅以营商政策宣传,吸引境内外更多商机和目光,让更多来自世界各国和地区的企业家进一步加深了解粤港澳大湾区、广东自贸试验区经济发展的魅力、活力与潜力,提高广东营商环境的影响力和美誉度,并向世界传递广东高度重视引资引技引智工作的强烈信号。

作为中东国际化水平最高的区域,迪拜在吸引更多国际人才和资本方面颇具优势,其300万左右的人口中有超过80%都是外国人。随着迪拜世博会"广东周"的圆满结束,有力地推动两地人才、资本等要素双向流动,为迪拜创新发展提供强动力,为粤港澳大湾区建设注入新动能。

奇迹之城，未来之城：
迪拜世博会"深圳日"展创新之城风采[1]

深圳市市长覃伟中（中间）出席"深圳日"启动仪式

以"奇迹之城·未来之城"主题的迪拜世博会中国馆"深圳日"活动于2022年1月11日至13日以实时连线的方式，在深圳、迪拜两地同时启动。深圳借着世博会东风，大秀科创产业实力，一展"创新之城"风采。腾讯、华大基因、优必选、云天励飞、奥比中光等12家深圳代表性科创企业的50余件最新产品，以屏幕展播和实物产品互动展示的形式，展现深圳在人工智能芯片、5G智能通讯、云技术、先进材料等领域的创新技术成果。其中，腾讯多方位展示"智慧城市"模型，把科技"硬实力"融入充满人文关怀的生活日常；优必选的熊猫机器人成为中国馆的人气明星，让世界看到了深圳在人工智能方面的技术成就和未来愿景；华大基因展示的全球第一套气膜火眼实验室，补齐了全球集中大规模快速核酸检测能力的缺失，为全球疫情防控提供了最新解决方案。在中国馆因疫情限制参观流量的情况下，为期3天的科创展吸引了30多个国家的近万名观众参观。观众纷纷驻足观看，详细了解展品介绍，聆听深圳科创最强音。

---

[1] 节选自：深圳市人民政府网 https://www.sz.gov.cn/cn/xxgk/zfxxgj/zwdt/content/post_9509128.html 《深圳元素闪耀迪拜世博会》[引用日期 2023-3-16]

第五章 "一带一路"

与深圳同步的迪拜世博会启动仪式现场

以"深圳设计、深圳制造、深圳质量"为主题，在阿联酋迪拜迪拜工商会大楼举办的阿联酋深圳精品展是世博会"深圳日"的重头戏。展示场地700平方米左右，以展示桌、开放式展台、展示墙等形式以及图片、文字、多媒体等方式，根据行业类别区分，分片区展示。线下选品、线上沟通洽谈。比亚迪、南玻、迈瑞在内的50多家深企送去约350件"深圳精品"。

"迪拜和深圳若发挥协同效应，将成为全球最智能化的城市、知识型经济体和领先的创新中心。"迪拜工商会主席兼首席执行官哈马德·布阿米姆说，希望能深化迪拜与深圳在高科技设备制造、研发、绿色低碳、生物医药、数字经济和海洋经济等新领域的合作互动。

"当前，深圳正在抢抓粤港澳大湾区建设等重大历史机遇，加快建设中国特色社会主义先行示范区，努力创建社会主义现代化强国的城市范例。深圳将认真落实两国领导人达成的重要共识，以举办迪拜世博会中国馆"深圳日"活动为契机，加强与迪拜在科技创新、投资贸易、金融服务、文化艺术、疫情防控等领域的务实合作，携手实现共同繁荣发展，努力为推动中国阿联酋全面战略伙伴关系发展作出新的更大贡献。"覃伟中在致辞中提到。

深圳巨大的经济潜力和蕴含的合作机遇，也备受包括迪拜在内的中东地区国家瞩目，一批深圳企业正在迪拜积极投资兴业，深圳对外经贸合作加速扩容。

迪拜世博会的"深圳日"活动现场

第二节

广东特色产业"走出去"

编者语

打造"一带一路"战略枢纽、经贸合作中心和重要引擎是广东一直以来坚定不移的定位。这是因为广东有着雄厚的经济基础和不可替代的区位优势,更是因为广东与海上丝绸之路沿线国家和地区有着良好的合作基础。

今年来,广东省多地正多措并举鼓励外贸企业用好 RCEP(《区域全面经济伙伴关系协定》)等自贸协定,深耕传统市场,开拓新兴市场,推动出口市场多元化。越来越多的外贸企业将目光瞄准阿联酋及中东地区等新兴市场。这不仅因为迪拜具有优越的地理位置和良好的营商环境,更是因为阿联酋近年来推行的"向东看"战略,与中国"一带一路"倡议不谋而合,相信中国与迪拜在经贸领域拥有广阔的发展前景。

在 2020 年第四次全国地理标志调研中,广东地理标志数量达到 237 个。可以说,广东既是改革开放的前沿阵地,又是地理标志大省。在 2020 迪拜世博会上,广东优质的地理标志产品受到国外宾客的一致好评,也借此向国际舞台展示了广东的农产品特色。未来,广东将进一步聚焦地理标志产品"走出去",为国际贸易合作注入发展新动能。

地理标志产品成广东特产新势力[1]

新会陈皮、凤凰单丛、清远麻鸡、化州橘红等南粤优质的地理标志产品正凭借这张优质"经济护照",形成"走出去"的广东新势力。

2022年1月12日,由广东省贸促会主办的迪拜世博会中国馆广东活动周之广东地理标志产品国际合作大会在广州举办。现场超过150家企业参会,通过线上参会的还有全国贸促系统、农业农村系统、市场监管系统以及地理标志有关的生产、贸易、文化类企业共计超过14万人。大会同期还组织了化州橘红、英德红茶、南雄板鸭等15家企业展出具有代表性的广东地理标志产品。

广东地理标志惠东马铃薯亮相迪拜世博会

1　节选自:搜狐网 https://www.sohu.com/a/516176500_120046696《地理"经济护照"激发广东特产"走出去"新势力》[引用日期 2023-3-16]

地理标志产品迎来发展契机

广东省贸促会崔爽副会长在致辞中表示，地理标志作为国际贸易中产品的"经济护照"，目前已经被国际社会和世界贸易组织广泛接受。

与会嘉宾在现场了解广东地理标志产品

根据第四次全国地理标志调研报告显示，伴随着中欧地理标志协定的正式实施以及中外地理标志保护与合作的逐步加强，中国茶叶、酒类和食品等地理标志产品走出去正迎来了新的发展契机。

大农电子商务有限公司董事长王汉雄表示："如何将英德红茶推广出去，我们做了一系列的探索，比如在加拿大开展品尝推广销售活动，让更多外国人了解英德红茶，目前成功促进英德红茶茶叶企业订单100多件。"

在预制菜市场，广东企业也有所动作。广东海润发展集团有限公司副总经理王敬芝透露，"预制菜的市场发展势头十分迅猛，我们预计到2023年将达500多亿元。在前端，我们整合了大量的地理标志产品，如狮头鹅、茶等。2022年，我们会继续大力推动地理标志产品的应用，比如把各种各样地理标志产品当成原材料做成潮菜。"

广东地理标志产品展示

在现场采访中,乌克兰工商会驻广东首席代表郭仁龙、格鲁吉亚"一带一路"商务馆广州代表处首席代表贝卡都向记者表达了该国市场对广东产品的喜爱。中国—马来西亚商会大湾区主席郭庭远在会上表示,马来西亚对原产于广东的英德红茶、凤凰单丛、新会陈皮等地理标志产品有较大需求,双方贸易合作的潜力巨大。喝工夫茶是广东潮汕文化的代表之一,潮汕地区也是省内有名的侨乡。身在海外的潮汕侨胞,即使走到东南亚、欧美,也保留着老乡见面喝工夫茶的习惯。

会上,广东省市场监督管理局党组副书记,广东省知识产权保护中心党委书记、主任马宪民透露,目前广东已有160多个地理标志保护产品,89件地理标志商标,凤凰单丛茶、吴川月饼、英德红茶、大埔蜜柚等一批优秀产品入选中欧地理标志产品互认互保名录。据统计,累计已有799家生产企业获准使用地理标志专用标志,仅2020年度核准使用地理标志专用标志的企业总产值达到了240亿元。《广东省地理标志条例》也已经列入2022年地方性法规和政府规章立法计划,相关的立法调研工作已紧锣密鼓地开展。

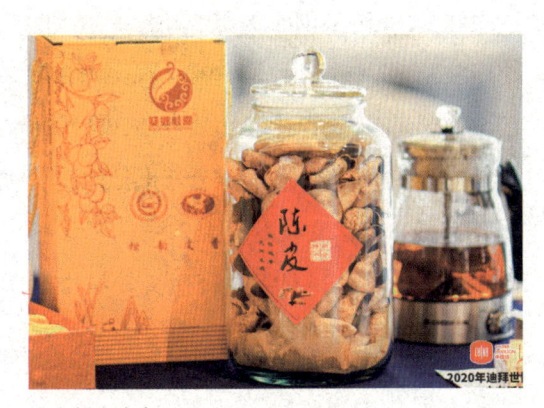

广东新会陈皮

品牌品质是"走出去"的硬实力

中国贸促会贸易推广交流中心主任张国富接受记者采访时表示,从地理标志本身来看,品牌意识非常重要,其中,质量应该永远站在最主导的地位上。"广东在做好品牌推广方面,还需要深入规划,从政府,商协会和企业层面去综合考量,比如企业能不能有联合体的形式出现等。"

弘基集团在广东活动周上展示"世博印象""十八甫""KCJ""MicheleFACCIN"四大品牌产品

继 2017 年阿斯塔纳世博会后,二度参加世博会的国际品牌运营企业——弘基集团,一直以来都勇于承担向世界各地输出优秀品牌与中国优秀传统文化的责任与担当。此次在广东周活动期间宏基集团携旗下"世博印象""十八甫""KCJ""MicheleFACCIN"四个品牌闪亮登场。其中,"世博印象"作为世博会主题纪念品牌,结合了潮汕木雕、国花牡丹、故宫文化等元素,弘扬了我国的优秀传统文化,具有象征意义与推广意义。"十八甫"品牌发掘广东传统 IP,对本土传统文化进行创造性转变、创新性发展。弘基集团下属四个品牌通过各自的展区,充分展现了品牌的特色与主题。

广东地理标志产品

粤阿经贸合作注入新动力

2022年1月11日，2020年迪拜世博会中国馆广东活动周系列活动之粤港澳大湾区（广东）—阿联酋经贸交流会在广州越秀国际会议中心举办，旨在为粤阿企业搭建平台、畅渠道、拓市场。据悉，本次活动期间，为粤阿两地[1]企业举办了"云对接会"，广东、阿联酋两地共80多家企业参与其中，主办方广东省贸促会还为每一组配对企业提供了现场翻译服务，增进粤阿企业的合作与交流。

2020年迪拜世博会中国馆"广东活动周"广州会场

阿联酋是连接亚洲、非洲和欧洲市场的重要中转站，是国际贸易的重要枢纽。更多优质的广东制造能通过阿联酋推介到中东地区，进一步走进非洲、欧洲。未来粤阿合作大有可为，此次供需对接会，进一步发挥2020年迪拜世博会中国馆广东活动周的平台作用，服务粤阿经贸供需精准对接。以此为契机，广东省贸促会将探索新模式、新机制，推动粤阿经贸合作结出更加丰硕的成果。

---

[1] 节选自：南方plus https://static.nfapp.southcn.com/content/202201/12/c6127325.html 《粤阿经贸合作"云对接会"在广州成功举办》[引用日期2023-3-16]

粤宝协率深企参展迪拜世博会[1]

广东省珠宝首饰进出口协会（粤宝协）在"广东活动周"上与阿联酋粤商会"云签署"战略合作协议，强强联手构建行业新生态。

"迪拜是中东国际化水平最高的区域，是全球重要的黄金交易市场之一，珠宝石消费需求旺盛，投资交易活跃。"广东省珠宝首饰进出口协会会长李洲表示，借助此次世博会契机，粤宝协精心组织，带领佳峰集团、水贝珠宝集团、雅福珠宝、宝瑞林、维恩珠宝、含章珠宝、法卡帝、鹤麟珠宝、慈母之心等9家来自深圳的会员企业积极参加此次世博会广东活动周"阿联酋—广东精品线下展"，向海内外观众展示广东珠宝企业优秀形象和产业优势。

活动期间，广东省贸促会相关领导来到"阿联酋—广东精品线下展"，对参展珠宝企业代表表示衷心感谢，并现场颁发了感谢信与荣誉证书。此次广东活动周系列活动承担起向世界展示岭南文化、促进经贸交流的双重使命和任务，有效地在国际舞台上宣传广东新形象。广东贸促会希望，粤宝协带领珠宝企业一起发力，共同助推广东珠宝产业发展，同时继续弘扬中国文

深圳珠宝企业参展迪拜世博会

---

1 节选自：新浪网 https://cj.sina.com.cn/articles/view/1833863315/6d4e8893040014irs 《广东省珠宝首饰进出口协会签约阿联酋粤商会》[引用日期 2023-3-16]

第五章 "一带一路"

2020年迪拜世博会中国馆广东活动周
Guangdong Week of China Pavilion, Expo 2020 Dubai
粤阿合作项目签约仪式
Signing ceremony for Guangdong and UAE cooperative projects

阿联酋广东商会　　迪拜工商会　　中国建材国际阿联酋公司　　Alhur房地产集团(迪拜工业城)

广东省贸促会党组成员、副会长范新林（中）

化、讲好中国故事，把东方美学推向迪拜、推向全球。

根据协议，粤宝协与阿联酋粤商会双方将致力于推动珠宝产业健康可持续发展，并积极发挥各自优势，就两地珠宝产业合作，搭建产业资源对接通道与沟通机制。

据了解，阿联酋粤商会是阿联酋各协会社团中的佼佼者，其会员贸易覆盖了黄金、钻石、茶叶、农产品等大宗商品交易，并拥有物流和贸易流等平台，现已有730家会员企业。本次协议的签署，将打通泛珠宝产业全链条，为世界与中国的珠宝产业建立起信息交流的桥梁和纽带，搭建起全方位的世界级泛珠宝领域资源共享、合作共赢的服务平台，开创珠宝国际商贸的新纪元。"随着疫情防控进入常态化，深圳珠宝首饰市场的整体发展趋势仍然利好频出，深圳仍是中国珠宝首饰制造交易中心和物料采购中心以及信息交流中心，外界对'中国机遇'充满信心。"陈伟明说。

在共建"一带一路"倡议下，近年来中国与"一带一路"沿线国家贸易增长迅速，中国珠宝行业与全球珠宝产业链相连接，将实现更高层次更高水平的互惠共赢。李洲表示，广东省珠宝首饰进出口协会将继续扩大交流合作，加强国内外珠宝行业横向联系，搭建产业链平台，助力会员企业更好"走出去"，促进广东省珠宝首饰进出口贸易市场的发展与繁荣。

从黄金时代迈向光辉未来 [1]

粤阿合作圆桌对话环节

2022年是中阿正式建交38年。在经贸领域，中国一直是阿联酋最重要也是最大的经贸合作伙伴，中国也是阿联酋非油类交易的最大市场。同时，目前阿联酋已经成为中国在阿拉伯地区第一大出口目的地国和第二大贸易伙伴，超过6千家中国企业在阿联酋投资兴业。

在2022年1月11日的2020年迪拜世博会中国馆"广东活动周"粤阿合作圆桌对话环节，广东省贸促会国际联络部副部长李靖如此说道："回顾一下过去几年中国、广东和阿联酋之间的经贸合作情况，我想用两个词来概括，一个就是'黄金时代'，另一个就是'光辉未来'"。李靖表示，2021年中阿双边的贸易额突破500亿美元，同比增长40%，增长势头非常强劲，而广东省与阿联酋的贸易总额占到了全国总量的1/5，说明广东和阿联酋之间不仅在过去有着辉煌的合作历史，未来也将有非常大的空间和市场值得开拓。

DMCC（迪拜多种商品交易中心）中国代表处高级顾问厉建路认为，对于广东企业而言，第一个值得关注的机遇就是新能源，因为能源合作是主轴、是基础，在整个中东有很多的石油项目已经开采、动工，双方之间也做了很多的合作。第二个机遇是高新科

---

[1] 节选自：网易 https://www.163.com/dy/article/GTGC0LRP05129QAF.html 《粤阿贸易已超600亿 将打造地区双向贸易中心》[引用日期 2023-3-16]

技、生物制药和航空航天，第三个是人文交流和旅游教育。"迪拜现在已经有超过100所学校可以选择中文课程，这也是非常重要的增长点或者说是我们可以预见的机遇。"厉建路说。

银河电力集团股份有限公司董事长助理朱剑平同样认为，能源将是双方未来协作的重要领域。2022年是"十四五"的第二年，中国的目标是要实现以新能源为主体的新型电力系统，包括在未来的2030年要实现碳达峰，2060年要实现碳中和。而中东地区包括沙特、迪拜、阿联酋则希望摆脱传统石化能源依赖，实现多种能源协同发展、多元化发展，以及未来实现整个环境、人类的可持续发展，因此中阿两国的未来发展目标非常一致。

朱剑平表示，阿联酋有非常好的太阳能资源，中东地区有非常大面积的沙漠土地，非常适合集中式光伏电站的开发。中国则有非常完整的光伏产业链资源，包括前沿的光伏技术，如果中国的光伏产业链技术，包括智能电网的产品设计能力、生产能力、系统实施能力、交付能力，可以与中东地区的市场需求结合起来，共同推进实现碳减排、实现多元化能源转型和经济发展、实现人类命运共同体，都有非常重要的作用。

除此以外，中国的技术服务机构也将迎来新的机遇。威凯认证检测有限公司董事长谢浩江就表示，2015年12月中阿两国签订了检验检疫的谅解备忘录，约定双方在计量标准化等领域进行合作，旨在消除技术性的贸易壁垒。"我们投资的威凯海湾公司今天在阿联酋迪拜正式挂牌运营，就是希望通过提供标准、检验检测、计量校准的综合性服务，助力中国企业的产品顺利进入阿联酋市场，同时我们也可以在当地为阿联酋的企业进入国际市场提供服务，取得多赢的局面。"

广东活动周现场向外宾赠送外事礼品

06

第六章

世博往昔

世博往昔

编者语

1851年5月1日中午12时，经过一年多筹备的"万国工业产品博览会"在英国维多利亚女王威严的宣布声中于伦敦海德公园中拉开帷幕。这次盛会聚集了来自世界二十多个国家的商界、政界代表人物50多万人。

这是真正意义上的第一届世博会。近两万家参展商的十多万件展品在总面积为9万多平方米的水晶宫内展出，呈现出工业革命给世界带来的一片美妙图景。众多的展品中，最引人注目是各式各样的机器设备。

这是真正意义上的第一届世博会，也是一次国家间实力的比拼。近两万家参展商的十多万件展品在总面积为9万多平方米的水晶宫内展出，以文明的方式彬彬有礼地向世界呈现出工业革命带来的一片美妙图景。没有战争，只有各自的暗暗较量。众多的展品中，最引人注目是各式各样的机器设备。有冒着白烟缓缓行驶的蒸汽机车；有把人的声音从一个地方传到另一个地方的神奇的传话机；还有收割效率超过30个工人的麦考密克联合收割机等等。

在为期140天的展会上，有600多万人前来参观游览，这个数目相当于当时伦敦人口的三倍。这样的大规模聚集在人类历史上实属罕见，除了战争和迁徙，还从来没有出现过这样的盛况。可以说，1851年的万国工业产品博览会，是人类大规模文明交流新形式出现的标志。

因为世博会对于推动人类文明进步承担着不可替代的神圣使命，所以我们需要回顾历史展望未来。回顾改革开放以来中国参加世博会的历程，从广阔的历史视野解读和思考中国参加的世博会，将其置于激烈竞争的时代背景与社会环境中，对其内在史料进行完整归纳和整理，从而了解其全貌，分析其特点，论述其影响，揭示其历史启示。

1982 年

美国诺克斯维尔世博会：
能源——世界的原动力

20 世纪 70 年代，美国经历 2 次石油危机，能源问题一度成为全美上下关注的焦点。能源改变世界，带来新科技和新工业革命，世博会的举办也改变了美国南部小城诺克斯维尔。准备了 7 年之后，世博会终于敲响了诺克斯维尔的大门，并使其经济迅速新生快速发展。这场能源世博会之所以举办在诺克斯维尔，是因为诺克斯维尔地区是美国能源研究的中心，主办者试图通过本届世博会对能源生产、利用、开发和管理等提出相对的应对方法。起初，人们对诺克斯维尔世博会不以为然，但随着时代的发展，能源成为了国际社会深刻思考的问题，而诺克斯维尔世博会为人类敲响了能源警钟。在这样的背景下，诺克斯维尔世博会于 1982 年 5 月 1 日如期开幕，而且参观人数达到了惊人的 1112 万人次，超过了 1100 万人次的预计，是美国人气最旺的世博会[1]。以"能源推动世界"为主题，大部分参与国都围绕"能源"一词进行展示，日本展出的电脑用几种语言来介绍与能源有关的课题，联邦德国展示了核反应堆的模型，沙特阿拉伯展示了巨大的太阳能采集器，美国的展览介绍了美国在能源研究、生产和节能方面所取得的成绩。

中国参展经历

诺克维斯尔世博会是 1949 年新中国成立以来，首次以官方层面组团参加的世博会，也是改革开放后中国在大型国际展览会上的首次亮相。对中国来说这是颇具深意的转折点，经历了多年风雨洗礼的中国在几十年后重返世博会的舞台，预示着这条东方巨龙的苏醒[2]。初次亮相的新中国的中国馆在外貌上似乎其貌不扬，但其实是体现我们内敛含蓄的姿态，而在中国馆的布置中，以工艺美术品为主，辅以新能源技术是此次参展的基调。陈列在中国馆外的轻便、精致的太阳热水器、太阳灶、太阳能航标灯、太阳能电围栏、沼气利用等吸引了许多人的目光，不仅如此，一幅气势磅礴的巨幅长城照片下面陈列长城砖和秦兵马俑更是独具匠心，以新颖科技包装传统的优秀文化为中国馆博得了满堂彩。在展期间每天都有人顶烈日、冒风雨在中国馆前排队等候数小时，就为了解沉睡多年的东方古国神秘面纱下的真容，这告诉我们世界渴望了解中国！

启发

在当时的时代背景下，全球经历了数十年的能源短缺，能源问题正严重影响人类生存之时，美国诺克斯维尔世博会率先给全世界敲响了警钟，新中国高瞻远瞩，积极参加新能源的开发工作，投入了巨大的精力与资源，为新能源的发展做出巨大贡献，给解决能源短缺问题提供了新思路，给出了新方法。这一次新中国参展大获成功对中国历史意义非凡，它为中国参加之后的世博会打下了坚实的基础，预示并代表了新中国在以后诸届世博会的表现和参展模式，它既迎合了外国迫切了解新中国的需求，也给中国之后的参展定下了清晰的基调——即以高新科技和悠久的传统文化结合，以此来展现我们中国文明的魅力[3]。

诺克斯维尔世博会中国馆大门

1984 年

美国新奥尔良世博会：
河流世界——水乃生命之源

随着经济的逐渐发展，人类对水资源的需求越来越重要，人类已经意识到水并不是取之不尽、用之不竭的，如今人类已经面临缺水的问题。1984 年 5 月 12 日至 11 月 11 日美国在路易斯安那州新奥尔良举办国际河川博览会，也称"水源"世博会。

新奥尔良是美国路易斯安那州最大城市，位于州东南部。地处密西西比河三角州，水道纵横，其中水面积占 45.3%；地势低洼，平均海拔仅 1.5 米，不少地方低于海平面，沿河筑有 209 公里长的防洪堤坝，是美国第一大港和南方的历史名城。基于这样的地理位置本届世博会选址在密西西比河沿岸 80 英亩的场地，可谓傍水而建，密西西比河沿岸原有的破败的仓库建筑被全部清除。1984 年，本次世界博览会开幕之际，人们对即将获得的巨大收益充满期待。但由于媒体负面报道和对预期参加展览收益的乐观估计，6 个月后，人们在沮丧的失望中告别了世博会[4]。本次世博会只吸引了 730 万人的少数游客，少于预测的 1100 万，致使参加建设世界博览会的私人企业在世界博览会闭幕前一周就破产了。值得一提的是，新奥尔良博览会由于出现亏损，几乎到了中途关门的境地，在美国法律意义上并不承担责任的美国政府采取补救措施，承担了主办国所肩负的责任，使世博会维持了 6 个月的展期。

各国有效利用会场中心的主题馆以"河流世界——水乃生命之源"为主题，向人类展示了河岸的有效利用、水的利用等先进技术。美国馆推出了水的利用、溶解、蒸发，水的再循环处理，水生动植物等方面的展览，还通过 20 分钟长的电影介绍了从冰川到乡村小河的自然水景和交通器具。在路易斯安那州馆，观众可以乘坐 14 分钟的水上游览小舟，通过图片、电影、特制灯光、特别装置，体验路易斯安那州的生活。新奥尔良市的展览重点介绍了雨、雷阵雨和人们生活的关系以及对付高降水量的办法。

在国际展区，日本介绍了有史以来利用河流的经验和技术以及河流对其文化和生活方式的影响。韩国的展览侧重于水的利用和对朝鲜半岛的影响。利比亚送来了一种稀有的水生动物，加拿大用立体电影把游客带到水边，法国推出了净化水源和控制水源的水力发电站的设计方案，埃及骄傲地展出了世界闻名的尼罗河的模型，秘鲁送来了水生动物，菲律宾展出了的钓鱼游乐船，加勒比海馆甚至建造了一片热带雨林。

中国参展经历

中国馆的展出面积达1000平方米，是当时比较大的展馆之一，主要介绍了我国古代和近代的水源开发以及利用情况和经验，展现了水利资源的文物照片、复制品和模型，同时陈列出一系列工艺品、轻工业品、纺织品和出土的皇帝龙袍、古代编钟等[5]。在开馆一个月中，中国馆接待了100多万名观众，其中美国副总统老布什、美国前总统吉米·卡特和美国国务卿舒尔茨夫妇相继来到中国馆参观，参馆者无一不被精湛的工艺品吸引，特别是卡特在参观中对都江堰水利工程和京杭大运河在灌溉和航运方面的历史和现状很感兴趣，这足以说明中国古代的水利工程在如今还存在宝贵的现代价值和意义。

启发

总的来说，新奥尔良博览会以一次失败的记录载入史册，成为博览会上唯一一个主办方主要领导未出席会议的国家。尽管以失败告终，但对中国今后发展也有重要的意义。第一，通过参加本次博览会，我国了解了多个国家的古代水利资源的历史，汲取了多方古代水利工程的经验，同时还接触了位列在世界第一的美国对于水资源有效利用的先进技术，给我国未来水利工程的建设打下坚实的基础。第二，新奥尔良世博会的失败告诉我国游客形象的重要性，对中国未来举办世博会产生很大影响。正是因为有了这次世博会的启发，我国会展经济开始发力，2006年的杭州世界博览会、2008年北京奥运会和2010年的上海世界博览会相继在我国举办，这三大具有国际影响的博览会，其影响深度和广度都达到前所未有的高度。

老布什夫妇接受中国馆纪念品

第六章　世博往昔

1985 年

日本筑波世博会：新兴技术科创区

1985 年国际科学技术博览会的主要举办场所

　　1985 年日本筑波世博会不仅是筑波对外展示的机会，也是日本政府向世界展示筑波科学城阶段性建设成果、以及正处于经济成就巅峰期的日本展示自身科技活跃度的"宣讲会"。这次活动非常成功，共到场 2,033 万人次，不仅大大提升了筑波科学城的国际知名度，更为现实的是，大幅度提升了筑波在日本国内人民心中的形象与接纳度，这为今后的人口持续流入做出了重要铺垫[6]。

1985 年国际科学技术博览会人头攒动热闹非凡

筑波会展中心展出的开放机器人项目 PINO

趁着科博会的成功举办，筑波在两年后即被指定为国际观光示范特区。此后，1988年开始的筑波国际音乐节、1995年举办世界湖沼大会，以及1999年被进一步指定为国际会议观光都市等一系列动作，都是筑波科学城在追求城市文化丰富度与知名度上迈出的步伐，更是在2016年开始举办新潮的"筑波机器人节"。

进入新世纪后，为了跟上世界科技趋势的快速进展，也为了激活既有科学资源活力，筑波开始注重科技创新，及加强产学研合作的力度。

2003年建成的筑波创业广场是第一个大型孵化设施，科学技术振兴机构设立分部、《筑波纳米科技据点形成推进》产学官合作共同宣言的发表，都是科技交流合作被加强的体现。

此外筑波移动机器人实验特区以及国际战略综合特区的指定，则体现了日本国家层面对筑波在新兴前沿产业以及在日本具有优势的未来产业（机器人等）实现突破的期盼。

至今历时约60年建立的筑波科学城人口已达24.8万（2022年2月1日），成为了日本最大，也是全球闻名的高水平科学中心。以约2万研发人员，约8000人的博士，以及包括宇宙航空研究开发机构（JAXA）、理化学研究所、国土地理院等29家国家级科研机构和150多家民间研究机构的科研密集度，被称为"随便扔块石头都能砸到博士的头"的地方。筑波更是以聚集了大量高等级大科学装置而闻名全球。

中国参展经历

中国展馆面积1600平方米，参加展出的实物和模型有：长征三号运载火箭、第一颗人造地球卫星、卫星地面测控站及有关录像、照片、宣传图册等以及古代的火箭模型和激光汉字编辑系统。

参观人数约有六百万人次，不少台湾同胞和海外华侨参观后，都赞叹祖国取得的巨大成就[7]。

启发

20世纪50年代开始,全球开始了科学城的规划建设,这一热潮起步于西方,于20世纪70到90年代达到了发展的高峰。虽然我国的科学城建设起步比较晚,但我们可以广泛吸取全球同类先驱们的经验与教训,并将科技智慧运用于这波中国科学城建设大潮中。

筑波创业广场

1988 年

澳大利亚布里斯班世博会：
技术时代的娱乐

印象长期以来，人类一直以"人定胜天"的气概在改造自然，发展科技，以创造"更加富裕的生活"，"休闲"只是人们的第二位需要。1988年，澳大利亚为纪念欧洲人在澳洲登陆定居二百周年举办了布里斯班世博会，并以"技术时代"作为这次世博会的主题[8]。

各国都围绕这个主题大做文章，纷纷以体育、文娱、旅游、烹调、园艺等各种内容来体现人类生活的丰富多彩。充分显示了人类在科技极其发达的现代社会中，在经历了激烈奋斗之后，渴望休闲，休闲生活已得到重视。在美丽的澳大利亚突出"休闲"这个话题，给人们留下了深刻的印象[9]。

布里斯班世博会会展中心

中国参展经历

1988年的布里斯班世界博览会是有史以来南半球规模最大的一次博览会。为了参加这届世博会，中国政府投入巨资，由几位科技人员根据对国外360°环幕电影技术的短暂接触，成功完成了中国首部360°环幕电影的研制和拍摄，并在布里斯班世博会上首次放映[10]。

中国环幕电影以其先进的技术、宏大的场面和逼真的立体感，倾倒了50多万各国各地赶来的观众。因为当时，这一技术在世界上也只有少数几个国家掌握。中国这部完全自主独立摄制的长达20分钟的360°环幕电影《华夏掠影》，内容涵盖了中国大地东南西北的风情地貌，采用了包括航拍在内的各种手法和360°的镜头画面，使观众有如临其境的感受。画面忽而飞奔，忽而漫步，忽而腾空，忽而俯冲；声音由远而近，由近及远；景物迎面而来，转而从身旁逝去，观众的情绪也随着画面变化而起伏。国外观众仿佛跨越了数千年时间和数千里距离，既看到中国的历史，又可想象到它的未来。

为了观众的方便和安全，电影馆内没有座椅，而是设置了一排排的栏杆扶手。这种360°环幕电影确实把所拍摄的场景表现得淋漓尽致，生动展现在观众面前。当时的博览会指南甚至把中国的环幕电影列为"必看的项目"。当国际展览局主席在观看影片之后说："中国馆抓住了本届世博会的主题，环幕电影本身体现了新技术与娱乐的结合，看过后令人心情振奋。"

中国自行设计制造的环幕电影首次"出口"，就备受瞩目，即使场场爆满，仍不能满足观看的需要，有的"狂热者"竟把18分钟长的《华夏掠影》先后看了18次之多。也有很多人观影后，萌生了到中国旅游的念头，在当地掀起了一股强劲的"中国热"。此外，中国为满足参观者的要求还备有丰富多彩的礼品和中国美食。可以说，中国馆给观众一个全新而生动的感受，极具吸引力。

启发

文化消费产业在高质量发展时代，对经济发展的拉动作用更加凸显，现阶段国家大力发展文化产业，文化产业迎来了全面发展，其中的文旅及文娱消费更是在疫情后呈现出爆发式增长，这就需要积极有序引导文化产业发展，适应居民生产生活需要，利用数字化技术发展数字旅游、数字文化、数字会展产业，从而帮助中国经济实现弯道超车和高质量发展。从1988年的布里斯班世界博览会得出的经验衍生至今，会展业已逐渐成为文化产业的一部分，疫情又加速了数字会展的蓬勃发展。可以说，旅游、娱乐、会展借助数字效应，可以迅速扩展自身的辐射边界，以更加容易被消费者所接纳的方式，获得新的发展动能。

在当前经济高速发展时代，一个健康有序发展的文化产业市场，是中国经济行稳致远的重要支撑和经济社会繁荣发展的重要体现[11]。

通过本次世博会，中国得到了很多经验：

一是要夯实经济发展根基；

二是要持续强化底层技术支撑；

三是要不断加强市场环境规划；

四是要大力促进产业融合发展；

五是要加大财税金融政策扶持；

六是要鼓励国内娱乐企业走出去；

七是要推广文化产业中国标准等宝贵经验都对中国未来的经济发展有着深远的影响。

1992 年

意大利热那亚世博会：船舶与海洋

1992年热那亚专业性世界博览会于5月15日至8月25日在意大利热那亚市圣乔治宫举行。该世博会是意大利政府为纪念意大利著名航海家克里斯多夫·哥伦布发现美洲新大陆500周年而举办的。主题为"克里斯多夫·哥伦布：船舶与海洋"，旨在回顾人类航海的历史与发现，探讨当代航海技术的发展和展望未来的前景。展览展示了地理发现、海洋生物、环境保护、航海与造船技术。此次展览会被列为纪念哥伦布发现美洲500周年的重要活动之一[12]。

参加本届博览会的共有48个国家和5个国际组织及3个非官方机构。5月15日在节日广场举行了隆重的开幕式，意大利代总统、参议院议长斯帕多利尼出席并主持。博览会主席、热那亚市长梅尔洛、博览会政府总特派员本波拉特、国际展览局主席阿兰分别在博览会上致词。出席开幕式活动的还有各参展国政府代表，驻意大使、外交使节和驻热那亚总领事以及意大利政界、军界、文化和经济界重要人士共有800多人。我驻意使馆公使衔商务参赞曹振寰和中国馆政府代表梁兴华也应邀出席了开幕式。6月30日下午，意大利共和国总统斯卡尔法罗乘专机来热那亚参观了博览会，并在博览会贵宾楼接见了各参展国政府代表或馆长，对参展国表示祝贺[13]。

展览会期间，各参展国均举行了馆日活动，共有120位高级人士出席。部分国家派来了文艺团组，整个展期共举办了100多场文艺节目。

意大利热那亚世博会场地

中国参展经历

意大利热那亚世博会

中国馆位于博览会主会场——棉花仓库的第一层2—3展区，分展示厅和购物中心两大部分，总面积为840平方米，共接待观众和游客150多万人次。

围绕"克里斯多夫·哥伦布：船舶与海洋"这一主题，中国馆以福建泉州"海上丝绸之路"这一东方据点为主线，展示了15世纪前后中国与欧洲国家特别是意大利在海上通商、文化交流方面的历史。通过船模、图片、录像和幻灯片，重点宣传介绍了我国悠久的历史文化和中国古代与现代的造船技术和航海技术，以及改革开放以来在航海造船业和其他经济建设方面取得的成就。

中国馆的主题是"中国的航海与发展"[14]。展览分两大部分，古代部分主要展示了泉州海外交通史博物馆提供的从宋代到明清的商船、渔船、运输船、战船和郑和宝船等古代帆船模型，同时还展示一艘我国十三世纪建造的古代远洋木帆船模型及从该船舱内搜掘出的唐宋钱币、陶器瓷器、木牌木签、果核、贝壳、香料等，反映了宋元时期泉州港对外贸易的繁盛和中国古代先进的造船技术和辉煌的航海史。中国馆现代部分，展出了2700箱大型冷风集装箱船"柏林快航"号模型。

中国馆于七月十日举行馆日庆祝活动。我驻意大使李宝城与中国政府代表梁兴华共同主持。博览会上，意大利政府总特派员本波拉特、博览会总经理、热那亚省督和当地政界、军界、文化和经济界重要人士以及各参展国政府代表等300多人出席了馆日庆祝活动和招待会。

启发

　　丝绸之路经济带是我国在世界新格局背景下适应国际经济一体化而提出的面向世界的新型战略。作为新的经济发展区域，它衍生于古丝绸之路。具体包括陆上丝绸之路、海上丝绸之路和空中丝绸之路经济带。由于丝绸之路经济带东牵亚太经济圈，西系欧洲经济圈，因此它被认为是世界上最长、最具发展潜力的经济大走廊。其中，海上丝绸之路涉及地域更广，从古至今，它都充当着东西方文化与经贸往来的重要通道。如今，通过发展国际物流合作新模式，广东有望借助得天独厚的地理优势，走在海上丝绸之路建设的最前沿。

　　广东省可以从以下几方面着手建设海上丝绸之路：一、大力发展临海、临港经济，实现海陆经济一体化，充分发挥各港口的商业、贸易、运输功能；二、紧密联系粤港澳大湾区共同打造世界一流粤港澳大湾区，把广东的开放型经济体系建设提升到一个新台阶；三、加快建设自由贸易区（港）建设，加大国家特色产品进口，大力发展航运总部经济。

1998 年

葡萄牙里斯本世博会：
海洋——未来的财富

1998 里斯本世界博览会 5 月 22 日至 9 月 30 日在葡萄牙首都里斯本举行，包括中国在内的 146 个国家和地区，以及欧盟等 14 个国际组织参加了本届博览会。斯本世界博览会以"海洋——未来的财富"为主题，旨在教育和启发人们树立海洋意识，使人们充分认识到保护海洋和海洋环境不仅是必须履行的法律责任，也是一种道义责任。博览会在 132 天展期中，共接待近 900 万观众。

1992 年的联合国环境与发展大会达成了《全球 21 世纪议程》，标志着可持续发展开始成为人类的共同行动纲领。海洋覆盖地球表面的大部分，海洋资源的利用和保护是人类可持续发展的重要组成部分。联合国将 1998 年命名为国际海洋年，表明里斯本世博会的主题得到国际社会的广泛认同。参展国家和国际组织的量多面广，体现了世博会的国际参与性里斯本世博会的官方参展方包括 146 个国家和 14 个国际组织，是专题类世博会中最大规模之一，并有 124 位各国领导人和 8 位国际组织首脑参观了世博会。

葡萄牙里斯本世博会参与国国旗

参观人数众多，体现了世博会的吸引力和知名度。里斯本世博会的参观人数超过 1000 万人次，其中本国和外国游客各占 79% 和 21%。对于全国人口仅为 1000 万的葡萄牙而言，确实是相当可观的。里斯本世博会还吸引了来自 88 个国家和 3000 多家传媒机构的 111 万多位记者，有效地提升了里斯本的知名度[15]。

里斯本世博会大大提升了葡萄牙的国际形象和声誉。除了这一长远效应，它对于葡萄牙的经济和社会发展也有突出的直接贡献。统计资料表明：在 1994—1996 年期间，世博会带来 1.8 万个就业岗位，对于 GDP 的贡献为 0.1%—0.3%；在 1997 年，世博会带来 119 万个就业岗位，对于 GDP 的贡献为 0.7%；在 1998 年，世博会带来 213 万—219 万个就业岗位，游客人数和旅游收入分别增加 10% 和 13%，对 GDP 的贡献为 0.9%—1.2%。不仅如此，里斯本世博会以及地区重建计划的顺利推进还为葡萄牙成功申办 2004 年欧洲足球锦标赛奠定了良好基础[16]。

中国参展经历

中国馆占地 1620 平方米，展品分为海洋开发和利用、海上丝绸之路、火箭模拟发射卫星表演和环幕电影馆 4 大部分。以海上丝绸之路为主线，介绍郑和 7 次远涉重洋的历史。古色古香的中华门、360 度环幕电影令观众流连忘返。

里斯本世博会中国馆外的中华门

启发

海洋是国家的安全屏障，对外开放的重要载体，在国家经济战略中占有极其重要的地位。世界各国对陆地资源开发和利用日趋紧张，海洋已然成为各国争相投入和发展的领域，并在国民经济领域发挥更重要作用。当前，世界各国对海洋的开发均已列入国家发展战略。

从世界海洋经济发展总体趋势来看，首先，海洋意识普遍增强，形成了诸如海洋经济观、海洋政治观、海洋地理观、海洋科技观以及新的海洋国土观、国防观等新的海洋观。其次，高层次发展的海洋开发方式已成为各国新的竞争点，海洋综合开发以及精深加工领域逐渐拓展。再者，海洋环境保护成为世界各国的自觉行动，各国均形成了完善的海洋管理制度和体系。"维护海洋健康"已成为 21 世纪人类保护海洋的自觉行动。

因此，这给作为海洋大省和海洋经济强省的广东省带来以下几方面启示：一、重新调整和布局新的海洋产业，扶持以新技术为核心的海上油气、海洋药物、海洋工程、海洋电子等新兴海洋产业；二、推进科技兴海战略，加强海洋科技创新。加强对海水资源开发利用技术、滨海旅游资源的开发技术、海洋灾害预警技术、海洋污染防治技术等领域的投入，重点攻关，力争突破；三、健全完善海洋综合管理体制，各地区联防联控突破地域限制，实现综合治理一盘棋；四、打造海洋经济发展示范区，为其他海洋地区树立榜样和可以借鉴的样板；五、结合技术发展规律和实际拓宽海洋产业结构，海洋演进规律及整体经济效益是根本。

2000 年

德国汉诺威世博会：
人·自然·科技

二十世纪的最后一个综合类世博会于 2000 年在德国汉诺威举办。它的主题是"人·自然·科技：一个诞生中的世界"，强调以人类的巨大潜能、遵循可持续发展的规律来创造未来，从而带来人类思想的飞跃，实现人、自然和技术的和谐统一。

汉诺威世博会旨在为人类可持续发展在经济、社会和生态方面已经和未来可能实施的应对方案提供全球性的展示和交流平台，可持续发展和资源保护的思想贯穿世博会始终，无论是场址的选择与布局、景观环境的规划，还是展览建筑的设计，无不深刻地体现了这一宗旨[17]。汉诺威世博会的正式参展方包括 155 个国家和 17 个国际组织，突破了世博会的历史纪录，还有 10 个非正式参展方。从 2000 年 6 月到 2000 年 10 月，世博会历时 153 天，参观游客总数约为 1810 万人次，平均每天参观人数约为 11.8 万人次，最高峰日游客达到 27.64 万人次。

中国参展经历

中国馆的参馆人数更是甚为惊人，每天接待观众近 3 万人。参观人数约占世博会总参观人数的 1/4。占据 2500 平方米的场馆面积，通过信息高速公路、航天航空、三峡工程等部分展现我国对 21 世纪的蓝图，对可持续发展的设想。

汉诺威世博会中国馆

德国汉诺威世博会俯瞰图旗

启发

作为近年来争议最多的一次世博会，汉诺威世博会以它广义效益上的巨大成就和狭义效益上的巨额亏损而备受关注。

一方面，汉诺威世博会在全球性盛会中打响了一炮，有效地提升了德国统一后的国际形象和声誉。尤其是来自148个国家的约3万名媒体记者，参观并报道了这次盛会。为德国赢得了难得的营销和宣传机会。此外，汉诺威世博会也为德国带来了巨大的综合经济效益。仅世博会第一天就有15万人来到现场参观，整个世博会期间，也为德国创造了10万个就业机会，其中2.5万个岗位为长久性就业岗位。因此，对于德国而言，此次盛会提高了德国的国际声誉，还改善了德国的投资环境，又促进了消费需求，更带动了会展业的繁荣发展[18]。

另一方面，德国被迫因此次世博会留下了20多亿马克的巨额债务，这也成为历届政府举办世博会的花费之最。这也在德国本土被诟病为一届非常不成功的世博会，引起了德国纳税人的强烈不满。正如路透社曾在上海申办2010年世博会后发表的一篇文章中提到"主办世博会可以使一个城市出名，也可以使一个城市名声扫地"。

汉诺威如此大亏损的重要原因是由于世博会前期的宣传工作没有到位，忽视了世博会与周边旅游的联动关系以及没有合理运用现有资源造成的[19]。通过这一届备受争议的世博会，我们得到了经验：举办世博会一定要把盈利放在第一位。没有盈利的世博会，无论办得多好也不会得到舆论的支持，更不可能得到人民的支持，因此，千方百计盈利是世博会的首要任务。

这也提醒了日后的盛会，不仅要提供精彩的展出内容和便捷的交通配套设施，还要加大宣传力度，通过多渠道和手段吸引参观者；与此同时，尽量合理配置资源，减少不必要的浪费，尽可能多的利用一些替代品控制世博会的举办成本。

2005 年

日本爱知世博会：自然的睿智

进入 20 世纪最后十年的世博会，其主题虽然还是通过产品展示、文化展示、概念展示进行演绎，但可持续发展的理念已经越来越多地取代了单纯追求科技进步和经济发展，人们开始明确思考科技与自然的关系[20]。2000 年德国汉诺威世博会的主题选择时清晰地提出，本届的主题是"人类—自然—科技"。新世纪的世博会以新的视角审视人类的进步，从而进入世博会历史上的"更新期"。

"更新期"的开端正是 2005 年日本爱知世博会，本届世博会以"自然的起源"、"生命的智慧"和"循环型社会"三个方面诠释了主题"自然的睿智"，更为明确地将符合自然的发展观作为人类未来发展的方向进行探讨。这场盛会有 121 个国家和 4 个国际组织参展，累计有 2200 万人次参观，参观者在这里接触大自然并融于大自然，同时能再次展现人与大自然生活的无穷魅力。

中国参展经历

日本爱知世博会中国馆

中国馆面积1620平方米，是面积最大的外国馆。尽管拥有最大面积的馆场，因此次爱知世博会的所有国家馆均由日本政府按统一模块建造并免费提供，所以中国馆的创意设计和空间受到限制，许多创意之初大胆的设想和概念无法实现，特别是中国馆的外观造型受影响最大，重点的创作任务落到了中国馆内部展示上，当然外观的创意仍然是中国馆整体设计的一部分。

所以，中国馆的里外以及整体均是彻悟中国馆主题理念："自然—城市—和谐—生活的艺术"的载体。此次世博会中国馆要以全新的概念去诠释中国文化和中国精神，要借助当代的艺术观念和技术手段去实现中国馆的境界，所以：从中国馆的展示空间和视觉穿透力上讲不再是传统观念中的展览。概念和样式，也不采用说教式的被动型展示，而是一种全身心、全方位的感悟，

是一个观众可以身临其境，体验和感受中国精神和文化的大型装置艺术品，也可以说是空间艺术场。面对着时空限制的重重困难，中国给世界交出了满意的答卷，包括现代影像技术打造的宣纸"生命之树"、"华夏文明之旅"浮雕、紫檀斋国宝展、水晶影视厅、云南原生态民族歌舞等都让参观者感受到以"天人合一"思想为主线的中国文化至今仍保持了强大的生命力[21]。

另外世博会中国馆的整体设计灵感正是来自于中国传统文化精神"天人合一、回归自然、尊重自然"的意境。设计师们大胆设想，小心求证，在设计上运用科学的双曲螺线原理构成了一个运动、立体、开放的空间，仿佛荷叶上的一滴露珠在阳光的反射下滴落到静止的湖面，刹那间形成的涟漪被静止、凝固在展馆中，美轮美奂，意味深长，体现无极而太极，生生不息的传统人文哲学。

日本爱知世博会中国馆

日本爱知世博会机器人展示

启发

可以说，爱知世博会是建立在生态技术和环保理念基础之上的。人们在开幕后的爱知世博会上，处处能感受到新技术带来的对环境问题的思考。对主题的诠释更是提出了一个简单而又充满梦幻的口号："让地球充满微笑，让地球美梦成真，让地球光彩照人，让地球声形并茂"，提醒人们意识到地球潜在的危机，倡导建立与自然和睦相处的人类世界。

日本爱知世博会主会场

Part 2

下篇

启示篇

Universal Exposition

07

第七章　后疫情时代的谋与变

困境：疫情下的广东企业[1]

疫情蔓延对全球经济造成巨大冲击，新冠疫情导致全球经济增速急剧下滑。

随着疫情在全球的蔓延扩散以及各国应对能力的差异，国外对经济增长的预期尤为悲观。大型机构和银行纷纷调低全球经济增长预期，国际货币基金组织认为疫情的扩散已使2020年经济较2019年增长的希望破灭，疫情使全球经济往更不利的方向发展。同样，经合组织（OECD）在《全球经济评估报告》中将2020年全球经济增速预期从新冠疫情暴发前的2.9%下调至2.4%，并警告称，如果疫情持续时间更长、强度更大，可能会使2020年的全球经济增长率跌至1.5%。

线下零售业受疫情冲击极大

新冠疫情也重创全球产业链、供应链和价值链。随着疫情全球发酵，已经形成了从突发公共卫生事件冲击向产业链条传递的负外部效应。由疫情初期的产业链供给影响为主的单项影响变为"需求""供给"双向传导负反馈作用。疫情在全球蔓延，也给我国带来外需订单的减少和供应链部分"断链"。经过40多年的改革开放，我国制造业已全面融入全球价值链，特别是在电子、机械和设备等领域，国际经济链条已相互镶嵌、密不可分，如果全球疫情短期内得不到较好的控制，将对我国制造业带来更大的冲击。

---

[1] 节选自：深圳特区报 http://sztqb.sznews.com/MB/content/202006/30/content_880874.html 《疫情冲击下的全球经济变局与广东应对》[引用日期 2023-3-16]

全球疫情迅速扩散使全球产业链上的供给、生产和销售受到冲击，拖慢全球贸易。同时，由于各国实行严格的出入境限制和隔离措施，贸易限制措施提高企业运营成本和风险，"贸易保护主义"也借机大行其道。

突如其来的新冠疫情给广东实体经济和产业发展带来前所未有的冲击。相关分析显示，此次新冠疫情对广东经济的影响，无论从广度和深度，都要超过 2003 年的非典。对于中国经济第一大省的广东来说，新冠疫情的负面影响尤其体现在以下三个方面：

疫情下的街头空无一人，服务业受到重创

一是广东的服务业首当其冲遭遇冲击，需求端存在消费抑制。

2003 年广东三次产业结构为 7.8∶52.4∶39.8，第二产业占主导地位；而 2019 年三次产业结构演变为 4.0∶40.5∶55.5，第三产业超越第二产业成为主导产业。在此次疫情中，由于受到交通管制、公共防疫等措施的影响，在需求侧方面对批发零售、交通运输、文化旅游、住宿餐饮和影视娱乐等消费服务领域产生严重的负面冲击。数据显示，2020 年一季度，广东规模以上服务业实现营业收入 6509.39 亿元，同比下降 10.4%，其中，批发零售业、交通运输业、住宿和餐饮业的下降幅度均在 15%—30%，这对于服务业已占据地区经济主导地位的广东来说影响非常大。由于服务需求具有较大的季节弹性，很难在疫情好转后得到迅速恢复，因此对广东全年的经济增长将产生较大的负面影响。

二是受新冠疫情和中美贸易摩擦双重叠加影响，广东制造业下行压力进一步加大。

制造业是实体经济的主体，新冠疫情导致复工推迟、订单交付延误、供应链受阻等困难，使作为制造业大省的广东遭遇较大冲击，特别是固定成本较高的制造行业受到严重影响，部分体量较小、抗风险能力较弱的中小企业面临破产倒闭的困境。数据显示，2020年一季度，广东完成规模以上工业增加值6061.42亿元，同比下降15.1%，其中，制造业下降15.6%。同时由于新冠疫情叠加国内制造成本上升和对美出口关税增加的影响，广东的制造业外迁压力进一步加大，需要警惕这种外迁可能导致部分产业链条的断裂，破坏广东产业链条的完整性。

三是广东的外贸出口受到较大影响。

广东是我国外贸第一大省，2019年进出口总额为7.14万亿元，占全国的22.6%，作为国际经贸往来最活跃的地区之一，广东首当其冲受到冲击和影响。目前广东传统优势出口行业订单急剧下滑，对广东外贸带来的冲击尤其是对中小企业的冲击非常大，海外疫情的急剧蔓延已经给广东外贸企业带来了第二波冲击。2020年一季度，广东进出口总额13695.0亿元，同比下降11.8%，其中，出口7926.4亿元，下降14.4%。随着国家和广东省出台一系列稳外资稳外贸政策，外贸有望后续出现恢复性反弹，但恢复程度取决于境外疫情得到有效控制的时间。

出路：疫情下的新机遇、新对策[1]

新冠疫情作为一个公共卫生突发事件，短期内对广东经济和产业发展带来较大冲击，但从长远来看，更有可能变"危"为"机"，加速广东的经济转型和产业升级。

首先是疫情导致服务业的消费方式改变和消费升级加速，网上购物、网络娱乐、非现场消费等新的服务模式将带动电商、网络电影、高清视频、在线游戏等更加流行；在线办公、在线教育、在线医疗等互联网服务产业将加速崛起，从而带动软件和信息技术服务业以及快递、外卖等行业进一步发展。数据显示，广东与互联网相关的经济表现比较活跃，电子商务、在线学习、远程问诊等较快发展，2020年1—4月，广东规模以上信息传输、软件和信息技术服务业实现营业收入同比增长6.1%，增幅同比提高3.9个百分点。其中，互联网和相关服务营业收入增长18.1%，同比提高4.7个百分点；软件和信息技术服务业营业收入增长1.8%，同比提高5.0个百分点。消费升级方面，医疗、康养、健身、体育等大健康产业的重要性被更多人接受，将步入快速发展期。

广东数字化联盟成立 加快数字化进程

---

[1] 节选自：深圳特区报 http://sztqb.sznews.com/MB/content/202006/30/content_880874.html 《疫情冲击下的全球经济变局与广东应对》［引用日期 2023-3-16］

其次在工业和制造业领域，广东的不少制造业企业已开始认识到本次疫情带来的生产方式变革趋势，主动利用数字技术改造提升传统产业，促进自身产业与互联网深度融合。疫情导致用工中断将加速劳动密集型产业"机器换人"的步伐，以降低人工成本并减少对人工的依赖，大批"数字工厂"、"无人工厂"将涌现，推动传统制造业的数字化转型升级。同时，信息技术、生物医药、绿色低碳等战略性新兴产业释放出巨大的发展潜力，特别是本次疫情暴露出来的公共卫生应急管理体系的短板，也对公共安全、应急救援、医疗救援、应急通信、应急物流等相关应急产业产生巨大的需求和市场空间。

为有效减轻新冠疫情对广东经济与产业发展带来的负面影响，应把握新机遇，以短期应急措施与中长期政策相结合，从补短板、抓创新、谋发展出发，重点从以下四个方面加强政策扶持：

一是着力提升产业链现代化水平，加快培育战略性新兴产业集群。

当前受新冠疫情的冲击，全球产业链供应链体系面临重构，呈现区域产业链集群化的新特征。在此背景下，广东如何提升产业链现代化水平、保障产业链的自主可控与安全高效显得尤为重要。为此应实施"强链工程"，强化电子信息、装备制造、生物医药等重点行业关键环节的稳链补链强链控链，并加快培育发展半导体与集成电路、智能机器人、前沿新材料、激光与增材制造、安全应急与环保等十大战略性新兴产业集群。以广州、深圳为核心，打造"水平分工+垂直整合"的区域产业链集群，在重点产业集群建设国家级科创平台，提升产业创新能力和国际竞争力。

二是着力发展壮大服务业新业态、新模式，培育消费增长新动能。

新冠疫情极大推动了大健康理念的普及，加速居民绿色、安全、健康消费进程，广东要把握公共卫生应急需求和居民安全健康消费需求升级契机，积极发展大健康服务新业态，形成消费新热点。同时，居民的长期消费趋向数字化、智能化、便捷化，"云端经济""宅经济"等新消费业态正在深刻重塑生活形态，应加快发展电子商务、数字娱乐、在线教育等信息网络消费新业态，打造体验消费、定制消费、智能消费、在线消费等消费新模式。

三是着力加强新型数字基础设施建设，强化产业升级支撑能力。

应按照中央关于统筹推进疫情防控和经济社会发展工作的重要指示精神和广东省关于加快新型基础设施建设的部署要求，

以技术创新为驱动,以信息网络为基础,面向高质量发展需要,构建数字转型、智能升级、融合创新的新型基础设施体系。重点加快 5G 网络、工业互联网、数据中心等新型数字基础设施建设进度,大力推进 5G 通讯、人工智能、工业互联网、大数据、云计算、区块链等数字技术与实体经济深度融合,加快释放跨界融合潜能。通过新基建培育新动能、战疫情稳经济,为广东发展注入更强动力。

四是着力发挥"双区驱动效应",拓展广东经济发展新空间。

新冠疫情下要全力推进粤港澳大湾区、中国特色社会主义先行示范区"双区"建设,以同等力度支持广州实现老城市新活力和"四个出新出彩"。不断强化广深"双核联动",深化珠三角城市战略合作,推进产业、科技、金融、基础设施、公共服务等领域一体化发展,做优做强珠三角核心区。加大在东西两翼布局重大产业项目力度,打造世界级沿海产业带;推动北部生态发展区绿色发展,大力发展现代农业、休闲旅游、特色中草药等绿色低碳产业。引导支持东西两翼地区和北部生态发展区共同参与"双区"建设,带动全省全域协同发展。

建设数字基站设施

突围：广东"专精特新"企业启动拯救订单计划[1]

企业的破与立

2022年5月26日，东莞市李群自动化技术有限公司（以下简称"李群自动化"）华东区销售负责人胡之炜刚刚结束一场视频会议，对方是食品行业头部企业负责人。胡之炜提到目前销售压力很大，二季度的任务目前只完成了20%。同样苦恼的还有广州卓远虚拟现实科技有限公司（以下简称"卓远科技"）总经理阳序运。

2022年全国疫情多点散发影响，国内VR消费市场承压，广东作为中国经济大省、外贸大省也在积极地激活海外市场，打造多区双向贸易，实现海内外双循环。受到销售压力与政策影响，他们的目光投向了之前停滞的海外市场。

李群自动化和卓远科技，都是国家级"专精特新"企业。受到经济下行压力叠加疫情影响，这两家企业不约而同启动了订单拯救计划。扩展销售团队，攻克头部企业；降低物流成本，重启海外市场；拓展防疫消杀机器人，开发C端竞技产品……一系列应对措施助力企业突破瓶颈，寻找新蓝海。

卓远科技VR设备展示体验现场

1 节选自：南方日报 https://gdio.southcn.com/node_5201f00af5/11859b4a20.shtml 《疫情下启动拯救订单计划 广东"专精特新"企业谋突围》[引用日期 2023-3-16]

调整目标是为了更长远发展

李群自动化总经理石金博坦言公司原本定的 2022 年销售增速是 50%，但根据一季度情况进行了调整，最新目标是与 2021 年持平。经济下行压力叠加疫情影响，2022 年前 3 月机器人产量 200 台，销量和销售额低于年初定下的目标。

李群自动化成立于 2011 年，是一家专注于轻量型高端工业机器人研发生产的高新企业，也是国家第二批专精特新"小巨人"企业。目前，公司员工 260 人，其中研发人员占比超过 40%。

胡之炜是在 2020 年加入李群自动化，负责华东市场的工业机器人标准产品销售开拓。他加入公司就遇到了疫情，但他认为 2022 年的销售压力是最大的。胡之炜进一步解释道，2022 年一季度公司整体销量不及预期。一方面因为去年工业机器人需求量相对饱和，很多客户还在消化库存；另一方面，深圳、东莞、苏州、上海等地先后疫情管控，对很多制造企业的日常运营产生了影响，也导致销售团队出行拜访客户不便，项目订单无法精准把控。

在李群自动化总经理石金博看来，下游终端市场的采购需求减弱，整个市场的回暖需要一段时间。并且调整销量增速，也是为了更长远的发展。

目前，李群自动化的企业客户集中在 3C 电子、新能源、食品包装及其他行业，占比分别为 40%、30% 和 30%。胡之炜认为这些企业的销量增速不明显，对工业机器人的采购需求自然也呈现疲软态势。面对困境，胡之炜带领团队制定了"订单拯救计划"。

攻下头部企业客户是关键。根据业内经验，一家头部企业通常还会带来产业链上下游配套相关企业的订单。针对主流行业的头部企业以及优质的渠道伙伴，胡之炜团队派专人贴身跟进，提供售前、售中、售后全方位服务。接下来他将带领团队重点攻克头部优质企业，并在宁波、杭州两地招聘销售专员，扩大团队力量。

胡之炜告诉记者，正在洽谈的这家头部企业总部在安徽，是 2022 年 3 月新增的客户，需要李群自动化提供一整套集成方案。他留意到广东密集出台了针对工业企业的纾困政策，加大了对采购力度支持。政策利好下如果下半年突破几家头部龙头企业，2022 年销量就有希望实现增长。

国内市场不景气就转向海外市场

"这款是我们最受欢迎的 VR 战车，有 80 多款虚拟现实内容游戏"，"这是飞行系列，佩戴 VR 头盔即可自主操控飞机"……卓远科技的外贸专员对着屏幕另一端的海外客户用流利的英文进行直播。

广州卓远航天航空元宇宙科技体验馆内参观者试用虚拟产品

她身后的展厅充满科技感，一台台 VR 设备微微透着蓝光。前来体验的客户沉浸其中，时不时发出欢呼或尖叫。对此，卓远科技副总裁何晋介绍说现在他们每天平均接待 6 场参观，都是意向客户来体验产品的。有一些国外客户无法到现场，会委托他们在国内的朋友前来体验。

卓远科技成立于 2011 年，业务覆盖虚拟现实的内容、生产、销售、运营和服务全产业链。作为国家级第三批"专精特新"企业，公司已获得授权的知识产权证书达 283 项。

杰希集团在摩洛哥丹吉尔科技城正筹建家居轻工产业园及跨境电商产业园，计划年底动工，分 3 期建设，总投资达 3 亿欧元。项目打造的产业园以"中国制造"为载体，预计五年全部建成投产形成每年 10 亿欧的产值规模，同时带动中国原材料及设备等相应出口需求每年 20 亿人民币以上，助推加快中国制造业的过剩产能转移进程。

杰西集团计划出海

尽管受疫情影响但研发从未停止

东莞市松山湖高新区，李群自动化的工业机器人生产线正在进行数据自动测试，软件研发人员罗伟杰把数据录入电脑系统，用于软件升级优化参考。罗伟杰提到尽管受到疫情影响，但他们公司的研发从未停止。目前正在自主研发新的控制器，并基于新的控制器去做功能开发。

2022年一季度，因为部分零部件进口时间延迟，供应链受到影响，李群自动化的产能也相应降低。石金博表示研发团队在加紧寻找国内可替代的零部件并进行适配测试。目前相关适配测试已经基本完成，预计2022年下半年会推出自主率更高的工业机器人产品，提高应对产业链供应链的风险能力。拓展新的应用市场，是李群自动化销量提升的另一个关键。据石金博介绍，公司正在进行防疫产品的开发，比如防疫消杀机器人，此前已在东莞松山湖片区试运行。在石金博看来疫情对于工业机器人产业也是机遇。劳动密集型的工厂很容易因为疫情封控影响产能，之前不愿意数字化的厂商现在都在积极转型。自动化改造是一个长期的过程，疫情加速了企业数字化转型步伐。

卓远科技同样也在积极转型，寻找市场新的突破口。早在2020年疫情之初，阳序运就嗅到了危机，决定要拓展不受场景影响的消费端产品，抵御疫情不确定性带来的冲击。

"国内市场 B 端企业业务受限,那我们就拓展 C 端消费者应用场景。"阳序运向记者展示了公司最新研发的产品——VR 竞技跑步机。不同于一般的跑步机"原地踏步",戴上 VR 头戴设备仿佛在赛博空间的无垠旷野中奔跑。结束游戏后,系统会显示位移距离、卡路里、心率等运动数据。对于许多消费者来说,眩晕感是影响 VR 产品体验的一大痛点。

低眩晕感,是公司技术的一个"杀手锏"。阳序运自豪地说,"降低延迟,是解决眩晕感最好的方法。我们的设备响应速度比行业标准要快一倍以上,行业标准在 100 毫秒以上,我们在 50 毫秒以内。"

工程师出身的阳序运对于企业研发创新高度重视。他说到公司每年的研发投入占营业收入 9% 以上。对于小微企业来说,这个比例并不容易。外部环境越是复杂困难,越考验科技企业的自主创新能力。

阳序运表示,中国拥有 VR 应用场景的规模优势,但日韩厂商在内容等方面仍然领先,"未来与全球顶级厂商抢占市场,靠的就是核心技术。公司已在 VR 渲染、区块链、人工智能等领域布局,提高技术壁垒"。

与会嘉宾现场交流

迪拜世博会现场嘉宾和观众体验中国生产的 VR 头盔

专家视角：将广东构建为我国双循环发展格局的新引擎

中山大学粤港澳发展研究院首席专家、教授　　　　　　　　　　　　　　　　陈广汉

广东作为中国经济大省、外贸大省，与阿联酋在发展历程、经济地位、产业布局、发展理念等诸多方面存在高度的相似性和互补性。本次2020迪拜世博会，广东与阿联酋深入交流合作，尝试打造双向贸易中心，这对将广东构建为我国双循环发展格局的新引擎起到了促进作用。改革开放以来，粤港澳三地已经形成了相互依存、互补性强的产业体系和经贸关系，在我国经济发展和对外开放中具有举足轻重的地位。加快构建以国内大循环为主体、国内国际双循环相互促进的新发展格局，是根据国际经济分工体系和经济环境深刻变化，以及我国发展阶段、环境、条件作出的战略部署。粤港澳大湾区在构建我国双循环发展新格局中将扮演重要角色，成为构建双循环发展格局的新引擎。

一、构建双循环发展格局引擎的优势

1. 区位优势

粤港澳大湾区面向亚太、东南亚，还是丝绸之路的重要节点，香港拥有发达的机场设施、国际化的机场、港口，连接全球重要经济中心的航线、遍及全球的商业网络，是国际贸易、金融和航运中心，澳门与葡语国家具有广泛的商贸联系，港澳在我国改革开放中发挥了独特和不可替代的作用，是中国内地连接世界的桥梁和纽带，是我国经济"走出去"和"引进来"的双向交流平台。珠三角与内地特别是泛珠三角地区具有紧密相连，有发达的海陆空通道和基础设施连接内地。粤港澳大湾区作为中国经济内循环与外循环的结合部与对接区，有利于促进中国经济内外双循环良性互动，发挥大湾区在市场、机制、创新、科技、人才等方面对国内国际双循环的能动作用，成为中国经济双循环的重要节点。因此，大湾区在构建双循环发展格局中具有明显的区位优势。它既是国内市场循环的腹地，是联系国际市场循环的桥梁，也是国内国际市场的重要转换带。因此，粤港澳大湾区能够发挥独特作用，成为国内国际双循环重要的战略节点。

2. 体制优势

粤港澳大湾区面向亚太、东南亚，还是丝绸之路的重要节点，香港拥有发达的机场设施、国际化的机场、港口，连接全球重要经济中心的航线、遍及全球的商业网络，是国际贸易、金融和航运中心，澳门与葡语国家具有广泛的商贸联系，港澳在我国改革开放中发挥了独特和不可替代的作用，是中国内地连接世界的桥梁和纽带，是我国经济"走出去"和"引进来"的双向交流平台。珠三角与内地特别是泛珠三角地区具有紧密相连，有发达的海陆空通道和基础设施连接内地。

粤港澳大湾区作为中国经济内循环与外循环的结合部与对接区，有利于促进中国经济内外双循环良性互动，发挥大湾区在市场、机制、创新、科技、人才等方面对国内国际双循环的能动作用，成为中国经济双循环的重要节点。因此，大湾区在构建双循环发展格局中具有明显的区位优势。它既是国内市场循环的腹地，是联系国际市场循环的桥梁，也是国内国际市场的重要转换带。因此，粤港澳大湾区能够发挥独特作用，成为国内国际双循环重要的战略节点。

3. 产业优势

香港具有发达的现代服务业，在金融、贸易、物流、航空、海运、法律、管理、教育、医疗、专业服务等方面具有优势和国际化水平。澳门在旅游业、中医药、商贸等方面具有优势。珠三角则是制造业发达，产业配套能力强，产业供应链完善。粤港澳大湾区经济发展水平全国领先，产业体系和配套能力完备，产业集群发展优势明显，经济互补性强，目前已成为国内最完整、规模最大的工业聚集地和规模广阔、需求多样的重要消费市场。

粤港澳大湾区建设可以梯度带动中国区域发展，可以与中国经济的外循环系统形成良性互动。大湾区庞大的人口基数、广阔的内需潜力、完整的产业链条、完备的基础设施以及充足的政策空间，成为畅通国内国际双循环的独特优势。一方面，粤港澳大湾区在全国经济中的占比将不断提升；另一方面，大湾区内部存在较为明显的发展不平衡，粤港澳大湾区是中国经济发展最高水平的城市集群，但其内部的结构性问题依然突出、城市之间的发展差距仍然较大。在国内国际双循环的新发展格局下，粤港澳大湾区将成为双循环的重要枢纽，通过产业链转移、升级、重构等方式，更好、更快地实现内部均衡发展。

4. 科技优势

大湾区创新型企业和创新要素集聚。它既是国际金融中心，又是国际贸易中心、行业中心，也是科技创新中心，粤港澳大湾区在贯彻创新发展理念和实现高质量发展方面，有重大的战略价值。强化"国内大循环"，可有效防风险和补短板，保障极端情况下国内产业链和供应链稳定运行，同时最大限度扩大国内市场需求，培育我国参与国际合作和竞争的优势。双循环互促，粤港澳大湾区通过新基建、新投资、新就业、新消费等发展机遇，深度发展大湾区的优势领域，构建各类智能终端、5G等通信基础设施、城市大脑、行业大脑、国家大脑、数据存储中心、超级计算设施等智能中枢设施，发挥粤港澳大湾区作为中国经济重要引擎的功能。同时，内循环的稳定有利于提升粤港澳大湾区参与外循环的竞争力，有利于保持经济开放性与创新力。

二、建设双循环发展格局的政策建议

1. 集聚高端创新要素，打造国际科技创新中心

实现发展动能和发展方式转变，走创新驱动之路，构建现代产业体系，打造国际科技创新中心，加快经济高质量发展，是大湾区的重要使命。大湾区瞄准世界科技和产业发展前沿，发挥粤港澳三地的优势，推进科技体制的创新，吸引国际高端创新优势集聚，加强创新平台建设，构建区域科技创新体系，大力发展新技术、新产业、新业态、新模式，加快形成以创新为主要动力和支撑的经济体系和机制。要以粤港澳科技创新走廊建设为依托，构建科技创新产业和体制优势，扎实推进全面创新改革试验，充分发挥粤港澳科技研发与产业创新优势，破除影响创新要素自由流动的瓶颈和制约，促进港澳创新优势与珠三角产业的高度融合，进一步激发各类创新主体活力，建成全球科技创新高地和新兴产业重要策源地，在中国经济高质量发展和双循环发展格局构建中发挥引领作用。

2. 发挥产业集聚和互补性强优势，构建现代产业体系

粤港澳大湾区拥有战略性支柱产业聚集优势，要加快现代服务业发展，持续"加码"布局战略性新兴产业，构建具有国际竞争力的现代产业体系。提升粤港澳大湾区发挥产业集群内部所涵盖的分工经济、规模经济、范围经济和集聚经济优势，降低产业链的生产成

本和制度性交易成本，扬长避短，点、线、面全面发力，以产业链带动企业和集群，充分发挥粤港澳科技研发与产业创新优势，破除影响创新要素自由流动的瓶颈和制约，促进港澳创新优势与珠三角产业的高度融合，进一步激发各类创新主体活力，建成全球科技创新高地和新兴产业重要策源地，在中国经济高质量发展和双循环发展格局构建中发挥引领作用。大湾区的产业链具有全球竞争力。以开放"补链"，建立更加广阔安全的市场空间，补短板、锻长板，激活大湾区的产业增长潜力，在电子信息领域尤其是集成电路领域、5G领域、高端装备等领域形成核心主导，通过全球资源、本土智慧的开放式发展战略，抵御双循环过程中可能的国际产业链断裂风险。

3. 推进规则衔接机制对接，建设国际化营商环境

以珠三角和广东的制度性开放为抓手，有效促进粤港澳大湾区建设的规则对接，包括法律规则对接和制度创新、知识产权保护、劳动力流动、教育和医疗、商事制度、科创合作、专业资格互认、标准衔接等资源的融合与共享等，加快大湾区的消费、投资、外贸、科技的双循环。同时，加快广深双核联动发展，共建改革创新协同发展示范区，推动制度创新共建、共享，促进协同联动发展，积极推动"双区建设"和"双城联动"，发挥广州、深圳、香港、澳门等核心城市在国际营商环境建设中的示范作用和带动作用，建设国际化营商环境高地，发挥深港、广佛和澳珠的"极点"带动作用，促进珠江东西两岸的平衡发展，带动广东沿海经济带和粤北地区加快发展。

4. 推动高水平对外开放，构建制度性开放的新高地

2018年底中央经济工作会议提出要适应新形势、把握新特点，推动由商品和要素流动型开放向规则等制度型开放转变。2019年底党的十九届四中全会进一步提出"推动规则、规制、管理、标准等制度型开放"。制度型开放的本质就是要构建与高标准国际经贸规则相衔接的国内规则和制度体系，加快建设统一开放、竞争有序的现代市场体系。以前海、横琴和南沙等合作区为平台，引领珠三角和内地的新一轮改革和开放，促进大湾区人流、物流、资金流、信息流畅通和自由流动，促进与香港和澳门规则衔接和机制对接，构建我国制度化开放的新高地。高水平的开放体现为从商品和要素流动型开放走向制度型开放，粤港澳大湾区需要通过制度性开放，不断优化发展环境，吸引国际投资、人才等资源要素，充分发挥"一带一路"的全球性公共产品作用，促进资金、技术、人才、管理

等生产要素与发展中国家以及西方发达国家的交融合作。有效发挥自由贸易试验区、自由贸易港、经济特区、开发区、保税区等对外开放前沿高地的作用，聚焦投资与服务贸易便利化改革，探索制度创新、先行先试，为我国制度型开放探索新模式新经验。

5. 完善基础设施和社会服务体系，构建优质生活圈

提升粤港澳大湾区双循环的软实力和竞争力，加快湾区经济由要素驱动向创新经济转型升级，走创新发展和绿色发展之路，建设现代化的基础设施，构建现代社会服务体系，建设优质生活圈。包括环保、公共卫生、养老健康、教育、防灾减灾、基础设施等。促进粤港澳大湾区人流、物流、资金流和信息流等资源要素加速流动，特别加快促进粤港澳创新要素流动，加快建设国际科技创新中心和广深港澳科技创新走廊的步伐。同时，粤港澳大湾区要打通国内国际双循环的战略节点，一方面是实现基础设施连通和对接，包括高铁、地铁、城轨、高速公路，口岸和跨境基础设施的建设和相互衔接。另一方面是公共服务的联通，要为港澳居民在大湾区生活、就业、教育、养老等提供同等的市民待遇，特别要注重港澳与珠三角的社会保障和医疗制度方面的对接，在大湾区建设一体化的经济环境和生活环境，使港澳融入大湾区的发展，促进大湾区经济和社会整合。

港珠澳大桥

08

第八章 数字化时代 朝夕必争

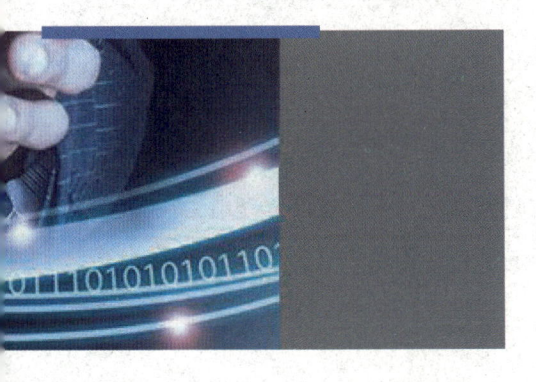

树立：全国数字政府建设标杆

  我省数字政府改革建设将以数据要素市场化配置改革为引领，聚焦省域治理与政府服务两个着力点，全力推动广东数字政府建设实现"四个提升"——由数字政府的建设向全面数字化发展提升，由数字化向智慧化提升，由侧重政务服务向治理与服务并重提升，由数据资源的管理向数据资产开发利用提升，努力将广东打造成为全国数字政府建设的标杆、数字中国创新发展的高地。

广州

  根据《广东省数字政府改革建设"十四五"规划》，到2025年，广东将全面建成"智领粤政、善治为民"的"广东数字政府2.0"，努力实现政务服务水平、省域治理能力、政府运行的效率、数据要素市场化改革、基础支撑能力五方面"全国领先"，让改革发展成果更多更公平惠及全体人民。[1]

  在促进全省数字政府均衡协同发展方面，广东将进一步加大对粤东粤西粤北地区数字政府建设支持力度，强化省级统建应用在各级推广，支持各地市政务应用创新。我省将通

---

[1] 节选自：广东省人民政府网 http://www.gd.gov.cn/zwgk/zcjd/wjjd/content/post_3345002.html 《一图读懂广东省数字政府改革建设"十四五"规划》[引用日期 2023-3-16]

市民正在学习如何运用粤商通平台

过加大资金和技术支持力度、出台省级转移支付管理办法、探索建立对口帮扶机制等举措,不断提高粤东粤西粤北地区数字政府建设能力和水平。

在推动政务服务高质量发展方面,我省将进一步深化政务服务"一网通办",充分发挥数字政府服务新效能,更好满足企业需求和群众期盼,不断提升公共服务均等化、普惠化、便捷化水平。其中,将进一步优化政务服务流程、创新政务服务方式,增强"粤系列"政务服务平台应用广度和深度,更大程度利企便民。

为全面提升政府治理现代化水平,广东还将持续深化各部门专题和行业应用建设,全面构建横向到边、纵向到底、全闭环的数字化治理体系。具体而言,将完善"一网统管"省市联动体系:一方面,完善"粤治慧"基础平台功能,建设指挥调度中心、协同联动中心、监督管理中心,实现省市两级平台互联调度;另一方面,将加快市县两级"一网统管"基础平台建设和互联互通。

同时,我省还将全面推进数据要素市场化配置改革,进一步健全公共数据管理和运营体系,完善数据交易流通平台和机制,加强数据要素相关标准和技术研究,探索构建个人和法人数字空间等,有力推动数字经济创新发展。其中,将在全省推广首席数据官制度,加快建设公共数据运营机构,推进公共数据资产登记与评估试点,不断拓宽公共数据资产凭证应用场景。

坚定：自主创新的高质量发展之路

提起珠海特区，本地龙头企业格力电器的发展必定是无法绕过去的重点。坚持自主研发，走创新之路一直是格力的制造理念。2020年，新冠肺炎疫情影响下，格力又创造了"直播带货"的销售神话。

一场直播成交量过百亿，线上线下立体式的服务方式与实惠的价格是一方面，更多的是格力的科技实力，以及累积多年的品牌声誉与质量信任。而这一切，依靠的是格力人对技术超过三十年的坚守。曾几何时，中国人都跑到外国买电饭煲、马桶盖，这激发了董明珠永不服输的干劲。这位雷厉风行的"霸道总裁"很快在格力成立了研究团队，她决心要为国人制造出"中国造"好饭煲。

几年后，格力IH电饭煲在盲选中，成功打败了日本电饭煲，受到了测试者的好评。她用优质的产品向世人证明了，中国制造也有强大实力，也能造出让消费者满意的产品。

珠海格力电器股份有限公司董事长兼总裁董明珠说："特区精神是有一种开荒拓土的精神，珠海曾是一个小渔村，那时候格力也就是200人左右的企业，一年产值就两三千万。2005年，我们有了自己的压缩机厂和电机厂，这才是真正往自主创新路上去摸索，所以这么多年的培养，我们从一个研究院变成了15个研究院，也尝到了走自主创新之路的价值。"

深圳

珠海

现如今，自主创新已经成为格力的基因和特质。而整个格力电器的成长历程，就是珠海实体经济从无到有，由弱到强，不断发展壮大的历程，是珠海经济特区不断改革创新锐意进取的缩影。在人类能源与环境危机的大背景下，一个企业的责任是什么？董明珠的答案是：不破坏环境，尽可能少消耗资源！这与珠海的发展理念不谋而合。董明珠说："这是一个相辅相成的过程，企业发展了，城市的建设改造也会好很多，但是在这个时代下，我们应该扮演什么样的角色，我觉得总书记讲的'人类命运共同体'这句话，实际上对制造业也提出了要求，以后可能会全球脱贫，我们的新技术、我们的新产品，能够和别人一起去分享。"

怀抱着"人类命运共同体"这一宏伟抱负，格力推出了全球独一无二的光伏空调——不耗电的空调，目前，已经为全球22个国家和地区，搭建了5,000套光伏系统。随着光伏空调的成功，格力很快拓展到光伏小屋的研发中，未来家庭将搭载光伏系统，以光伏空调为能源信息中心，安全储电、高效用电，所有家居生活将大大减少对公共电能的依赖。

在董明珠看来，是员工在创造财富，而不是股民创造财富；是劳动创造财富，而不是资本创造财富。因此，踏踏实实做好产品才是企业的根基。从"好空调格力造"，到"掌握核心科技"，再到"让世界爱上中国造"，广告语的演变，清晰地勾勒出格力电器的发展轨迹，也是珠海产业转型升级的一个缩影。董明珠说："我不是商人，我们是制造业，所以工业精神和商业精神是本质的不同，工业精神更加追求一种完美，追求一种责任，所以每年我们开模具都是20亿以上，各种小家电由自己来完成，我们不断重复地开，但有的模具开出来，一时半会还卖不了那么多，所以成本自然而然就非常大，但是现在慢慢消费者了解了，一个家庭所有的电子产品，在我店里没有买不到的，这就给人解决问题了，所以我觉得特别值得。"

在疫情期间，中国频繁遭遇外国"卡脖子"，在这个急需自主创新的阶段，深圳企业成为了广东科创主力军。

深圳市南山区是广东自主创新企业的集聚地。2021年9月16日，中兰环保科技股份有限公司在深圳证券交易所创业板上市，是南山区的第187家上市公司。目前，南山区总土地面积187.5平方公里，这意味着南山每平方公里就有一家上市企业，如此高密度居全国之首。南山区所代表的"深圳队"的创新成果显著。数据显示，2020年，苏州、成都、广州、深圳、重庆等城市新增企业注册量均超过50万家，位列第一梯队。而深圳市场主体总量位列全省第一。

2020年，深圳为市场主体减负1100亿元；地区生产总值达到3.24万亿元，其中，出口增长13.9%，连续30年总量居内地城市首位；截至2022年末，深圳的国家级高新技术企业有2.3万家，高新技术企业数量位居全国第二，仅次于北京。可以看出，深圳其实是中国最大的工业城市，深圳的商事主体数和创业密度领跑全国。这与我们在很多人的印象当中的深圳貌似不符，因为提起深圳，大家都会想到它是一个以金融、房地产、外贸、互联网为主的城市。比如大家所熟悉的招商银行，平安集团，腾讯都是深圳本土企业，他们确实给深圳经济做出了很大的贡献。

虽然深圳的实际上深圳不大，但工业实力不可小觑，很多知名的企业其实都是耳熟能详。比如华为、大疆、比亚迪、华润、创维、富士康、迈瑞医疗等，这些战略性新兴产业在2022年的工业总产值4.55万亿元当中，增加值达到1.33万亿元。占GDP比重高达41.1%。以迈瑞医疗为例，2021年投入了25亿元用于研发费用，占到其营业收入的10%。截至2021年，公司拥有专利储备7418项，在全球医疗器械领域稳稳占据头部企业的位置。所以，科研实力是这些年深圳市场活力和竞争力的根本源泉。

尤其是深圳的前海，它作为"特区中的特区"牢记习近平总书记的嘱托，积极推进科技创新发展，落地一批国际化创新创业载体，初步构建起知识产权创造、保护

"智慧城市"展示项目

和运用全链条生态。截至2022年9月底，前海新兴产业注册企业已超5.75万余家。此外，根据2022深圳政府工作报告的预期，2023年深圳全社会研发投入将增长8%以上，这意味着深圳的自主研发保持着强劲动能。

这背后，离不开政府强有力的支撑，良好的营商环境成为创新创业的沃土，改革创新更活跃据了解，2021年10月，前海深港国际金融城自启用，截至2022年9月，已入驻218家金融机构，其中港资外资占1/3；而前海国际人才港还提供451项人才一站式服务，引进高层次人才1176名，实现同比翻番。根据中山大学发布的制度创新指数，前海去年居全国第一；其中，制度创新成果115项、累计725项，深化"放管服"改革，工程建设项目"拿地即开工"，审批时限由49天压缩至13天。

知识产权保护方面，在深圳知识产权保护中心与各方共同努力下，深圳的国内专利申请量、保护量等五方面均居全国第一。

深圳已初步构建起了知识产权创造、保护和运用的全链条生态。

目前，已有中国（深圳）知识产权保护中心、国家版权创新发展基地、海外知识产权纠纷应对指导中心深圳分中心、深圳知识产权法庭、前海知识产权检察研究院、华南高科技知识产权仲裁中心等相继落户深圳。专业化、国际化知识产权司法保护体系正在这块热土上逐步健全。

中国（广东）自由贸易试验区深圳前海蛇口片区

前海深港青年梦工场

前海国际人才港全生态集成式国际化建设

推进：数字化技能人才培养[1]

《2021年度中国城市活力研究报告》显示，在人口吸引力排名前十的城市中，仅广东省就有四个，分别是深圳、广州、东莞、佛山。正如那句经典电影台词"21世纪什么最贵？人才！"，人才是城市的活力源泉。

截至2022年，广东省专业技术人才和技能人才总量分别达到858万人、1762万人，连续三届世界技能大赛获得金牌数和奖牌数总量均居全国第一；博士后人才培养规模、新增人数均居全国首位；并且大湾区创新能力已连续五年位居全国首位，深圳—香港—广州科技集群位列全球第二，科创企业蓬勃发展，区域内高新技术企业总数达5.61万家。那么，广东多年来是如何打造世界级"人才湾区"，做到"聚天下英才而用之"？不妨让我们慢慢解码广东人才集聚的秘密。

人才的重要性

---

1 节选自：中新经纬网 http://www.jwview.com/jingwei/html/10-14/434797.shtml《新兴产业注册企业至上半年已超3万家》[引用日期2023-3-16]

"人才高地"的技术力量

当前，以 ICT 技术为代表的信息革命，催动了数字经济的全面发展，数字经济正成为构建现代化经济体系的重要内容。根据中国信通院发布的《中国数字经济发展白皮书（2021年）》，2020年我国数字经济增加值规模达到 39.2 万亿元，占 GDP 比重达到 38.6%。其中，广东数字经济在地区经济中占据主导地位，数字经济 GDP 占比将近 50%。

可以看出，数字经济正为广东经济高质量发展注入新动能，云计算、大数据、人工智能、物联网等新 ICT 技术应用广泛渗透到其他经济领域，对产业经济发展产生了最直接和最有效的推动作用。同样，新时代下的"数字广东"也需要培育新的人才，这不仅是创造就业机会的重要举措，也是推进经济结构顺利转型的必要储备。

扩大人才培养"朋友圈"

广东省工信厅印发的《2022 年广东省数字经济工作要点》，其中指出，开展数字技能培训，加快人工智能、集成电路、大数据、区块链、智能制造等领域人才培养，鼓励支持高等院校和职业院校、技工院校开设数字经济相关专业，创新校企合作模式，培养数字经济高素质人才。

人才的培养不可能仅靠一两家企业，最重要的是联合伙伴的力量持续进行人才培养和输出。作为全球领先的信息与通信解决方案供应商的华为，已与高校合作，持续、规模地培养数字人才。实践证明，产教融合的模式非常有助于培养高质量的 ICT 人才，那些踏出校门的大学生已成为未来数字化转型的生力军。截至目前，华为在广东已与华工、广轻工、广科等院校合作建立了 30 多所华为 ICT 学院，每年有近万人次通过华为职业认证，其中新增学生认证 2000 多人次。

水积鱼聚，木茂鸟集。从某种意义上讲，人才的竞争就是技术和环境的竞争，科技企业正在以自身实际行动为广东人才筑一方舒心暖心的"码头"。

在世界夜景卫星图上，广东是灯光最璀璨的区域之一；在我国改革开放的版图上，广东是开放程度最高、经济活力最强的区域之一；在人才发展地图上，广东也是我国英才汇聚之地。承载着改革开放新任务，紧抓时代赋予新机遇，在科技企业技术支持下的广东，正在努力打造全球极具影响力的人才新平台，努力续写"春天的故事"。

探索：粤澳深度合作的标杆和样本

2020年《粤港澳大湾区发展规划纲要》明确提出粤港澳大湾区的五大战略定位：充满活力的世界级城市群；具有全球影响力的国际科技创新中心；"一带一路"建设的重要支撑；内地与港澳深度合作示范区；宜居宜业宜游的优质生活圈。

在探索粤港澳合作新模式的示范区、深化改革的先行区的道路上，珠海特区建设闯出了一条自己的特色之路，而有"特区中的特区"之称的横琴新区则在11年间，迈出一大步，逐步成为粤澳融合发展的沃土。作为"一国两制"的交汇点和内外辐射的结合点，横琴新区有着独特的地理位置。因此 它也成为粤澳合作的重点区域。建设横琴新区的初心就是为了澳门产业多元化创造条件。

11年间，习近平总书记4次来到横琴。2018年10月，总书记视察广东第一站就来到了粤澳合作中医药科技产业园。他希望，借助产业园，能深入发掘中医药宝库中的精华，让中医药走向世界，并促进澳门经济适度多元化发展。

杨川作为横琴新区管委会主任，亲历了横琴11年的发展。这些年，他一直致力于帮中医药产业园对接优秀项目，并提供落地载体、投资服务等方面的支持工作。如今，产业园发展9年，总开发面积已达到140万平方米，拥有5个剂型的GMP生产车间，同时，还集聚了院士、国医大师、澳门大学、北京大学等高校的科研团队，吸引了众多澳门药企和国内知名企业落户。在粤澳合作中医药科技产业园里，集结了内地和澳门优质

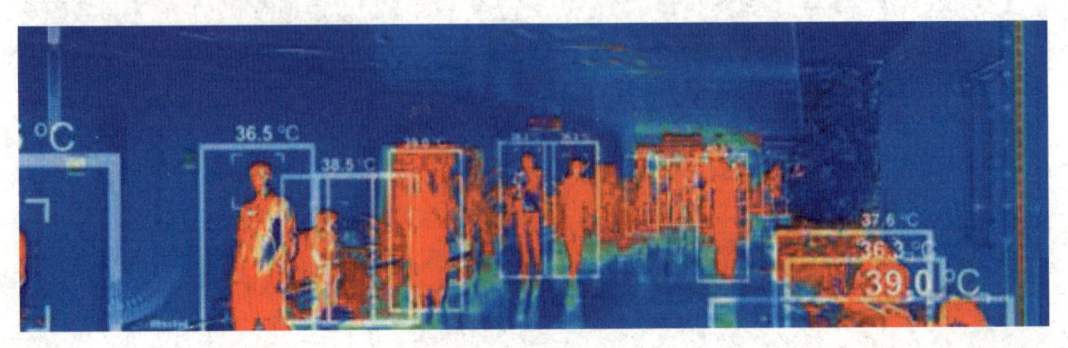

云天励飞的测温防疫大数据技术

的中医药企业，澳门的土地资源非常有限，建设能够达到 GMP 标准的生产车间是非常困难的，而横琴就为澳门提供了一个很好的平台。

澳门澳邦制药是一家年轻的药厂，在澳门经营已 12 年，产品主打万应膏和垃圾草油，从小作坊发展起来，一直苦于人才和场地限制，产品研发瓶颈无法突破。自 2017 年入驻中医药产业园后，有专家团队与其对接，不仅企业规模得以扩大，还依托园区的 GMP 生产车间研制出新的药剂。

此外，中医药产业园与欧盟、东盟、非洲地区的公立医院和医疗机构合作，对当地的医生进行中医药技能和知识培训，让他们深切体会到中医药的优势和独特疗效，然后通过医生的推广，加大中医药产品在当地的使用，开创了"以医带药"的中医药国际化推广模式。目前，在产业园的牵线搭桥下，澳邦制药的两款产品已在莫桑比克注册成功。而在内地有着 28 年历史的知名药企——以岭药业，2018 年入驻园区后，主打产品连花清瘟胶囊成功出海多个国家。港珠澳大桥的通车让横琴的发展处在最佳历史时间节点，交通、产业不断升级，更是让天时地利人和俱全的横琴，崛起势不可挡。在杨川看来，横琴发展新兴产业不能拘泥于和澳门的存量部分，一定要做增量，

广东省第一条基于砷化镓材料的光芯片生产线

而增量是一种开放的理念，是面向全球的人才配置、资源配置。

经过 14 年的发展，横琴已经从起步发展打基础阶段，进入内容充实、更具人气的阶段。除了和澳门开展中医药的合作，横琴自身也在不断完善基础设施，如今，覆盖横琴全岛的路网、电网、水网设施已经建成，广珠城轨延长线、横琴新口岸也已开通。横琴新区形成了旅游休闲、文化创意等七大产业蓬勃发展，战略性新兴产业方兴未艾的现代化新格局。横琴新区的地区生产总值增速连续 9 年排名珠海市各区第一名，杨川希望，未来横琴能够真正成为澳门和内地居民共享的宜居、宜业、宜游生活圈，成为真正意义上的"粤澳深度合作区"。

专家视角：智慧城市建设中的数字孪生与元宇宙

广州大学地理科学与遥感学院　　　　　　　　　　　　　　张新长　赵怡

　　本次迪拜世博会期间，中国向世界展示了其数字城市的建设雏形。走上中国馆三楼，就会迎面看到一面巨大的立体式大屏和城市构造沙盘。在这里，参观者可以从视觉上感知一座 3D 的虚拟未来"智慧城市"。城市楼宇结合动态灯光，与视频内容融合互动，健康和谐的未来城市美好图景跃然眼前。在"智慧社区"展区，每位现场观众都可以扫码触发一个个小故事：需要寻找停车位的居民通过物联网、无感支付等技术流畅完成任务；需要核酸检测的居民通过手机轻松预约；单独出门的老人跌倒，人工智能会及时通知管理人员展开救助。想象中遥不可及的数字城市构建早已融入中国公民的日常生活。

　　《中华人民共和国国民经济和社会发展第十四个五年规划和 2035 年远景目标纲要》第五篇"加快数字化发展，建设数字中国"中提出，统筹推动新型智慧城市和数字乡村建设，协同优化城乡公共服务；深化新型智慧城市建设，推动城市数据整合共享和业务协同，提升城市综合管理服务能力，完善城市信息模型平台和运行管理服务平台，因地制宜构建数字孪生城市。

　　在国家和各地政府的大力支持下，科技创新政策环境已明显改善，并且取得了多项重大的研发成果，保证并促进了智慧城市建设的持续发展。

　　在城市的发展路程中，智慧城市这一概念可追溯于 1998 年美国副总统戈尔提出的"数字地球"，我国此时也处在城市发展上升期，因此逐渐出现"数字中国"的相关概念；十年后，2008 年国际商业机器公司 IBM 提出"智慧地球"，引起全球轰动；再隔十年，2018 年中国信息通信研究所提出"数字孪生城市"。纵观各地的智慧城市发展过程，其所遵循的技术变革思路大致是：先依托空间信息技术、数据库技术、虚拟现实技术和计算机网络技术等构建数字城市这个初始形态；再依托数字城市相关建设技术、物联网技术、云技术和时空大数据技术等建设成型的智慧城市；最后依托智慧城市建设相关技术、万物相联技术＋实景三维技术和人工智能技术等实现城市的数字孪生。基于人工智能技术、5G 通信技术、物联网技术和地理信息大数据的加持和迭代，未来智慧城市将不仅仅是一个信息模型，而是一个系统的"智能生命体"，最终迈向元宇宙时代。

智慧城市即将腾飞于数字孪生城市

智慧城市是数字城市的延伸和发展，伴随着相关科学技术的发展和支撑，其发展前景广阔，衍生出的数字孪生城市这一概念已经逐渐进入大众视野，也在相关成熟技术支持下逐步实现数字孪生。

空间信息技术与地图相伴而生，地图最初的目的是为了简单描述某一类地物，满足简单的几何相似即可；随着人类文明的进步，地图需要描述地物空间位置关系等简单属性信息；为了满足更精确的测量测绘等相关工作，基于三要素（数学要素、地理要素和整饰要素）的地图使地图的表现形式逐渐满足各种应用；基于3S、二维模型、无人机航测、人工智能等科学技术表示的地图使地图不仅具有高度的几何相似，更被赋予了多重属性，大大提高了地图的应用范围；目前以实景三维技术为基础的数字孪生技术应运而生，事实上数字地球是一个三维的信息化地球模型，其核心思想是通过数字化的手段对地球上的自然、人文和社会等信息进行数字化、网络化、智能化和可视化，数字孪生技术是基于情景模拟和多重属性交叉应用的地图实现对真实地球的情景再现和规划决策，以支撑社会经济的可持续发展和决策。

空间信息技术包括GIS、RS和GNSS三个方面，而它们发展和应用的目标是地图，包括二维和三维地图。地图不仅是历史的见证，更是人类社会的无价瑰宝，是与人类文明共同发展的。从最初简单的图形发展到今天的实景三维模型，整个过程漫长而具有现实意义。

时空大数据构筑城市智能模型

纵观智慧城市的发展过程可知，空间信息技术是支撑所有城市规划、建设和管理的基础。在智慧城市的建设过程中，需要处理的是融合了国土、规划、交通、环境、水务等在内的众多类型时空大数据，依托多类型、动态化、丰富的时空地理信息数据才能构建出更合理、更科学的城市智能模型。智慧城市的未来将向数字孪生城市的高级阶段延伸，基于真实城市环境，构建智能感知网络。数字孪生城市，就是要把真实的物理世界基于数字模式下的虚拟世界结合起来，变成一个系统的"生命共同体"。时空大数据必须活起来、动起来，和现实世界动态的对应起来，才会实现孪生。现在有一些"孪生"仅仅是单体的孪生，但是城市不是单一的，它是复杂的，是动态的，是实时变化的，实体如何变动，数字应立即随之变动，也就是说要整体、系统、关联地"脉动"起来，才算真正意义上地打通实体世界与虚拟世界，这也是是未来智慧城市建设必须发力研究的核心工作。

目前，智慧城市的建设基本上是"对标性"的，是被动滞后的，即发现问题后，相关部门再进行诊断并提出解决方案。而基于数字模式下数字孪生规划则要具有主动超前处理能力，来源于实体，通过大量的时空大数据模拟推算，超越实体，主动提前发现问题并给出解决方案，防患于未然。这便是"智能生命体"的意义和发展方向。

人工智能赋能智慧城市转化数字孪生城市

数字孪生城市中的人工智能技术就如同城市的大脑，赋予城市思考、学习、分析和判断等各方面的能力。考虑到未来人工智能的物联网网络在城市管理中的重要性，有必要在每个城市都会成立专门管理智慧城市的人工智能的物联网中心，用以管理和维护城市健康、有序的运转。在智慧城市发展和应用中，AI已经逐步被应用到各个领域，如自动驾驶，智慧医疗，AI图像识别、语音识别等。在AI的进化过程中，经历了计算智能、管制智能、认知智能和环境情感智能。在整个AI发展过程中，技术产物逐渐满足更多现实社会中的现实应用要求，以人脑为全面的发展目标，以成熟的计算机技术为核心，逐渐生产出能够代替人完成目标应用且工作高效的计算机或者机器人。

人工智能就像城市的大脑，而5G/6G以及物联网就像传递信息、感知信息的神经元。在智慧城市的建设中人工智能技术"无处不在"，人工智能引擎要最大化发挥出价值，需要海量的数据"喂食"和计算资源使能。对于未来的自动化、智能化网络，人工智能引擎需要部署在一个可以实时感知城市动态，拥有强大计算资源的物联网上。这样，人工智能与5G/6G物联网互相赋能，在城市的表层覆盖一层人工智能的物联网网络，利用数字化、网络化技术，实时监测现实城市。通过人工智能计算模拟城市情景，并利用物联网传感器、智能化等技术，管理调整现实城市，最终实现城市的智能有序运行状态，即智慧城市。

智慧城市最终将迈向元宇宙时代

  由数字地球发展而来的智慧城市以及数字孪生城市等"智能生命体",是基于 AI 和空间信息技术的发展而实现的,而在完全实现了数字孪生城市的条件下,以实景三维技术为基础设施,结合多媒体、多传感器融合、实时跟踪及注册以及场景融合等技术,将数字孪生城市与人相结合,人的全面参与将带来巨大的平台变革,真正实现虚实脉动和生命共同体这一理想概念,即元宇宙。数字孪生、虚拟现实技术、增强现实技术等将是基于这个时空基础设施的场景应用;5G 带来的通信革命是元宇宙从"幻想"迈入现实的关键因素,超高速、超宽度和低延时使虚拟现实、增强现实等技术能够跨越应用门槛,实现未来数字世界与物理世界的融合和实时脉动。基于 5G、虚拟现实、增强现实、区块链、机器视觉、数字孪生等技术集成,建立于现实世界感官体交互便利的虚拟空间,大大丰富虚拟空间的广度和深度,增强数字空间的可信度。

  元宇宙可以分为孪生、原生和共生三个阶段:孪生是指现实世界的虚拟重建,包括环境、运行和与精神无关的行为信息,以及部分一致的规则沿用,达到高度模拟仿真的效果;原生是指创建一些虚拟世界的新规则,加上沿用的现实世界一部分不变的规则,沉浸融入与精神世界关联度不高的人的行为感知的信息,原生一些新的生态,帮助丰富现实世界;共生是在原生基础上,融入精神感知信息和行为,即人类受刚性规则约束的行为和受精神世界柔性影响的情感行为,真正达到现实世界、虚拟世界和精神世界的三元融合,互为依重,彼此共生。

  2022 年年初,面对以元宇宙为代表的新技术、新概念、新场景,中央部委(工业和信息化部)首提元宇宙,多地政府超前布局。在元宇宙下的虚拟融合环境中,将真正实现"天涯若比邻",进而元宇宙将成为:数字体验的门户,物理体验的关键组成、下一个巨大的劳动力和前沿技术的集成平台。在元宇宙中,我们都是互联网的一部分,衣食住行、工作学习、生产生活等会实现最大限度的可虚拟性替代。

09

第九章 后石油时代的优势互补

转型：
一道艰难的必答题

煤炭作为我国长期以来的主体能源，稳坐带头大哥地位至今。这是由我国"富煤贫油少气"的资源禀赋决定的。我国是世界上第一大煤炭生产国及消费国，能源保有储量中，煤炭约占89%。2020年，煤炭占我国能源消费总量的56.8%。广东作为能源消费大省，2020年煤炭消费比重为33.4%。[1]

然而，时代变了，昔日"小甜甜"如今已成"牛夫人"。"去煤""减碳"成为国际主流的今天，煤炭作为传统化石能源，被认为是一种"脏"能源，是导致全球变暖的罪魁祸首。

国际能源署发布的《2021世界能源展望》指出，碳排放已使全球平均气温升高了1.1℃，并对天气和气候极端情况产生了明显影响，而全球75%的碳排放量都来自能源领域。

2020年，在第七十五届联合国大会一般性辩论上，中国提出二氧化碳排放力争于2030年前达到峰值，努力争取2060年前实现碳中和的目标。2021年以来，中央层面政策密集出台。10月，《中共中央 国务院关于完整准确全面贯彻新发展理念做好碳达峰碳中和工作的意见》《2030年前碳达峰行动方案》两份重磅文件出台，为实现碳达峰、碳中和目标制定了"时间表""路线图"，明确提出了推进经济社会发展全面绿色转型、加快构建清洁低碳安全高效能源体系等重点任务。

对于煤炭这一我们爱难舍情难断的能源老大哥，虽然讲不出再见，却已决定要逐步少见。"在双方的共同努力下，中阿能源合作近年来取得了令人瞩目的成就。"国家能源局局长章建华表示，在油气领域，双方油气企业在原油贸易和上游开发方面不断取得新的合作成果。2020年，阿拉伯国家向中国出口原油2.78亿吨，占中国原油进口总量的51.3%，是中国最重要的进口来源地。中资油气企业积极参与阿联酋、伊拉克等国的上游区块开发。在电力领域，中国能源企业积极参与阿拉伯国家的电力基础设施建设。中国国家电网公司参与了埃及500千伏主干电网的改造项目，在沙特完成了500万块智能电表及配套系统的安装工作。

当前，全球碳中和大势所趋。中国将力争于2030年前实现碳达峰，争取在2060年前

---

[1] 节选自：腾讯网 https://new.qq.com/rain/a/20220122A08HYZ00?《经济观察：能源转型，看广东如何破局》[引用日期2023-3-16]

实现碳中和；阿拉伯国家也在积极寻求能源转型，改变依赖化石能源的局面——中阿双方都面临着保障能源安全和实现能源转型的重大课题。

沙特能源部部长外事高级顾问纳赛尔·阿尔多斯利表示："作为全球领先的能源生产国，沙特认识到，减少温室气体排放是当务之急，而中国一直是低碳经济的坚定支持者。我们正与中国携手合作，在沙特发展可再生能源。我们的目标是到2030年，可再生能源发电量能占总发电量的50%。"

水电水利规划设计总院副院长易跃春提供的一组数据显示：从全球和中阿来看，可再生能源由能源电力消费增量补充转变为增量主体。2020年，受疫情影响，在全球能源消费总量和用电量下降的背景下，可再生能源发电逆势正增长。2020年，全球发电总量较上年度下降1778亿千瓦时，但可再生能源发电量较上年度增长4418亿千瓦时。

"中方愿与阿方一道，坚定不移地走能源转型之路，深入推进'油气+'合作模式，不断拓展太阳能、风能、水电、核电、氢能等领域合作，持续提升中阿能源合作水平。"章建华提出三点建议[2]：

一是继续深化油气领域合作，按照互利共赢的原则努力深化双方在石油、天然气勘探、开采、储运、炼化等领域的全产业链合作；

二是加快推动能源低碳转型，因地制宜地开发和利用中东地区的风光资源，助推当地能源转型和绿色发展，在氢能、储能、智能电网等新一代清洁低碳能源技术领域打造合作新亮点；

三是共建高效通畅的合作平台，2019年，中国与29个国家共同发起成立"一带一路"能源合作伙伴关系，欢迎各国加入该伙伴关系，共同构建绿色低碳的全球能源治理格局。

2020年，阿拉伯国家向中国出口原油占中国原油进口总量的51.3%，是中国最重要的进口原油来源地；中国能源企业积极参与阿拉伯国家的电力基础设施建设，中国国家电网公司参与了埃及500千伏主干电网的改造项目；上海电气参与建设的迪拜95万千瓦光伏+光热混合电站，是目前全球最大的光伏+光热混合电站；中核集团与阿联酋、沙特、阿尔及利亚等国签署了和平利用核能协定，并在铀矿勘探、核燃料供应、核电站运维等领域达成合作意向……

---

2 节选自：光明网 https://epaper.gmw.cn/gmrb/html/2021-08/22/nw.D110000gmrb_20210822_1-08.htm 《如何驱动能源合作的"双轮"》[引用日期2023-3-16]

截至 2020 年底，中国可再生能源发电装机总规模占全球的三分之一，水电、风电、光伏发电、生物质发电装机规模均居世界第一。中阿能源企业合作的重点也已经从传统能源更多转向低碳能源领域。[1]

深圳澳达新材料有限公司致力于把节能安全一体化导入未来绿色建筑，推动建筑业碳达峰、碳中和的发展蓝图

全球碳中和大势下国家积极寻求能源的转型

---

[1] 节选自：中华网 https://news.china.com/zw/news/13000776/20210822/39908710_1.html 《"低碳"让中阿能源合作找到更多方向(2)》[引用日期 2023-3-16]

破局：
广东谋划布局新能源[1]

"3060"双碳目标，是党中央作出的重大战略决策，也是我国向世界作出的庄严承诺。日前召开的中央经济工作会议进一步指出，实现碳达峰碳中和是推动我国高质量发展的内在要求，要坚定不移推进。

毋庸置疑，减煤降碳是大势所趋。但实现路径，要讲究方式方法。中央经济工作会议同时指出，实现碳达峰碳中和不可能毕其功于一役，传统能源逐步退出要建立在新能源安全可靠的替代基础上。

2021年因煤价高企引发的限电风波和供暖担忧，给我们敲响了一记警钟。那就是绝不能搞断崖式"减碳"，必须把能源安全放在首要位置，立足我国以煤为主的基本国情，正确认识煤炭能源的作用和定位。

煤炭和煤电能够坐稳"带头大哥"的位置，一方面是因为自身量大价廉易用稳定的特性，一方面也因为以风光核为代表的能源新秀还没能完全支棱起来。风能、光伏等新能源虽然成本持续下降、装机容量不断增加，但仍存在间歇性、波动性、随机性等问题，与电力供需实时平衡存在矛盾，

且装机容量和实际发电量之间普遍还存在很大差距。核电的装机规模则总体偏小。

近年来广东在核电、海上风电、太阳能、氢能方面发展迅速，但新能源发展仍面临着不少问题和挑战。例如，海上风能资源利用不够充分，风能发电装机规模较低。新能源领域的关键核心技术、设备和材料依赖进口，缺少带动力和控制力强的龙头企业。以阳江海上风电产业为例，省政协一项调研报告显示，叶片制造方面仅有明阳智能一家企业，齿轮箱、发电机、风能变流器、海底电缆等方面均缺乏相关的生产企业；大型钢构制造未形成生产规模，不具备大直径单桩生产能力。

2021年，广东省新投产海上风电549万千瓦、光伏发电225万千瓦、抽水蓄能70万千瓦。规模进一步增加，但对于广东这样的人口大省、经济大省、制造强省来说，尚难堪重任。基于人口继续增长和经济持续发展的客观现实，广东能源消费结构恐怕难以在短期内得到根本转变。能源结构的调整优化，还需要先立后破，有序推进。

---

[1] 节选自：深圳市推进粤港澳大湾区建设网 http://www.szgba.gov.cn/zx/wqzx/content/post_757236.html《能源转型，看广东如何破局》[引用日期 2023-3-16]

"十三五"以来,广东通过减少煤炭消费、稳定油气供应、增加清洁能源比重等措施,能源结构得到不断优化。2020年,全省一次能源消费结构中,煤炭、石油、天然气、一次电力及其他能源的比重分别约为33.4%、26.2%、9.8%、30.6%,全省非化石能源占一次能源消费比重30%,低于全国平均水平。

2022年广东省政府工作报告提出,要统筹有序推进碳达峰碳中和,加快完善能源供应保障体系,推进能源结构调整,大力发展清洁能源,促进能源高效利用,创造条件尽早实现能耗"双控"向碳排放总量和强度"双控"转变。从"立"与"破"两方面,进一步为广东能源转型指明了方向。

"立",意味着首先要不断提升新能源的竞争力。事实上,广东早已开始提前谋划布局和加快推进新能源产业。此前,广东已印发了《广东省培育新能源战略性新兴产业集群行动计划(2021—2025年)》,明确了核能、风能、天然气及其水合物、太阳能、氢能、生物质能、地热能、海洋能、智能电网、储能等10个领域五年内的发展目标、推进路径和重点任务。

2021年12月,广东省出台《关于加快建立健全绿色低碳循环发展经济体系的实施意见》,提出构建清洁低碳安全高效能源体系,规模化开发利用海上风电,打造粤东粤西千万千瓦级海上风电基地等一系列具体举措。

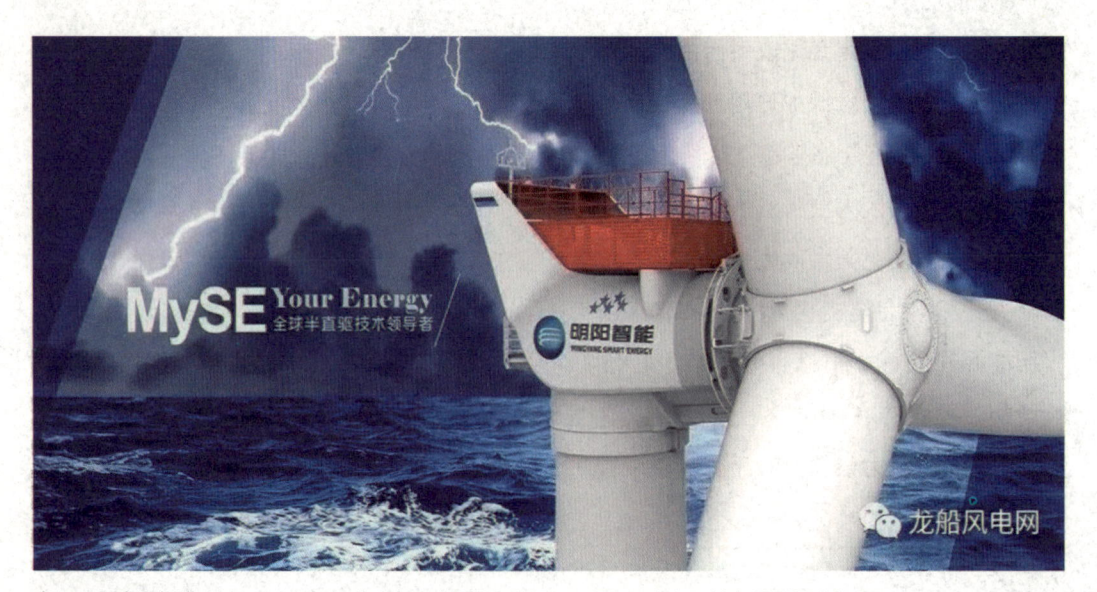

青洲项目建设规模合计100万千瓦,将全部安装明阳智能MySE11-230半直驱抗台风型风电机组

推动：
清洁能源成为广东能源消费增量主体

"十四五"时期，是广东全力推进能源高质量发展，稳步实现碳达峰、碳中和目标，构建清洁低碳、安全高效、智能创新的现代能源体系的关键时期。2022年4月，《广东省能源发展"十四五"规划》（以下简称《规划》）正式印发，提出在保障能源安全的前提下，加快能源绿色低碳转型，推动碳达峰、碳中和进程，实现能源高质量发展。

展望2035年，预计我省能源安全保障能力大幅提升，能源利用效率基本达到世界先进水平，能源科技创新取得较大突破，形成新兴能源产业体系，建成国内领先的清洁低碳、安全高效、智能创新的现代能源体系。[1]

加强乡村清洁能源保障

2021年我省经济持续稳定恢复，能源消费超预期增长，超出了能源供应链的弹性范围，部分时段电力供应紧张。在国家和省的统一部署下，省发展改革委、能源局会同有关方面采取了多项应对措施，推动各类电源多发满发，采取有效措施化解电力能源供应紧张矛盾。

着眼于我省能源供应体系面临的风险和挑战，《规划》提出，到2025年，能源综合生产能力达到1亿吨标准煤以上，省内电力装机总量达到2.38亿千瓦，西电东送最大送电能力达4500万千瓦（送端），天然气供应能力达800亿立方米/年。

《规划》提出围绕补短板、优布局，扩大油气供给保障能力，加快电网、油网、气网"三张网"建设，提升能源储备能力。统筹能源发展与新型城镇化建设和乡村振兴战略实施，加快推进能源惠民工程建设，加强乡村清洁能源保障，强化民生用能保障，提升城乡居民用能水平。搭建能源监测预警系统，提升突发事件预警能效。加强能源安全生产监管，建立安全问责机制，提升能源风险管控应对能力。完善应急预案，加强应急演练，提高快速响应能力。

1　节选自：广东人民政府网 https://www.gd.gov.cn/zwgk/zcjd/mtjd/content/post_3911589.html 《广东推动清洁能源逐步成为能源消费增量主体 到2025年非化石能源消费比重力争超32%》[引用日期 2023-3-16]

推进能源
消费清洁化替代

清洁能源将逐步成为能源消费增量的主体。《规划》要求天然气消费持续提高，到 2025 年非化石能源消费比重力争达到 32% 以上，非化石能源装机比重提高至 49% 左右，电能占终端用能比重达到 38% 左右。

推动能源绿色低碳转型是能源发展的重中之重。《规划》要求，持续优化能源供应结构，大力发展可再生能源，重点推进海上风电规模化开发，光伏发电集中式和分布式并举发展；积极发展天然气发电，"十四五"期间新增天然气发电装机容量3600 万千瓦。坚持能源节约与高效利用并举，持续推进能源消费清洁化替代，提升能源综合利用效率。

在加强能源开放合作方面，《规划》要求充分发挥广东省区位优势，加强与周边地区、国家的能源共建与合作，提升能源互联互通及能源供应保障能力。推进粤港澳大湾区能源协同创新发展，努力构建清洁低碳、安全可靠、智能高效、开放共享的区域能源体系。推动西电东送可持续发展，逐步推动西电东送计划放开，促进西电东送市场化与广东电力市场建设有效衔接。深化国际能源合作，重点加快油气海外布局，积极参与境外电力、天然铀等资源开发和投资。

加快建设
智慧能源系统

《规划》提出，广东要大力发展先进核能、海上风电、太阳能等优势产业，加快培育氢能、储能、智慧能源等新兴产业，建设差异化布局的新能源产业集聚区。到 2025 年，全省新能源产业营业收入达 7300 亿元，形成国内领先的新能源产业集群。

加快能源科技创新方面，《规划》要求，深入实施创新驱动发展战略，强化关键核心技术攻关，推动碳达峰碳中和技术研发，加强创新平台和能力建设加快建设智慧能源系统，推动能源生产消费新模式新业态，实施一批具有前瞻性、战略性的能源创新示范工程，推动能源产业数字化智能化升级。

乡村振兴要加强乡村清洁能源保障

奋起：
广东光伏产业开始发力[1]

作为我国能源转型及能源安全保障的重要组成部分，光伏行业在国家补贴等产业政策支持下，经过多年规模化发展，已经实现光伏制造业世界第一、光伏发电装机量世界第一、光伏发电量世界第一"三项世界第一"。

在碳中和背景下，根据中国光伏行业协会的预测，保守情况下 2025 年我国新增光伏装机容量将达到 90GW，相比 2020 年 48.2GW，复合增速为 13.3%。"起了个大早，赶了个晚集"的广东，近年来也开始奋起发力。

2022 年 4 月 14 日，《广东省能源发展"十四五"规划》发布提出广东将推进能源产业集聚发展，建设差异化布局的新能源产业集聚区。到 2025 年，全省新能源产业营业收入达 7300 亿元，形成国内领先的新能源产业集群。

其中，要积极发展光伏发电。大力提升光伏发电规模，坚持集中式与分布式开发并举，因地制宜建设集中式光伏电站项目，大力支持分布式光伏，积极推进光伏建筑一体化建设。鼓励发展屋顶分布式光伏发电，推动光伏在交通、通信、数据中心等领域的多场景应用。"十四五"时期新增光伏发电装机容量约 2000 万千瓦。"目前来讲，广东'十四五'时期的装机是非常积极的。"中国新能源电力投融资联盟秘书长彭澎对记者表示，但想要拉动产业链发展，还需要考虑更多因素。

在她看来，产业链发展主要还是要靠龙头企业的带动，并需要结合地方政府的产业规划和土地开发计划。"早期光伏制造业属于来料加工，较为集中地分布在浙江和江苏。广东早期并未引起重视，所以错过了一轮发展。目前来看也只有高景太阳能和爱旭两个新落户的大项目。"

---

1 节选自：网易 https://www.163.com/dy/article/H5DRGBG2055004XG.html 《南方观察 | 广东光伏产业加速"破局"，珠海能否当龙头？》[引用日期 2023-3-16]

龙头引领向
千亿级新能源产业进发

2021年12月，在珠海市第九次党代会上，珠海提出将坚持"产业第一"，依托龙头企业，培育壮大以动力电池、储能电池和光伏设备为重点的新能源产业，打造全市经济增长的新支柱。

作为实现"双碳"目标的主力军，光伏市场获得前所未有的发展。光伏硅片独角兽企业——广东高景太阳能科技有限公司（下称"高景太阳能"）宣布完成16亿元A轮融资。除老股东IDG资本、珠海华发集团持续加码外，国寿科创投资、建信、粤财基金、深投控资本等财务投资机构，爱旭股份、美的资本等产业投资机构也共同参与了本轮投资。这也意味着，到2022年6月，高景太阳能有望凭借30GW产能跻身行业第一梯队。

高效率推进生产背后，是光伏产业市场对大尺寸硅片的急切需求。2022年光伏需求不减，在高景太阳能的仓库里，几乎看不到库存产品。数据显示，2021年，高景太阳能实现营收27.83亿元，实现了"当年开工、当年投产、当年盈利"的目标，硅片产量居行业第七名。而到2022年一季度，这一排名已上升至行业第五。国寿科创基金则称，高景太阳能拥有明确的发展规划，充分利用光伏市场崛起的机遇，凭借"高景速度"快速切入市场，相信公司将在光伏市场占有一席之地，未来盈利增长潜力较大。

高景太阳能迅猛发展的同时，珠海光伏产业另一家龙头——爱旭太阳能电池也迎来了新进展。爱旭股份是全球领先的太阳能电池制造商，也是第一个发明及大规模量产管式PERC和大尺寸电池的企业，拥有业内领先的太阳能电池制造技术和生产供应能力。2017年，华发集团通过旗下投资平台出资超1.7亿元，参与IDG资本管理的投资基金，共同投资了爱旭股份并成为其第二大股东。2021年4月，珠海市政府与爱旭股份正式签订《爱旭太阳能电池项目投资框架协议》，宣告总投资180亿元的26GW新型高效太阳能电池项目落户珠海斗门。

2022年2月，该项目正式动工开建。这是全球首家与德国工研院合作设计的太阳能电池工厂，采用工业4.0智能生产技术，将打造数字化、自动化太阳能电池智能工厂。目前项目建设顺利进行，一期于2022年9月投产。待项目全部投产后，每年产出的产品可为全球新增300亿度清洁电力，将带动行业进入下一个技术时代；预计年产值可达400亿元，可提供超过 6000 个优质就业岗位。

　　产业链上下游"双龙头"集聚，为珠海新能源产业发展打开了想象空间。最直接的效益是有望带动大批高端人才落户珠海。目前高景太阳能珠海基地员工已超千人，其中不乏博士等行业领军人才。龙头示范效应，有望持续带动硅片上游的硅料、电池下游的电池组件等光伏产业链企业、顶尖技术集聚珠海，构建光伏产业全生态、全链条，壮大提升珠海新能源产业集群规模与实力。这一效果在高景太阳能西宁基地已有所体现。据公开报道，得益于高景太阳能等龙头企业的带动，2021 年西宁市新能源产业、新材料产业增加值分别增长 48.8% 和 89.4%，经济总量突破 1500 亿元，增速位居西北五省区省会城市第一位。而以西宁为核心，青海已成功构建了多晶硅—单晶硅—切片—太阳能电池—电池组件完整的光伏制造产业链，还聚集了逆变器、光伏玻璃、石英坩埚、铝边框、支架等一批配套光伏企业。

　　据透露，目前高景太阳能已参与到广东相关行业标准的制定中来。广东对高景太阳能的期待，从融资机构的动向中也可见一斑。本轮融资中，除华发集团外，广东和深圳国资背景的基金也一一闪现。"新能源是广东省产业发展基金重点支持的产业之一。高景太阳能作为广东省引入的重大链主型企业，将对我省培育新的千亿级光伏产业集群起到决定性作用，也将对'十四五'广东建设生态文明社会作出重要贡献。"粤财基金表示，该基金将进一步做好投后赋能工作，助力企业做大做强，成为广东省光伏产业的一张名片。

高景太阳能聚生产车间　　　　　　　　　　高景太阳能工作人员操作自动化设备进行生产

携手：
共同下好能源合作一盘棋

随着"一带一路"建设的深入推进，中国与阿拉伯国家全面合作不断深化。2021年，在第五届中国—阿拉伯国家博览会上，中阿能源合作高峰论坛令全球瞩目，它让世界看到，不仅中国有携手深化中阿能源合作的信心和决心，阿拉伯国家也有开创阿中能源合作新时代的期盼和畅想。[1]

2020年，阿拉伯国家向中国出口原油占中国原油进口总量的51.3%，是中国最重要的进口原油来源地。与此同时，中国能源企业也积极参与阿拉伯国家的电力基础设施建设，例如，中国国家电网公司参与了埃及500千伏主干电网的改造项目；上海电气参与建设的迪拜95万千瓦光伏+光热混合电站，是目前全球最大的光伏+光热混合电站；中核集团与阿联酋、沙特、阿尔及利亚等国签署了和平利用核能协定，并在铀矿勘探、核燃料供应、核电站运维等领域达成合作意向。

当前，中阿能源企业合作的重点也已从传统能源转向低碳能源领域。中国国家能源局

中阿能源合作

---

[1] 节选自：中华网 https://news.china.com/zw/news/13000776/20210822/39908710_2.html 《"低碳"让中阿能源合作找到更多方向(3)》[引用日期 2023-3-16]

局长章建华表示，近年来，中国大力推动能源转型取得积极成效。截至 2020 年底，中国可再生能源发电装机总规模占全球的三分之一，水电、风电、光伏发电、生物质发电装机规模均居世界第一。中国将会和阿联酋一道，坚定不移地携手走能源转型之路，下好能源合作一盘棋，不断拓展各方面低碳能源领域的合作。

过去 20 年，中国已经成为许多阿拉伯和海湾国家最大的外国投资者，尤其是在能源领域。"阿联酋阿布扎比能源局局长阿维达·穆尔希德·阿里·穆尔希德·马拉尔说，大力发展可再生能源已成为全球趋势，这一趋势为深化阿中能源合作创造良机。发展零碳和低碳能源技术意义重大，这些技术与阿拉伯国家的能源转型目标相契合，双方合作将使能源行业更有韧劲，开创可持续、和平的未来。

目前，沙特国际电力和水务公司正与中国国家电投集团黄河上游水电开发有限责任公司合作推进沙特红海综合智慧能源项目，该项目可提供全天候绿色能源供应及存储。

沙特国际电力和水务公司董事长穆罕默德·阿布纳扬十分看重与中国企业的新合作。他直言，该项目不仅能开发太阳能和可再生能源，还能为海水淡化、废水处理等提供综合基础设施。两国企业在可再生能源领域的成功合作表明，通过创造技术、改造技术、运用技术，可以创造经济价值，保障健康和安全。

此外，隆基股份正在卡塔尔哈尔萨建设的光伏项目也备受关注。该项目建成后将成为世界第三大单体光伏项目，将为 2022 年卡塔尔世界杯的场馆供电，并可以满足当地约 10% 的电力需求高峰，这样既减少了卡塔尔对化石能源的依赖，又有利于实现经济多样化发展。

深化能源清洁低碳转型正在成为中国企业与阿拉伯国家相关企业的共同期待。在全球积极实现碳中和以应对气候变化的背景下，共同构建绿色低碳的全球能源治理格局，已成为普遍共识，中阿能源合作新格局也将在强化政策沟通和高层交流、加强技术创新合作中逐渐构建。

中阿博览会

专家视角：
"双碳"产业战略的可持续发展

暨南大学"一带一路"与粤港澳大湾区研究院副院长　　　　　　顾乃华　　叶俊龙

　　2020年9月22日，习近平总书记在第七十五届联合国大会上郑重承诺："中国将提高国家自主贡献力度，采取更加有力的政策和措施，二氧化碳排放力争2030年前达到峰值，努力争取2060年前实现碳中和。""双碳"目标是我国基于推动构建人类命运共同体的责任担当和实现可持续发展的内在要求而做出的重大战略决策，也是在新时期实现高质量发展的必由之路。

　　此次的迪拜世博会也力推可持续发展主题，我们可以知道这次的迪拜世博会致力于打造有史以来最具可持续性的世博会之一。为此，无论是建筑施工还是场馆使用都秉持着传承的理念，将可持续发展的思想贯穿其中。

　　随着迪拜世博会"广东周"的举办，将有力地推动两地人才、资本等要素双向流动，为迪拜创新发展提供强动力，为粤港澳大湾区建设也注入新动能。粤港澳大湾区作为我国开放程度最高、经济活力最强的区域之一，不仅在产业低碳发展方面一直走在前列，而且也需要在实现"双碳"目标进程中继续发挥率先示范作用。粤港澳大湾区的"双碳"先锋之路、率先示范之途，无论从过去的发展经验还是从当前的发展规划以及未来的目标来看，蕴含的最重要的启示就是要推动科技创新和数字经济"双轮驱动"产业低碳化发展。

一、科技创新引领产业低碳发展

　　粤港澳大湾区的城市在经济社会发展过程中，注重处理好发展和减排的关系，以科技创新为引领加快建设低碳经济体系，推动产业发展质量变革、效率变革、动力变革。

1. 打造绿色能源供应体系，促进产业发展源头减排

　　坚定推进能源绿色化，积极发展天然气发电等清洁能源，逐步提高可再生能源与低碳

清洁能源比例，大力推动终端用能电能、氢能替代。广州、深圳等城市都提出要按照集中式与分布式并举原则，优先选择布局天然气发电；大力发展智能电网、海上风电、陆上风电、分散式风电技术，优质高效开发利用风电；发展高效太阳能光电光热与太阳能集成应用及关键设备技术，加速新技术新材料新产品产业化；加快发展生物质发电供气供热与先进燃料、地热能供暖、风光互补、先进燃料电池、高效储能、海洋能发电等新型技术，推进多产品联产联供，发展分布式能源；突破分布式发电、储能、智能化电网等技术，建设以太阳能、风能等可再生能源为主体的多能源协调互补、开放共享的能源互联网，促进新能源生产与消费智能化。

2. 鼓励企业技术创新，深度参与低碳产业发展

珠三角城市都积极鼓励龙头大企业与国内外一流科研院所合作，在节约利用资源等关键技术环节寻求重点突破，推进低碳技术创新与产业链深度融合，全面构建产学研一体化的低碳发展体系。要加快推动与"双碳"相关的创新平台能级提升，培育建设一批绿色技术实验室、技术创新中心、科技资源共享服务平台等创新基地，完善科技成果转移转化服务体系，带动和引导各类创新资源集聚。注重建立健全激励绿色低碳技术创新的财税、信用、补贴等政策，鼓励企业将低碳理念融入技术创新全过程，开展低碳、零碳、负碳、碳捕捉及封存技术等前沿性低碳技术研发，着力突破一批节能环保产业共性关键技术，促进绿色低碳技术产业化发展落到实处。

3. 抓好应用示范和推广，全面形成低碳带动效应

要大力开展低碳产业、节能减排、循环经济、清洁生产等共性、关键技术及重大技术装备产业化示范，加强产业化示范基地建设。依托工业园区和开发区，强化环境准入标准和落后技术工艺设备淘汰制度，积极构建清洁生产技术研发和推广体系，促进废物交换利用、能量梯级利用、废水资源循环利用，打造低碳循环生态园区。推动园区企业进行节能低碳化改造，鼓励企业加大节能减排技术创新和改造投入，重点推进高能耗企业使用节能技术与装备，以科技创新和技术应用促进能源资源高效利用。推动电动汽车普及，完善电动车充电设施，加快建设数量适度超前、布局合理、使用便利的充换电设施服务体系。

4. 完善低碳引导机制，提升低碳服务水平

要促进以金融、信息服务为代表的生产性服务业创新发展，同时加快生活性服务业的低碳化发展。建立健全有效的价格引导机制，建立资源环境有偿使用制度，逐步提高资源利用补偿费用和排污收费标准。在服务产品、服务价格中加入环境因素，逐步减少或消除影响资源可持续利用的服务产品或生产资料的使用。加快低碳服务标准化建设，在物流、旅游、商贸、餐饮等领域率先开展标准化试点。引导和鼓励各类金融机构开发适应低碳产业发展需求的个性化金融产品，支持重点行业低碳化转型。

5. 加强低碳产业人才建设，构筑发展支撑力量

要利用和嫁接高校资源，加快专业结构调整，探索设立低碳交叉学科，积极培养低碳行业专业人才，为产业低碳转型发展提供人才保障和专业支撑。推动校企精准合作，共建低碳产业科技创新基地以及低碳技术应用中心，加强对市场参与主体的低碳观念和创新能力的专业培训，为行业培养和输送高水平应用型人才。积极引进低碳产业领域高层次创新人才，建立低碳经济发展相关领域的专家库，灵活运用技术合作、聘请顾问、低碳技术成果交易等多种方式，壮大人才队伍。

二、数字经济赋能产业低碳化发展

本届迪拜世博会上海日活动的主题是"创新合作，数智赋能，推进城市数字化转型"，展示上海作为社会主义现代化国际大都市的整体形象，重点展示上海在科技创新、数字化转型方面的成就及应用成果，促进企业利用世博会平台开展国际交流与合作。上海日活动将为后疫情时代国际经贸、科技交流合作探索新的解决方案，在数字化、体验式、交互式平台展示方面凸显亮点。

作为此次迪拜世博会重点区域，粤港澳大湾区城市高度全要素发力数字经济的布局，充分激活数据资源，数字技术、数字生态等潜能，驱动全业务、全环节数字化发展，服务可持续发展和"双碳"目标。

1. 积极培育能源流、资源流领域低碳产业发展的新业态和新模式

积极推广智慧基础设施建设，推动信息化和工业化的深度融合。依托市场主体对低碳产业的深层次需求，引导清洁能源消费，避免资源浪费，提高低碳产业的资源产出率，实现资源的最大化利用，确保低碳产业的绿色竞争力。进一步支持传统产业数字化升级，鼓励新兴产业数字开路，将数字技术作为创新创业的工具，激发更多产业潜能释放。

2. 加强数字化低碳技术的研究与开发

着眼于数字经济的前沿领域，推动数字技术交流与创新，提升低碳产业的生产能力。持续夯实在智能装备产业、人工智能产业、软件和信息技术服务业、集成电路等多个数字经济的优势。推动数字化技术改造提升传统能源产业，加快推进汽车制造、石油化工等工业转型升级，实现工业制造产业的低碳化、绿色化、智能化发展。鼓励对能源和资源部门的运营数据进行深层挖掘分析，提高其经营管理过程的经济性、安全性和可靠性，为低碳数据赋能。

3. 推动城市间数字经济赋能低碳化发展的合作

深化城市之间尤其是龙头城市之间在低碳化发展方面的互动和协同发展。强化核心城市对周边城市的辐射联动功能，整合整个城市群的数字资源，实现区域数字经济一体化发展，提升数字经济的"溢出效应"。推进数字能源一体化建设、数字电网和数字能源等领域开发合作。加快能源基础设施智能化改造建设，打造服务整个城市群的数字能源开发运营合作平台。加强电力能源数据共享，打造一体化智慧能源生态圈。

10

第十章 丝路复兴正当其时

应对：
"一带一路"上的文化挑战

正如当年的陆上和海上丝绸之路，不仅是一条商业贸易之路，更是一条文明交流碰撞、融合之路，否则，类似敦煌这样充满异域色彩的文化奇迹就无从谈起，而玄奘取经、法显取经之路也将更加艰险。当下"一带一路"倡议的推进，离不开文化的助力，更离不开"一带一路"的建设，不同文明形态之间的碰撞磨合，也需要人们在战略推进过程中做好万全准备。

"一带一路"涵盖世界三大宗教、四大文明、上百种语言，如何在不同文明、不同文化之间取得共识，将是丝绸之路成功建设的基石，而"一带一路"所承载文明，将成为丝绸之路建设的重要内容。这就要求人们能够在政经视角之外，以文明、文化的眼光看待"一带一路"。中共中央党校教授、青年学者赵磊在其所著的《文化经济学的"一带一路"》一书中，直截了当地指出人们对文化挑战的应对能力不足等问题，例如，中国企业作为"一带一路"的战略载体，在很长一段时间内都面临着缺乏软实力的困境。一直以来，人们将其归结为中国企业自身形象塑造能力欠缺，也提出了开放心态、加强社会责任感和本土化意识等诸多应对之策。说到底，要提升文化和价值观传播能力，包括形象塑造能力在内的软实力的提升。这其中既包括与国际主流文化价值体系对接的话语体系能力、价值理念能力、文化理念能力等，也包括与所在国家和地区文化价值体系如何适应的问题。

对接采取双向方式。文化价值观应该是可以分享的，而且是很容易传播的。一个国家能够提出国际社会可以认同的、世界可以分享的价值观念，这主要体现在一个国家的软实力上。赵磊坦言，一方面，"国家富强、民族振兴、人民幸福"作为"中国梦"的三大目标，几乎是世界各国都在追求的目标。不仅如此，中国文化及其蕴含的"错位竞争之美"究竟有多大价值，外国人很难从中窥见一斑。而且，一个国家的价值观要能与这个国家的标志性公司和个人更好地结合起来，换句话说，呈现得更加自然，也更加有效。比如微软与比尔·盖茨、苹果与乔布斯、"脸谱"与扎克伯格、Google与LarryPage、特斯拉与

ElonMusk 等成为"美国梦"的新偶像，而奥巴马这位草根出身的非洲裔美国人超越种族与肤色成就总统梦的故事，更是对"美国梦"的有力诠释。从这一点来说，中国的明星公司和他们的创始人，如何更好地结合中国的精神，中国的文化，中国的价值，有效地传递出去，这里面要做的功课还很多。简单地认为中华优秀传统文化是最深厚的文化软实力，就是打造和传递中国文化价值，这是认知误区。传统文化其实更多的是一种资源，这种资源转化成功了才能变成软实力。比如，人们不会简单地将金字塔认定为埃及的软实力。人们对中国传统文化资源的好奇与赞赏，并不等同于对其中所蕴含的价值的理解与认同，那么，要创造一个既有中国特色又能被国际社会接受的文化价值体系，需要整合和转化包括中国传统文化在内的全球资源。因此，要利用宗教规律，解决宗教问题。沿线不少国家的广大民众，都是某一宗教的信徒，这是一种宗教的信仰。如果对宗教规律不加以尊重，甚至避而远之、抑而远之，必然会造成沿线不少信教群众离心离德的现象。正如中国企业在海外遭遇的一些紧急情况一样，也常常与其员工在本国民众中无意识地触犯宗教禁忌有关。

最后，内政外交是一体的，成功的文化价值塑造者必然是开放现代的文明大国，朝气蓬勃，政治清明，经济发展，文化繁荣，社会稳定，和平发展，多民族融合，文化多元和谐，同时也是国际良治的缔造者，实现共同发展，维护国际公平正义。

丝绸之路的壁画

伏茶：丝绸之路上的"黑色黄金"

守护:
传承岭南文脉

"广东非徒重于世界,抑且重于国中矣。"1905年,梁启超在《世界史上广东之位置》中,为广东在世界文明版图中寻找坐标。北枕五岭,襟扼三江。集中原精粹,纳四海新风。融通中西、兼收并蓄的岭南文化,是中华文化的重要组成部分。没有高度的文化自信,没有文化的繁荣兴盛,就没有中华民族伟大复兴。

广东认真贯彻落实习近平总书记重要指示批示精神,把文化建设摆在更加突出的位置,按照"1+1+9"工作部署,扎实推进文化强省建设,聚焦"举旗帜、聚民心、育新人、兴文化、展形象"的使命任务,努力塑造与经济实力相匹配的文化实力,交出物质文明和精神文明两份好的答卷。涓流汇海,浩浩汤汤。悠悠珠水,奏响一曲激越昂扬的人文乐章。

源远流长的岭南文脉为广东留下厚重文化宝藏:1处世界文化遗产、4项人类非物质文化遗产代表作项目、131处全国重点文物保护单位、165项国家级非遗代表性项目……见证岭南文化树大根深。永庆坊蝶变新生,新锐设计师与非遗传承人碰撞,设计广彩台灯、象牙果吊坠、广绣口罩等文创新品,琳琅满目,大受年轻人喜爱。广济桥修旧如旧,潮州手拉朱泥壶、潮州木雕、潮绣等非遗技艺轮番上演,重现"一里长桥一里市"景象。潮州麦秆剪贴画传人郑烨娃在海阳县儒学宫"设帐授徒",吸引大批孩子体验。

粤剧

粤绣

象牙果吊坠

潮州木雕

广东深入实施岭南文化"双创"工程，守住文化根脉，擦亮文化瑰宝，让文化遗产"活"起来。散落在南粤大地上的文化遗珍，正重焕光彩。

侨批保护正翻开新篇章。汕头市档案馆侨批分馆，超过7.75万封侨批原件"入住"9000平方米库房，馆藏存量数字化程度高达99.5%，约3万份侨批借助科技手段实现保护修复。

文博考古屡创佳绩。郁南磨刀山遗址、英德青塘遗址、"南海Ⅰ号"等考古项目，先后入选"全国十大考古新发现"。广东省博物馆连续荣登"全国十大热搜博物馆榜单"。南粤古驿道跨越18市、31县，修复1200多公里重点线路、建设588个重要节点，重现古代中原入粤和岭南商贸活动历史印记。

龙烁艺术

  大湾区文化遗产血脉连通。两批广东省粤港澳大湾区文化遗产游径相继出炉，8大主题、43条实体游径，勾起湾区居民共同文化记忆。

  南粤大地，一座座红色地标被擦亮，红色血脉赓续相传。2021年6月，广州中共三大会址纪念馆改扩建竣工开放，数万名党员干部群众前来"打卡"，感悟革命信仰的力量。"打卡广东红"小程序上线，集纳200多个广东红色地标，吸引超12亿人次线上沉浸式学习党史。南方日报、南方+建党百年献礼专辑《100·正青春》，邀请文艺名人演绎红色经典，激发年轻人强烈共情共鸣。

  数以千计的革命文物走进公众视野。《广东省革命文物名录》首次公布1513处不可移动文物、4783件（套）可移动文物。普查认定全省红色革命遗址4269处，连片规划打造党在广东早期革命活动遗址群、南昌起义部队南下广东遗址群、红军长征过粤北遗址群、中央红色秘密交通线遗址群、海陆丰革命根据地遗址群。老区苏区实现振兴发展。广东21个市、82个县被列入革命文物保护利用片区，成为全国为数不多全域覆盖的省份。

  红色研学旅游火热开展。广东推出10条红色旅游精品线路，3条入选全国"建党百年红色旅游百条精品线路"，推出百场惠民红色展演，上线"广东网上红色展馆""广东红色地图"，让红色革命遗址焕发生机。

创新:
丝绸之路上文化遗产的保护性开发

有着近两千年历史的丝绸之路是古代中国与亚欧大陆建立经贸和文化沟通的桥梁,极大地促进了沿线经济、文化和社会的进步,在历史上具有重要的价值和地位。但是随着经济发展和社会建设的需要,很多文化遗产的存留和保护问题受到了极大的挑战,很多历史积淀下来的文化遗产被遗忘甚至毁灭,使得文化遗产的保护和开发形势越来越紧迫。鉴于其重要的科研、文化属性和生存现状,我国近些年加大了对于丝绸之路沿途的文化遗产的保护和开发工作,并且申请丝绸之路为世界文化遗产。

海上丝绸之路因其强大的生命力、独特的创造力、丰厚的文化内涵和恩泽后人的优秀价值观,为中华文化的丰富、繁荣与进步作出了重要贡献,在中华文化史乃至世界文化史中都占有重要地位。我国沿海有着绵长的海岸线,拥有丰富的海洋物产和底蕴浓厚的海洋文化,广东作为中国的海洋大省,是中国海上丝绸之路重要战略节点和文化沉淀区。其中,位于粤西地区的阳江是800年前南宋沉船"南海Ⅰ号"的重要打捞地;作为粤西地区中心城市的湛江,地处中国大陆最南端,也曾经是汉代海上丝绸之路的重要始发港。可以说,粤西地区承载着厚重的海上丝绸之路历史文化,拥有丰富的文化遗产,印证着中国人民海洋生活的历史变迁,具有宝贵的精神文化内涵和旅游开发价值。

对于非物质文化遗产的保护,保存和记录显得尤为重要。通过记录非物质文化遗产,可以使得这些文化遗产得以流芳百世。在科技如此发达的今天,我们已经可以有效地利用各种技术手段来实现对文化遗产的保存和记录。在对文化遗产进行挖掘和登记的过程中,数字化就是一个重要的方式,通过各种渠道收集到的文化遗产资料可以汇集成为一个庞大的数据库,可以便于人们随时随地查阅和浏览,促进了文化遗产的传承,提高了文化遗产的知名度,深化了文化遗产的文化和历史价值。此外,随着 VR 技术的成熟,仅仅通过一个 VR 眼镜就可以实现实景参观,这在一定程度上不仅有效地保护了文化遗产,也可以方便来自不同国家和地区的人们有机会近距离领略这些文化遗产的风采。更具有意义的是,这可以永久地、极大地还原保存这些珍贵的丝绸之路上的文化遗产。

舞剧《沙湾往事》

　　过去，很多文化遗产的传承和保护多以民间行为的方式开展，并没有建立和形成一定的规模，也没有发挥市场的作用来发扬流传。比如，舞剧《沙湾往事》通过市场化和规模化的运营，不但扩大了文化遗产的影响力，还可以从中谋求一定的经济效益，不失为双赢的举措。因此，通过产业化的运作，依托于规模化的市场效应，通过旅游业和相应文化产业的带动，同样可以实现文化遗产保护、传承和开发的有机整合。

　　非物质文化遗产除了具有不可估量的历史和文化艺术价值，其背后还蕴藏着无限的经济价值，市场化和产业化的运作是文化遗产开发的有力途径，将文化遗产的开发推入市场，充分挖掘非物质文化遗产所具有的文化和艺术价值，依托于旅游业和相关周边产品的创新，不仅可以扩大文化遗产的知名度，还能从中获得一定的经济效益。但是在推动文化遗产的产业化进程中，依然要以保护为重，不可以单纯以经济效益为目的过度开发。这就要求政府和相关责任部门事前做好周密的计划和布局，建立科学合理的发展规划，以重保护、轻发展为宗旨，做到切实有效地落实文化遗产的保护工作，在此基础上发挥文化遗产开发效益的最大化，追求文化遗产保护和市场开发的良性循环，从而实现可持续发展。2021年，广东的文旅融合发展又迈出开创性步伐，机构职能、机制运行等实现深度融合；创新推出历史文化游径、大湾区文化遗产游径、文化和旅游特色村等精品线路、片区超过400条（个）；粤港澳大湾区世界级旅游目的地落地实施；第三批"广东省文化和旅游融合发展示范区"揭晓，至此共认定三批25家广东省文化旅游融合发展示范区……

此外，目前广东迫切需要建立丝绸之路文化遗产数据库。它可以真实、系统、全面地记录该线路上的文化遗产全貌，通过便捷查询和数字资源拓展对文化遗产的保护和传承。丝绸之路上文化遗产资源种类繁多，有必要开展分门别类的数字化存储，做好记录与备案，而这些数字化的资源需要依赖于一个综合的数据库平台，以存储内容丰富的文化遗产资源视频、文字、音频等。这个数据库建设后，使得各类零散的遗产资料能整合收集起来，实现数据资源的集成。另一方面，将丝绸之路上的旅游餐饮、住宿、交通、游览和娱乐等信息纳入到数字化档案建设中，构建丝绸之路信息数据库和信息网络，通过数字智能配比为游客提供最优旅游出行选择。

潮州大鼓

抵达：
更美的"诗和远方"

2013年9月和10月，中国国家主席习近平在出访中亚和东南亚国家期间，先后提出共建"丝绸之路经济带"和"21世纪海上丝绸之路"的重大倡议，此倡议一经提出，便得到国际社会的高度关注。

在"一带一路"的建设过程中，"五通"是重点，而其中实现民心相通的一个重要途径便是加强文化交流。可以说，"一带一路"建设不仅促进丝绸之路的历史文化呈现，为民众提供了丝路历史文化的了解渠道，还促进不同文化相互融通。由此观之，增强丝绸之路文化传播是新媒体时代实现丝绸之路文化认同的重要途径。

绵延几千年的丝绸之路留下了无数的文明遗迹和文化遗产，拥有丰富的文化资源和文化元素。同时，在"丝绸之路经济带"覆盖区域内，地理和人文环境各异又极具魅力。通过梳理丝绸之路历史文化遗存，可以呈现出各区域历史发展的脉络，以及政治、文学、艺术、宗教等的发展历史，这为丝绸之路文化认知提供了巨大的历史文化资源支撑。虽然大量历史和丰富内容已经消失，或留存在片断之中，但是新媒体数字化传播的出现为丝绸之路文化传播提供了穿越历史、跨越时空的新契机。经过梳理"丝绸之路经济带"的历史遗存，并将其数字化集成，通过数字化技术、网络技术、虚拟现实技术、三维图形图像技术等一系列先进技术，实现文化遗产的数字化集成和博物馆的数字化展示，是融文化与现代科技为一体的重大系统工程。

为了提升"丝绸之路"历史文化数字化传播水平，我们应从以下方面着力：

1. "丝绸之路"历史文化资源数据库建设

将历史文化资源加以数字化集成。将所有文化遗产通过数字化信息采集实现汇总，统一管理、呈现。例如，可对代表性的港口、遗址、建筑、墓葬和文物等各类海丝文化遗产的基本信息通过数字摄影、3D扫描等技术进行获取，然后将其存储于一个综合、系统的基本数据库中。最终构建出丝绸之路上文化遗产的一体化数字资源库、数字化模型库和数字化符号素材库。

古代丝绸之路

2. "丝绸之路经济带"学术智库建设

丝绸之路是人类文明中最重要的文化基因库和资源富集区，是促进中华文明和世界各民族文化交流融合的主要渠道，东西方文化和不同的民族、文化、宗教在此融合碰撞。因此，有必要建设"丝绸之路经济带"学术研究资源智库，打造整合科研力量。建立由政府、企业和科研院校支持成立规范的丝路智库门户网站，在门户网站中对丝路的历史渊源、丝路的经济发展、遗产详解、艺术传承人等文字信息、图片、音频和视频资料进行分类。同时引入强大的网络搜索功能、用户互动平台和虚拟体验窗口，做到智库资源共享，达到交流和传播的目的。

3. 基于虚拟现实的多维、体验式数字博物馆呈现系统构建

虚拟现实技术运用于数字博物馆，可以充分利用计算机模拟呈现三维空间的虚拟世界，它不仅仅是对静态文化遗产项目的展示，更可将一些非遗项目所涉及历史流变、传承人档案、传播方式、制作工艺、所需材料等全过程，进行数字化转换后以活态文化的方式展示。基于虚拟现实可以结合动态与静态、时间与空间、听觉与视觉、感官与感受、体验与互动……参观者可欣赏"大漠孤烟，长河落日"，亦可置身希腊神庙、东方村落……高科技的数字化技术浓缩了时空，又拓展了时空，将千年丝路呈现于二十一世纪的现代人面前。

4. 积极搭建多方合作平台

目前丝绸之路上的文化遗产数字化保护主要是以政府为主导，实施中又是以"文化部门牵头，其他相关部门协作，社会公共参与"为工作原则，这种现状虽然符合当前文化遗产数字化保护发展阶段的实际需求，但在工作中也存在诸多问题。因为文化遗产涉及的对象复杂、范围广、内容多，存在多部门交叉管理的情况（如民宗局、体育局、卫生局、教育局等部门），所以，要明确责任、义务、权益、经费、工作内容与要求、行动计划、目标、绩效考核等具体内容，切实搭建好部门合作平台，避免行政管理掣肘。同时，要激励企业、社会团体、高校及科研机构参与文化遗产数字化建设工作，借助非政府组织的资金、技术、智力、科研、人力等资源，既能为政府开展文化遗产数字化工作注入力量，又能借助政府平台和资源反哺合作单位，满足其诉求，实现双赢。

5. 加强团队建设培养数字化专业人才

文化遗产数字化保护具有专业性、系统性、长期性等特点，因此既要求人才队伍有一定的数量又要专业化。目前调研区域的文化遗产保护中心是挂靠在当地文化馆，一方面编制较少，专职人员不足；另一方面现有的在编且具有高水平专业化的人员较少，专业基础普遍较弱，离专业型、复合型、规范型队伍还有很大的差距。可通过对现有传承人开展数字化知识技术的进修培训，以增加他们在数字化保护方面的专业知识；也可以通过从大中专院校中吸引高学历人才加入文化遗产数字化保护的队伍中；还可以在地方院校中设定专门的遗产旅游数字化专业，采取定向培养的方式培养专业人才。

数字展馆

专家视角：
让岭南文化之花开遍五洲

当代语言学家、中国语言学会副会长　　　　　　　　　　　　　　　　林伦伦

  收到广东海洋大学张欢老师关于《迪拜世博会　广东启示录》的邀稿函时，我正在网上参加由中国文化和旅游部、广东省文化和旅游厅指导，汕头大学、广东潮剧院联合主办的"首届国际潮剧文化研究班"（2022年3月31日—4月29日）的结业典礼，不但有学员的汇报演出，还有新马泰各国潮剧传承中心的云揭牌仪式，精彩纷呈。难得的是，新加坡南华潮剧社、马来西亚槟城潮艺馆、马来西亚柔佛颍川陈氏公会儒乐社、泰王国泰中戏剧艺术学会等海外的戏剧艺术界的同行也参加了这个"云揭牌"仪式，各个艺术团体的负责人都发表了热情洋溢的"云讲话"。

  青年文友李宏新转发研究班结业典礼的预告，其编者语写道："春风践约到云端，海外戏迷快围观。"（潮剧经典名剧《苏六娘》有经典唱段"春风践约到园林"）我像孙悟空一样腾云驾雾坐在云头上观看了新马泰戏剧艺术单位与广东潮剧团的精彩演出和签约仪式后，感慨由衷而生，忍不住也附庸风雅，赋诗一首："春风践约到云端，海外剧团座上观；四海同声荔镜记，潮音潮曲五洲传。"

  《迪拜世博会　广东启示录》的编写宗旨是"讲好广东故事，放大世博会效益"，那我正好就粤剧和潮剧的话题，谈谈岭南非遗文化的海外传播问题吧。

  在迪拜世界博览会期间，广东省承办了中国国家馆日，借助世博会这个大舞台文艺演出活动，并于2022年1月11—13日广东活动周，充分展现了广东的新变化、新成就和新形象。据媒体报道，广东活动周期间安排了包括岭南戏曲文艺表演、中国旗袍展示、非遗项目图片展示等展现广东传统文化的活动，当然也有广东高新科技产品全球直播和各类经贸对接活动等。也就是说，岭南戏曲是作为广东省的"形象代表"出现在迪拜世博会了。尤其是在本届迪拜世博会的中国馆纪念品商店内，粤剧电影《白蛇传·情》的宣传片惊艳亮相，精美的中国风画面、悦耳的戏曲唱腔、坚贞的中国式

粤剧新编《白蛇传·情》

爱情故事，深深吸引着来自世界各地的观众。在迪拜世博会上，《白蛇传·情》以其独特的魅力将粤剧这个世界非物质文化遗产介绍给来自世界各地的观众们。这是又一个见证中国文化在世界舞台上大放异彩的里程碑。（《绝美粤剧电影惊艳迪拜世博会》，旅新网，2022年1月10日）是的，岭南文化是中华优秀传统文化的重要构成部分，而岭南戏曲，则是岭南文化中最具表现力和影响力的构成因素，粤剧也好，潮剧也好，汉剧也好，都是中国传统戏曲百花园里的鲜艳奇葩。

习近平总书记很重视中国传统戏曲的传承与弘扬，2017年6月，习近平总书记在视察香港西九文化区时，观看了两位香港儿童表演的粤剧选段，称赞他们年纪虽小，但演唱很到位。总书记表示："很高兴看到你们这么喜欢粤剧，这说明香港粤剧后继有人，也说明中华优秀传统文化具有顽强生命力。"（学而时习《"南国红豆"映同心》，载求是网，2021年4月20日）

2018年10月24日，习近平总书记视察广州，第一站是荔湾区西关历史文化街区永庆坊。习近平总书记沿街察看了旧城改造、历史文化建筑修缮保护情况，还走进粤剧艺术博物馆，同粤剧票友亲切交谈，希望他们把粤剧传承好发扬好。

2020年10月12日下午，习近平总书记来到潮州古城，看商铺、问物价，同当地民众亲切交流，了解历史文化街区保护等情况。他强调，潮州是一座有着悠久历史的文化名城，潮绣、潮雕、潮塑、潮剧以及工夫茶、潮州菜等都是中华文化的瑰宝，弥足珍贵，实属难得。习近平总书记还点赞了潮剧著名表演艺术家姚璇秋先生。（中新社记者唐贵江、张见悦《潮剧名家姚璇秋：总书记点赞是对潮剧界的鼓舞》，载中新网，2020年10月14日）。

由此，我们回望迪拜世博会，回望阿拉伯旅客对于粤剧电影《白蛇传·情》的喜爱，我们便可以非常直观的看出岭南文化别具特色的魅力所在，当然也应该仔细倾听习近平总书记的谆谆教诲，利用多种手段与平台扩大对外传播岭南文化的途径。对外展示岭南文化的独特魅力。而此次的迪拜世博会，也正是一个非常好的对外传播岭南文化的平台。

通过分析迪拜世博会广东活动周的经验，还有新加坡义安潮州文化节、马来西亚柔佛州新山市"三月初三锣鼓响"潮汕民俗节的成功经验，我们可以得到以下结论：对于岭南文化的传播，我们要做的，就是如何守正创新，根据年轻一代的爱好口味和审美习惯，打造出适合在世界各地传播的文创产品，打通非遗文化走向世界之路，在国际上讲好广东故事，也就是讲好中国故事，为"一带一路"建设，作出广东应该有的贡献。

11

第十一章 "一带一路"争当领头羊

打造：
一中心、一门户、一样板、一纽带

广东作为中国经济大省、外贸大省，与阿联酋在发展历程、经济地位、产业布局、发展理念等诸多方面存在高度的相似性和互补性。

在广东省贸促会高度重视下，广东贸促会与阿联酋使领馆、贸易投资机构、工商团体开展广泛合作。围绕"一中心、一门户、一样板、一纽带"，推动两地工商界携手合作，共享"一带一路"时代机遇、投资机遇和市场机遇，形成广泛的利益共同体。

一中心

即广东和阿联酋将打造地区双向贸易中心。未来两地将围绕中阿商品集散地和交易地，合作建设专业市场、物流基地、数字贸易平台和商品展销中心，培育跨境电商龙头，支持广州"阿联酋温超（中国）采购中心"项目发展，畅通物流通道，打造双向贸易流转和商贸交易地区性枢纽。

一门户

即广东和阿联酋将打造跨境投资进出门户。粤港澳大湾区是中国开放程度最高的地区之一，阿联酋是海湾和中东地区的经济中心。双方可进一步推动制度规则相衔接，加强投资促进公共服务，广泛开展营商环境宣介，大力支持企业在两地设立实体、兼并收购和联合研发，努力成为对方企业"走出去"的首选地，成为对方跨境资本投资的落脚点。

广东与阿联酋或可将共同打造的境外经贸合作区作为重要抓手。此前，广东省商务厅副厅长赵青在相关的经贸合作会议上表示，境外经贸合作区是共建"一带一路"的重要内容，是对外投资合作的重要载体和企业"走出去"的重要平台，其建设不仅为东道国的经济发展增添助力，也有助于我国企业不断拓展海外发展空间、加快国际化进程、降低海外风险。

一样板

即广东和阿联酋打造产业多元合作样

板。围绕能源领域的主轴，两地将深化基础设施、科技创新、农业科技、旅游航空等方面的合作，并探索拓展新一代数字经济、人工智能、移动支付、绿色低碳、新能源等新经济领域的合作，共同推动双方合作向产业多元化、上下游一体化纵深发展。

一纽带

即广东和阿联酋将打造国际工商交流纽带。未来，广东省贸促会将与阿方工商机构、商协会进一步深化交流，举办高端论坛、企业对接、产业交流、商界对话等各种活动，合作建设国际产能合作产业园区，打造两地商界互联互通平台，促进企业互补共赢，携手开拓第三方市场。

总之，文化和经贸合作是两国关系的重要主题。广东企业家们未来会更多地前往阿联酋和未来之城迪拜，双方共同携手为世界创造一个充满希望和光明的未来。

迪拜市中心鸟瞰图

助力：
广东跨境电商出海

广东省跨境电商蓬勃发展主要有地理、政策和产业三个方面原因。

在地理交通上，广东省拥有全国最长的海岸线，辖区内有广州、湛江、深圳、东莞、珠海5个亿吨级港口，具备货通全球的便利条件；陆空交通也十分发达，全省高速公路通车总里程全国第一，拥有多条铁路枢纽主干线，国内国际航空运输便利。同时，广东毗邻港澳，区位优势明显。相对优越的地理交通条件，为跨境电商的快速发展提供了坚实基础。

在政策助力上，近年来，广东省不断发布政策引导跨境电商产业的发展，推动产业转型升级，开展跨境电商品牌建设，助力跨境电商产业高质量发展。2021年，广高质量发展的若干政策措施》，提出包括"培育跨境电商龙头企业"等十个方面的举措。其中支持跨境电商海外仓建设方面，鼓励企业在"一带一路"沿线国家和地区、RCEP成员国开展海外仓建设，扩大欧美市场海外仓布局。到2025年，争取海外建仓数达到500个。

在产业优势上，广东省工业门类齐全，经济总量长年位居全国第一，特别是电子信息、电器机械、建筑材料、纺织服装、食品饮料、石油化工等多个产业在全国范围内具有明显优势。截至2021年，广东已有13个地市经批准设立跨境电商综试区，数量居全国第一。跨境电商已成为广东外贸发展的新动能、推动国内国际双循环的

迪拜世博会期间的全球新兴市场跨境电商交流会

夯实广东重大项目发展基石

长风起，潮头立。面临粤港澳大湾区和深圳先行示范区"双区驱动效应"的良好机遇，广东攻坚克难、乘势而上，交通、水利、能源、产业等一批重大项目落地建设。南粤大地上，以重大项目助力经济高质量发展的战略布局正跃然成形。数据显示，2019年，广东共安排省重点项目1170个，年度计划投资6500亿元。1—10月，省重点项目完成投资6428亿元，为年度计划投资的98.9%。其中，重点基础设施工程投资发挥了拉动投资的主力作用，完成投资3828亿元。

2019年11月29日，珠海机场改扩建工程正式进入实施阶段；11月23日，总投资100亿美元的巴斯夫（广东）一体化基地项目动工；此前，赣深铁路、珠江三角洲水资源配置工程等进入全面施工……南粤大地上，新一批重大项目建设如火如荼，广东以重大项目助力经济高质量发展的战略布局正跃然成型。

伶仃洋上，港珠澳大桥傲然屹立，不久的将来，这里将崛起又一座超级工程——深中通道。深中通道作为一个集"桥、岛、隧"于一体的世界级集群工程，距港珠澳大桥正北38公里，全长约24公里，由一条海底隧道、两座大桥和东、西人工岛组成，其中两座大桥分别是伶仃洋大桥和中山大桥。海底隧道是世界首次使用的双向八车道超宽钢壳混凝土沉管隧道，比举世瞩目的港珠澳大桥沉管隧道还要长1.2公里，宽两车道。作为整个深中通道的桥梁控制性工程，伶仃洋大桥主跨径达到1666米，主塔高270米，通航净高76.5米，桥面高达90米，相当于30层楼的高度，如此又宽又高的桥梁，建成后，将成为世界上海中塔高最高的钢箱梁悬索桥。

深中通道、港珠澳大桥示意图

重大项目凸显广东自主创新、敢于攻坚的勇气担当。深中通道项目建成通车后，中山、珠海、江门及粤西等地区通往深圳、粤东地区的过江时间将从目前2小时缩短为20分钟左右。

开创：
对外开放新高地

在"一带一路"倡议下，粤港澳大湾区作为我国经济发展的引领者与改革创新的先行者，对支撑"一带一路"发展和重塑我国对外开放格局有不可替代的作用。同时，粤港澳大湾区也是"一带一路"的重要战略支点和枢纽位置，因此要充分把握自身具有的区位、产业和发展优势，紧握"一带一路"倡议创造的发展机遇，打造区域经济的新增长极，加速推进开放型经济高速发展，争取在不久的将来把湾区建设成为增长引擎的创新中心、内外联动的互通桥梁和服务"一带一路"纵深推进的综合平台。[1]

1. 区位优势

粤港澳大湾区背靠珠三角地区，对内有着广袤发达的经济腹地，东接海峡西岸经济区，北临长江经济带，西毗北部湾，对外是我国开放的南大门，濒临南海，是印度洋与太平洋的航运要地和亚太乃至世界的重要交通纽带。作为"21世纪海上丝绸之路"的始发地，漫长的海岸线、良好的港口群、广阔的海域面为湾区的发展建设提供了得天独厚的区位条件，独特的空间结构、先天的靠海优势和港口城市为依托使得湾区具有经济外向度高、资源丰富、基础设施完善等优势，能够集聚大量经济要素容易形成相关产业体系，带来强大的"虹吸效应"。从地理上看，湾区良好开放的经济环境和发达的国际连接网络可在"一带一路"建设中发挥内外联动、海陆统筹的重要支点和枢纽作用。

2. 产业优势

由珠三角9市和香港澳门特别行政区组成的粤港澳大湾区"9+2"城市群是国家建设的代表性世界级城市群，是我国经济活力最强、高度开放的区域之一。湾区产业以先进制造业和现代服务业为主，11个城市各具特色优势，发展定位明确，产业分工较为完善，形成了"中心城市极点带动，交通网络轴带支撑，规模经济辐射周边"的产业格局体系。珠三角9市产业体系比较完备，科研投入大，科技创新活跃，制造业基础雄厚，是名副其实的"世界工厂"。港澳地区则是

---

[1] 节选自：网易 https://www.163.com/dy/article/GKM2O4SJ0535ATX0.html 《广东应为"一带一路"背景下粤港澳大湾区大发展画上恢弘一笔》[引用日期 2023-3-16]

现代服务业占主导，香港拥有成熟的金融体系和航运系统，是国际金融中心，同时贸易、物流、教育、医疗和法律等服务业发达，国际化水平较高，澳门则是世界旅游休闲中心和葡语国家合作平台。从产业结构来看，粤港澳大湾区内上下游产业供应链完备，配套齐全，产业之间梯度互补，优势明显，能够实现错位发展。在产业布局方面，内地可以弥补港澳地区的"产业空心化"，港澳地区则可以反哺内地，为珠三角制造业出口保驾护航。产业链完备、优势互补的产业格局为大湾区城市间进一步深化产业融合与协同发展奠定了基础、创造了良好条件。

3. 发展优势

在"一带一路"背景下，粤港澳大湾区建设上升为国家战略，是国家政策支持的重要发展部分，它在我国对外开放格局中一直处于领头羊地位，已经具备充足的发展优势。粤港澳大湾区过去就是我国改革开放的探路者，如今成为全方位对外开放的新坐标。从政策上来看，粤港澳大湾区建设以顶层设计为支撑，将大湾区定位成多元化、多中心、多枢纽，有分工、有合作、互通互联的城市群格局，破除制度上的障碍壁垒，给予一定的政策便利，创新跨境协同发展机制，使得在大湾区中各项经济建设得到较好较快的发展，积累了雄厚的经济实力。从制度上来看，"一国两制"的生动实践在处理粤港澳三个独立关税区中，灵活多效的制度安排为大湾区和沿线相近制度国家的合作提供了便利，帮助粤港澳大湾区扩大贸易和产业合作面，为内地企业走向国际提供了制度化优势。粤港澳大湾区"开放发展"与"制度创新"的双重属性已经成为建设世界一流湾区的重要发展基础和优势。

作为我国高质量发展的现实经济载体和新时代推动形成全面开放新格局的新尝试，有着高起点、高层次、高标准的战略定位和目标任务的粤港澳大湾区未来发展具有无限的潜力。因此，在"一带一路"倡议大背景下，大湾区要形成正确的发展走向，以开拓的精神、开放的心态、开阔的思路，把握历史机遇，打造国际科技创新中心，成为内地与世界交流的坚实桥梁，建好"一带一路"综合服务平台，进入世界一流湾区行列。

广州 CBD 珠江新城

重视：
机遇与挑战并存[1]

2022年3月31日，中国贸促会发布《中国企业对外投资现状及意向调查报告（2021年版）》（以下简称《报告》）。《报告》指出，"一带一路"沿线国家是企业对外投资首选地。调查显示，79.5%的企业优先选择"一带一路"沿线国家，20.4%的企业选择欧洲，25.5%的企业选择北美，19.2%的企业选择南美，21.8%的企业选择非洲。

8年多来，"一带一路"倡议在我国对外经贸合作中的分量越来越重。据商务部发布的数据，2021年，中国与沿线国家货物贸易额11.6万亿元，创8年来新高，同比增长23.6%，占中国外贸总额的比重达29.7%；中国对沿线国家直接投资1384.5亿元，同比增长7.9%，占对外投资总额的比重达14.8%。

"一带一路"沿线国家何以深受中国企业的青睐？中国贸促会研究院副院长、报告主要撰写人刘英奎在接受21世纪经济报道记者专访时指出，这些沿线国家不仅是中国重要的经贸伙伴，而且跟中国有良好的政治关系和外交基础，为中国企业对外投资奠定了良好的基础。同时，中国和很多国家都签订了共建"一带一路"谅解备忘录，使得"一带一路"倡议与这些国家的发展规划对接起来，这样的政策沟通有利于投资安全。

同时，中国企业也在"一带一路"沿线国家的发展需求中嗅到了商机。刘英奎指出，绝大多数"一带一路"沿线国家和中国的产业结构互补性非常强。中国现在处于工业化中后期，正在从劳动密集型产业逐渐向资本、技术密集型产业过渡，而大部分沿线国家正处于工业化初期或是中期阶段。这样的发展差距使得中国企业在这些国家

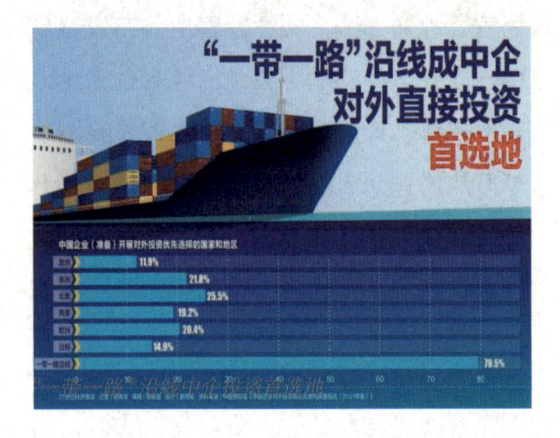

"一带一路"沿线中企投资首选地

---

[1] 节选自：粤学习app https://xapp.southcn.com/node_fb07388412?k=9e59da5be1《"一带一路"沿线成中企对外直接投资首选地》[引用日期 2023-3-16]

投资时具备一定程度的资金、技术、经验优势。

基于迫切的发展需求,"一带一路"沿线国家纷纷向中国企业抛出橄榄枝。刘英奎指出,为了尽快走上发展道路,很多"一带一路"沿线国家近年来都实施开放性的政策,通过扩大开放积极吸引外资,采取的限制性措施相对较少,给中国企业提供了较大的投资空间。

联合国贸易和发展会议(UNCTAD)2022年1月发布的最新一期《投资趋势监测》报告显示,2021年,全球外国直接投资总额强劲反弹,从2020年9290亿美元增至1.65万亿美元,同比增长77%,超过新冠肺炎疫情前水平。其中,中国对外投资表现亮眼,全行业对外直接投资9366.9亿元人民币,同比增长2.2%(折合1451.9亿美元,同比增长9.2%),对外直接投资流量和存量稳居全球前三。

《报告》显示,尽管当前百年变局和世纪疫情相互叠加,世界经济艰难复苏和经济全球化遭遇逆流相互影响,国际产业链供应链紊乱和大宗商品价格高企相互交织,对中国海外投资造成了较大冲击,但仍有近两成企业对后疫情时代的对外投资,特别是对《区域全面经济伙伴关系协定》(RCEP)区域投资前景较为乐观(33.84%的受访企业持乐观态度)。

2022年1月1日正式生效的RCEP是全球最大的自由贸易协定,成员国在制造业、农业、林业、渔业、采矿业等多个领域都作出高水平自由化承诺。特别是在制造业方面,日本、澳大利亚和新西兰除部分敏感领域外都对缔约方开放。同时,负面清单加国民待遇的RCEP外资管理模式,将有助于中国企业更加便利地在RCEP区域内投资布局,降低生产成本。

调查显示,不少受访企业积极申请RCEP项下优惠原产地证书,获得了真金白银的关税优惠,原产地区域累积规则、"背对背"证明形式将使企业在区域内进行灵活拆分销售和转口,有助于企业实现精细化分工。某通用设备企业计划在柬埔寨投资19亿元建设通用智能设备项目,以有效规避轮胎国际贸易壁垒,提升国际市场占有率,提高企业整体盈利能力和综合竞争力。

2022年3月25日,RCEP产业合作委员会主席许宁宁在线上会议上表示,RCEP协定的生效已成为当前世界经济增长的最大亮点,已成为开发区域经济增长潜力的最大抓手。RCEP协定内容丰富,其中关键内容是减免关税。RCEP成员国企业和区域外的许多企业看好RCEP区域贸易投资活力,正在实施抓住新机遇的行动。

据中国海关统计,2022年1—2月,中

国对与 RCEP 其他成员国贸易达 1.85 万亿元人民币，同比增长 9.5%。中国与马来西亚贸易额 294.4 亿美元，同比增长 28.1%；与泰国贸易额 203.5 亿美元，同比增长 16.3%；与印尼贸易额 219.9 亿美元，同比增长 39.1%；与新加坡贸易额 142.5 亿美元，同比增长 4%；与菲律宾贸易额 112.9 亿美元，同比增长 7.6%。

企业最担心疫情影响持续和投资回报率下降

在国外逆全球化和保护主义、单边主义行为上升的背景下，中国对外投资也面临着新的挑战。

《报告》显示，对外投资企业在东道国投资最担心遇到的非商业性困难与挑战是疫情影响仍在持续（87.6%）；商业性困难与挑战是投资回报率下降（52.2%），较上年扩大 2.1 个百分点。44.8% 的企业表示其在向"一带一路"沿线国家投资存在人、财、物安全风险，较上年扩大 4.5 个百分点。

刘英奎指出，当前，"一带一路"沿线国家的投资风险确实较多，包括政治风险、经济风险、市场风险、汇率风险、法律法规风险、文化风险、环境保护风险。近两年来，风险主要集中在三个方面：一是新冠肺炎疫情导致的人流、物流受阻，增加了项目运转的困难；二是各国经济遭受疫情重创，购买力大幅缩水，物流费用不断上涨，市场风险加大；三是近年来地缘政治风险加大，增加了在海外市场的投资风险。

2022 年 3 月 31 日，中国贸促会新闻发言人、办公室主任于毅答记者问时表示，当前中国企业对外投资面临着不少风险和挑战，主要有三个方面：

1. 部分企业反映投资所在地营商环境问题

例如，部分国家政治不稳定、社会治安状况较差，对中资企业人员、财产安全造成较大影响；部分国家政府行政效率较低、税制复杂，对投资资金安全回收和投资者信心造成较大影响；部分国家道路、电力、用水等配套设施不完善，对中资企业正常生产经营造成较大影响。

2. 与复杂多变的国际关系有关的风险挑战

国家安全审查风险增加，联合国贸发会议 2021 年 6 月底发布的《2021 年世界投资报告》显示，全球新制定的投资政策中，限制性政策占比从 2019 年的 24% 上升到 2020 年的 41%，受访企业普遍认为，美国和欧盟是对外投资安全审查和限制最多的国家和地区。

3. 受新冠肺炎疫情影响

疫情仍在全球持续蔓延，各国的疫情管控措施、医疗卫生水平、疫苗接种情况不一样，导致企业海外疫情防控难度大、企业海外项目正常运转受影响、企业人员流动受限等方面。

超三成企业在东道国遇到过合规问题

合规经营是企业适应海外市场需求升级、实现可持续发展的重要方式，已成为企业"走出去"研究的一项重要内容。

《报告》显示，32.8%企业在东道国投资及生产经营过程中遇到过合规问题，较上年回落3.4个百分点，遭遇的主要合规问题依次是：市场准入限制（57.4%）、劳工权利保护（48.1%）、税务审查（45.0%）、环境保护（41.1%）、外汇管制（40.3%）。

刘英奎指出，近年来，在推动企业"走出去"过程中，从政府到行业协会再到企业，中国对合规问题的重视程度越来越高，合规建设能力已经得到极大提高。但在开拓国际市场过程中，这是一个始终存在的问题，特别是在环境保护方面。

2022年，国家发展改革委等四部门印发《关于推进共建"一带一路"绿色发展的意见》（以下简称《意见》），旨在进一步推进共建"一带一路"绿色发展，让绿色切实成为共建"一带一路"的底色。

在刘英奎看来，虽然东道国普遍对环保问题越来越重视，但一些发展中国家工业发展水平相对落后，并且缺乏合适的环保设备和技术水平，再加上受限于经济实力，使得本国的采矿业和化工业污染极其严重，这客观上增加了中国企业的环保风险。

同时，他指出，对于来自中国企业的投资，有些国家内部的各个利益集团可能持有不同的态度，它们在权力博弈过程中往往拿中国企业说事。此外，有些外国企业在参与国际竞争时会采用一些不正当的竞争手段，比如以所谓的"环保问题"抹黑中国企业。

"总体来讲，中国对外投资企业的环保意识在不断的提升，越来越多的企业会主动充分了解东道国的法律法规，尽量做到合规。此外，中国企业也在不断提升环保技术水平，包括增添新的设备、制定环保方案等。随着中国企业对外投资的不断发展，中国企业的环境保护会做得越来越好。"刘英奎说。

相信通过成功举办迪拜世博会，中国会加大对外开放的决心，中国企业也将会迈出更大的步伐加大对外投资，不仅为当地创造了工作岗位，也促进了中外友好交流，这将是造福世界人民的"中国方案"。

专家视角:"一带一路"
与广东地缘经济功能重塑[1]

暨南大学公共管理学院教授　　　　　　　　　　　　　　　　蔡立辉

在举力共建"一带一路"格局下,广东作为中国第一经济大省和改革开放排头兵、先行地、实验区,责无旁贷地肩负起了中央赋予的一系列新的使命任务。战略枢纽、经贸合作中心、重要引擎和重要支撑区,这是习近平总书记和党中央赋予广东参与"一带一路"建设的四大功能定位,是广东参与"一带一路"建设的行动指南。在中国以"一带一路"为牵引推进更高水平开放的历史背景下,广东整个对外开放大格局被赋予新的时代内涵,广东应把握好这一历史重大机遇,参与国际合作与竞争的地缘经济功能将被深度重塑。

"一带一路"倡议的提出,是中国外交策略总方针突破"韬光养晦"的一个转折点,是综合国力发展到一定阶段的产物。在中央顶层设计下深度参与其建设,不仅是广东作为中国省域理应担负的政治责任,也是广东迫需举力把握的重大历史性机遇。借用世界体系论关于"中心—半边缘—边缘"演进框架分析,"一带一路"勾勒出的是中国从改革开放初期处于世界经济边缘或半边缘起步、奋力挺近世界舞台中央的跨越图景,日益成为世界权力中心辐射源。同样,广东作为中国改革开放排头兵和由此崛起的中国第一经济大省,因其处于"一带"与"一路"交汇地带的特殊区位、自身雄厚的经济实力、中央赋予更大授权等综合支撑下,其地缘经济功能可望在新的历史条件下重塑优化,在中国乃至世界格局体系中扮演更为重要的角色。

依据世界体系论,世界权力中心辐射源往往是世界经济重要增长极。基于此,随着中国经济持续快速增长,并成为世界第二大经济体、制造业第一大国、货物贸易第一大国、外汇储备第一大国,对全球增长贡献率多年超过30%,正逐步走近世界舞台中央,具备从广度和深度影响或主导世界体系的综合条件。提高中国在世界的制度性和规则性话语

---

[1] 节选自:蔡立辉,梁钢华."一带一路"与广东地缘经济功能重塑[J].暨南学报(哲学社会科学版),2019,41(06):97-106.

权,既是中国发展的需要,也是世界发展的需要。这一格局体系变化,正深刻改变世界权力的地理空间布局,给中国乃至亚太地区日益成为世界重要增长极和权力中心辐射源提供重要机遇。麦肯锡公司的世界增长周期预测,"世界经济中心千年后回归东方",认为宋朝以后世界经济中心从中国移至欧洲,后来又移到美国,不久将回归中国。而广东在中国经济领域的特殊地位,可望在中国以"一带一路"为牵引全面参与全球治理体系变革、省域对外交往被持续赋予更大舞台、更多机遇的背景下展现更大作为。

一是突显广东成长为世界经济"中心区域"的新机遇,具备对外带动辐射的世界级财富功能。

二是突显广东在"一带一路"中具有汇合性独特区位优势的新机遇,在世界地缘经济格局中具有举足轻重的地位。

三是突显港澳得到欧美阵营重新倚重的新机遇,粤港澳极化发展效应可望进一步强化。

四是突显广东对外开放优势在传承中弘扬光大的新机遇,承载着新的历史使命。

综上所述,在共建"一带一路"这一新的历史背景下,广东因"富可敌国"的财富功能、亚太"财富之轴"的中心区位、香港极化外溢的效应、自身开放优势传承弘扬等综合因素支撑,其面向未来的地缘经济功能凸显进一步重塑优化的历史性机遇,可望在亚太区域乃至全球政经格局中扮演更加重要的角色。

广东深度参与"一带一路"建设取得了明显成效,增强了区域经济影响力、辐射力,区域地缘经济功能进一步凸显。但同时,当下广东此项工作推进也还面临一些亟待进一步应对解决的结构性问题。

一是掌控力还不够,特别是对香港的"依赖症"还没有根本扭转过来。

二是主动谋划、主动争取国家重大项目、核心资源的力度和效果还不够。国家这些年实施的重大战略,很多放到了上海、北京等长三角及京津冀地区,落户广东的并不多。

深圳

三是构建自主性全球经贸网络体系还有待加强。当前广东参与对外经贸合作更多体现为市场自主行为和企业自发行为,海外营销渠道建设不足。

四是"走出去"的服务保障还不够有力。境外企业在当地难以找到适用的市场信息和专业服务,或严重依赖国际专业机构,成本高昂。与沿线国家沟通渠道还不够通畅。

随着广东经济总量的壮大和转型升级的加快,其拓展国际腹地、更好统筹国内和国际两个市场两种资源,进一步扩大对外开放已势在必行,也必将对其地缘经济功能提升提出新的更高要求。在新的发展形势下,广东必须顺势而为、立足长远,瞄准关键问题、突出问题导向,在更高层面、更广阔领域深入推进与"一带一路"沿线国家合作,增强对周边区域经济的号令能力,强化提升地缘经济辐射功能。

一是持续增强珠三角"内核辐射力"。

经济内核是区域辐射能力的重要源泉,其辐射的范围取决于现代化和经济发展的水平。广东要增强地缘经济辐射能力,最关键是持续做大、做强珠三角核心区的世界级财富功能,成为代表国家竞逐全球顶级竞争主导权的"主力选手"。

二是推动更多重点骨干项目纳入国家总体盘子。

对于与"一带一路"沿线国家合作,国家已从外交、经贸、人文交流等层面做出顶层设计。广东作为中国最大经济体，应结合国家总体部署，谋划更多龙头骨干项目纳入国家总体盘子。在当前格局下，应主动加强与国家部委办请示汇报，争取更多指导和支持，使更多重大部署和项目落户。

三是加快构建自主性对外经贸服务体系。

在"走出去"风险居高不下的情况下，要在国家总体安排下更好地发挥组织引领作用，引导广大企业"抱团出洋"，从更高层面凝聚更大力量开拓国际市场。尤其要结合广东与沿线国家经贸合作的实际情况，加快建设广东优势产业。围绕加强广东与境外直接联系目标，设立更多驻外经贸办事处，采取"区域总部＋网点"及"多方共建共享"模式，以点带面扩大办事处网点，发挥好沟通、协调、衔接、服务等作用。

四是大力构建服务保障体系。

要把建立和完善对外协调与安全保障机制，强化海外风险预警和防范能力，放在重中之重的位置上，切实抓好。充分发挥驻穗领事馆较多的优势，加强与沿线国家驻穗领事馆的联系，促进与驻外商会、协会等的沟通对接，实现信息共享，为政府决策和企业合作提供服务。建立"走出去"公共服务平台，为企业提供资讯、投融资、法律、财务、税务、保险、市场风险预警等一站式服务。抓好涉外信息和智库建设，提高信息前瞻性、针对性和实效性。

五是发挥华侨华人众多的独特优势。

广东是中国最大的侨务大省，海外华人华侨占了全国的 2/3，是广东深化对外开放的突出优势。要坚持胸怀全局、为侨服务、改革创新、稳中求进，当好海外侨胞和归侨侨眷的贴心人，深入凝聚侨心、汇集侨智、发挥侨力，从更高层面、更深层次、更广领域服务国家对外工作和全国全省发展大局。突出人文交流和经贸合作两大重点，深入推进与当地侨胞的联谊交流合作，以侨为桥开展主流社会工作，促进与"一带一路"国家深化交流合作、增进民心相通，助推企业"走出去"发展。

12

第十二章 点亮人民美好生活

倡导：
构建人类命运共同体

世界百年未有之大变局和新冠肺炎疫情全球大流行交织影响，各国人民的前途命运越来越紧密地联系在一起。加强沟通交流、增进相互理解，倡导开放、包容、普惠、平衡和共赢的全球大合作，携手应对人类面临的共同挑战成为全世界思想碰撞的共同成果。

"21世纪第二个10年，全球大势的一项最新最重大发展，就是人类命运共同体正鲜明地提到世界面前。"国家创新与发展战略研究会会长郑必坚表示，人类命运共同体包含了广大发展中国家共同和平崛起的历史要求，同时又包含美西方在内的发达国家再发展的要求，具有全球包容性和高远前瞻性。推动构建人类命运共同体，就是要超越历史、文化、民族、宗教、制度等差异，弘扬和平、发展、公平、正义、民主、自由的全人类共同价值，凝聚不同国家人民对美好生活向往的最大公约数，共同呵护人类唯一赖以生存的地球家园。

数据显示，截至2021年9月，中国疫苗的年产能已达50亿剂。"助力全球抗疫，中国的疫苗已经供应150多个国家和地区，光是国药就为全球112个国家和地区供应新冠病毒灭活疫苗。"国药集团首席科学家杨晓明透露。日本AGC集团作为一家百年日企，自上世纪70年代末进入中国已有40余年，见证了中国的经济腾飞，并在广州有最为先进的技术公司。"去年由于疫情的原因，我们遇到了一些困难，但是我们得到了中国政府的鼎力支持，全世界有300名来自AGC的技术人员，在有疫情的情况下还是能够来华工作。"该集团中国总代表上田敏裕说。

永远站在历史正确的一边，站在人类进步的一边，推动历史车轮向着光明的目标前进。新的征程上，中国共产党将致力于让中国人民和世界人民都过上好日子。

习近平主席为阿联酋迪拜世博会中国馆作视频致辞指出："中方倡议，世界各国人民一道努力，回应时代呼唤，加强全球治理，以创新引领发展，朝着构建人类命运共同体的方向不断迈进。"从改革开放以来中国参加的历届世博会可以看出，全球性问题愈来愈多，人类开始不得不面对世界对人们的考验——政治多极化、经济全球化、文化多样化和社会信息化潮流不可逆转，各国间的联系和依存日益加深，但也面临诸多共同挑战。粮食安全、资源短缺、气候变化、网络攻击、人口爆炸、环境污染、疾病流行、跨国犯罪等全球非传统安全问题层出不穷，对国际秩序和人类生存都构成了严峻挑战。不论人们身处何国、信仰如何、是否愿意，实际上已经处在一个命运共同体中。与此同时，一种以应对人类共同挑战为目的的全球价值观已开始形成，并逐步获得国际共识。构建人类命运共同体，已然成为一种全球发展的必要趋势。

在解读中国改革开放以来参加的往届世博会的启示中，我们看到，广东对我国社会主要矛盾已经转化为人民日益增长的美好生活需要和不平衡不充分的发展之间的矛盾的事实有了更加深刻的理解。

面对动荡的世界大环境，广东省结合落实党中央、国务院和省委、省政府的各项决策部署，坚持"以内循环为主，外循环为辅"的新经济发展模式，加快企业结构性调整以及转型升级，鼓励民企创新型发展，激发国内大需求，通过加强投资和资源整合力度，明确产业调整方向，增强产业创新力，加快转换外贸发展方式，加快步伐布局"一带一路"，支持民营经济和强化内源经济发展等途径，积极应对国际经济形势带来的挑战和压力，在发展经济的同时不忘"绿水青山就是金山银山"的新理念，推进生态文明建设和绿色低碳发展，为人民子孙后代创造一个可持续发展的绿色美好的地球家园。大力开展精神文明建设，使更多年轻人了解广东独具特色的岭南文化，树立文化自信，增强我国文化软实力和综合国力竞争力。更重要的是坚持推动习近平新时代中国特色社会主义思想，在广东大地落地生根，结出丰硕成果，努力实现"四个走在全国前列"，以解决人民日益增长的美好生活需要和不平衡不充分的发展之间的矛盾为目标而奋斗，率先打造人民美好生活的幸福家园。

迪拜世博会鸟瞰图

擘画：
美好生活新蓝图

国之兴衰系于制，民之安乐皆由治。党的十九大报告提出打造共建共治共享的社会治理格局。在参加十三届全国人大一次会议广东代表团审议时，习近平总书记曾寄语广东"在营造共建共治共享社会治理格局上走在全国前列"。

大力推进市域社会治理现代化，是广东营造共建共治共享社会治理格局走在全国前列上的关键一环。近年来，省委坚决贯彻落实党中央决策部署，持续在提高社会治理体系和治理能力现代化水平上下功夫，以推进市域社会治理现代化为抓手，不断创新社会治理的新路径、新方法，形成一批走在全国前列、获先进表彰的创新经验，为"努力把广东建设成为全国最安全稳定、最公平公正、法治环境最好的地区之一"贡献力量。[1]

坚持全省"一盘棋"推动：
市域社会治理现代化纳入发展规划

推进市域社会治理现代化，是推进国家治理体系和治理能力现代化的重要内容。广东始终坚持高位推动市域社会治理现代化。

为此，省委常委会多次召开会议，要求把推进市域社会治理现代化作为广东当前和今后一个时期的重要工作任务，作为"在营造共建共治共享社会治理格局走在全国前列"上的关键一环，纳入经济社会发展规划，与平安广东建设同步谋划、同步推进、一并考核。广东省委成立由省委主要领导任组长的省委平安广东建设领导小组，在领导小组框架下统一协调推进市域社会治理现代化及试点工作等。目前，全省21个试点地区均成立由市委主要领导任组长的平安建设领导小组、市域社会治理现代化试点工作领导小组，统筹平安建设与市域社会治理工作。

凡兵，制必先定。推进市域社会治理现代化走向深入，必先完善制度设计。近年来，省政府制定了关于全省加快推进社会治理

---

[1] 节选自：广东省人民政府网 http://www.gd.gov.cn/zwgk/zcjd/snzcsd/content/post_3917083.html 《我省扎实推进市域社会治理现代化 创新社会治理新路径 擘画美好生活新蓝图》[引用日期 2023-3-16]

现代化"十四五"规划的文件，省委平安广东建设领导小组办公室配套制定了广东省加快推进社会治理现代化"十四五"规划的重点任务分工，全面系统谋划部署加强市域社会治理工作。

全省上下"一盘棋"，迅速形成工作合力。广东专门出台工作指引，明确要求各地要将市域社会治理现代化纳入经济社会发展全局中谋划、纳入市级"十四五"规划，市委主要领导要把推进市域社会治理现代化及试点工作作为"一把手工程"来抓。

珠海

绘好工作路线图，我省先后制定系列配套性文件，既细化中央部署，又突出广东特色，为各地开展市域社会治理现代化试点工作提供基本遵循和评估标准；省委政法委印发关于省委政法委领导定点联系指导广东省全国市域社会治理现代化试点工作机制，加快提升我省市域社会治理现代化整体水平；省委政法委、省公安厅、省司法厅、省民政厅、省应急管理厅等单位牵头任组长，省直各有关单位参与，组成5个分片联系指导小组，定期对珠三角、粤东、粤西、粤北片区的试点工作开展专项督导调研。

法者，治之端也。在推进市域社会治理现代化过程中，广东坚持发挥法治保障作用，推进制定《法治广东建设第三个五年规划》《广东省优化营商环境条例》等，通过深化法治政府建设示范创建活动，加强社会治理领域执法司法等，努力营造国际一流法治化营商环境。2022年1月1日起，《广东省平安建设条例》正式施行，这是我省首部关于平安建设的省级地方性法规，为在更高起点上推进平安建设提供更有权威、更可操作、更具针对性的制度保障。

推广 10 项改革重点任务：
催生一批社会治理创新品牌项目

此前，深圳光明区某公司因经营困难，拖欠一批工人工资。事发后，光明区第一时间成立群众诉求服务工作专班，顺利促使劳资双方达成调解……通过建立"五个一"矛盾化解机制，该区总结出"一站式"解决群众诉求的"光明经验"。

近年来，像这样的社会治理创新项目在广东各地不断涌现。2021年，我省确定"推广光明经验全面开展'一站式'多元解纷和诉讼服务体系建设"等10项市域社会治理体制改革重点任务，强化市域社会治理领域综合性、基础性、系统性改革创新，催生一批试点品牌。

在加快构建市域社会治理平台方面，广东建立省、市、县三级协同联动机制，全面构建以综治中心为枢纽、以综合网格为单元、以政法力量为主导、以大数据为支撑的"综治中心+网格化+信息化"社会治理平台。同时，专门制订指导意见，加强对各级综治中心的统一规划、整体实施，大力推进综合网格建设，对各类社会治理事项"一站式接收、一揽子调处、全链条解决"。

在全省各地，科技赋能社会治理的创新实践层出不穷：聚焦"大平安"理念，广东以省域治理现代化为牵引，依托"一网统管"建设体系，加快推进"粤平安"社会治理云平台建设，推动现代科技与平安建设深度融合，初步实现"一个平台管平安"。

关心关注每一个人的心理健康，有利于更好构建和谐社会。2020年，我省制定《关于在全省基层综治中心建设社会心理服务站（室）的指导意见》；2021年，"粤心安"社会心理服务站建设纳入省委、省政府党史学习教育"我为群众办实事"重点民生项目清单，目前全省乡镇（街道）覆盖率已达100%，村（社区）覆盖率达98.7%。

自"粤心安"社会心理服务站（室）推开后，在推动完善社会治理中大展身手，各地依托"粤心安"社会心理服务站大力开展社会心理服务，极大纾解了疫情给市民心理健康带来的消极影响。

完善市域社会治理体系，广东也加快推动镇街行政管理体制改革。目前，全省已建立综合治理委员会、公共服务委员会、综合行政执法委员会等统一指挥协同治理平台，配齐配强乡镇（街道）政法委员，深入推进镇街综合执法体制改革，打造统一的综合行政执法指挥平台。此外还通过制定乡镇街道权责清单，全面厘清上级政府及其职能部门与乡镇街道的权责边界。当前，市域社会治理对象多样、任务繁重。奋进新征程，广东将以防范化解影响安全稳定的重大风险为切入点，充分发挥政治、法治、德治、自治、智治"五治"作用，推动共建共治共享社会治理格局早日形成。

走进横琴粤澳深度合作区荷塘社区石山村，鲜花绿植装扮村居街角，光影长廊灯光掩映，文化绘墙创意十足……昔日的"城中村"已成为名副其实的"网红村"，吸引游客纷至沓来。这得益于横琴创新开展"物业城市"社会治理新模式。如今，横琴9个自然村全部实现物业小区式管理，垃圾分类、网格巡查、牛皮癣清理等社会服务均实现100%覆盖。

2018年，横琴首创"物业城市"社会治理新模式，推动社会治理由"政府全包"向政府、企业、社会三驾马车"共建共治共享"模式转变。该模式突出社会企业、社会组织作用，以服务为宗旨，在服务中管理，由澳门街坊总会横琴办事处、横琴公共秩序协会等社会组织积极提供老年康复、幼儿托管、老年饭堂等服务。

推动社会治理方式完善提升，离不开科技赋能。据悉，目前"物业城市"APP平台深度嵌入AI、大数据、区块链、物联网等技术，初步实现对公共空间和公共资源的智能化识别、定位和管理，社会治理工作闭环基本形成。

在用户层面，"物业城市"APP实现了咨询、上报、服务、办事、督办等"五个一键"功能，对接养老、门禁、劳动保障等多维公共服务系统。此外，还开发了"民生微实事""城市日常问题上报处理""志愿活动报名参与"等功能。通过"物业城市"APP"一键上报"功能，无论是公共设施报修还是举报噪音扰民，市民都能轻松上报，并得到高效处理。

截至2022年3月底，"物业城市"APP有注册用户38.9万余名、志愿者1315名，专业服务机构10个，企业173家；"一键上报"板块共受理案件92308宗，其中城市服务运营公司处理82465宗，市民处理3494宗，政府部门兜底处理9691宗，一个市民、志愿者、普通商户、社会组织、城市服务商、政府协同的社会治理"新生态圈"已然形成。

为营造和谐有序的生活环境，"物业城市"模式还积极探索运用人民调解机制，设立"橙子调解工作室"，吸纳法律、物业管理等人才，最大限度将矛盾纠纷化解在萌芽状态、初始状态。

如今，"物业城市"社会治理新模式已走出横琴，被全国多个城市成功复制。

专家视角：
率先打造人民美好生活的幸福家园

省委党校经济学部副主任　　　　　　　　　　　　　　　　　　　　胡霞

　　本届迪拜世博会已然进入尾声，然而对于一场世博会而言最重要的不是它的过程和结果，而是后人将此次世博会所得到的经验去创造人类更美好的未来。广东将深度解读本次世博会的启示，全面贯彻习近平总书记的中国特色社会主义现代化理念，落实党和国家的政策方针，同时探求广东新发展道路，打造人民美好生活的幸福家园。

　　"十四五"时期，我国将进入新发展阶段，我国社会主要矛盾已经转化为人民日益增长的美好生活需要和不平衡不充分的发展之间的矛盾。在此发展阶段，广东坚持以正确认识和妥善处理我国社会主要矛盾为着力点，积极探索化解制约人民美好生活矛盾和问题的方法及途径，以满足人民日益增长的美好生活需要为根本目的，从促进区域协调发展、加强基础设施建设等多个方位入手，提出并施行了一系列改善民生福祉、实现人民美好生活的做法和举措，为全力打造人民美好生活的幸福家园不断奋进。

持续提升发展的整体性协调性
推动形成区域协调发展新格局

　　区域发展不平衡不协调，是困扰广东高质量发展的重点问题，也是制约广东人民美好生活需要的重要因素。增强区域发展的整体性协调性、优化区域协调发展的新格局，将较大程度地改善各地区人民生活水平，为广东率先迈向社会主义现代化提供均衡协调的空间支撑。

　　2019年，广东省委和省政府印发《关于构建"一核一带一区"区域发展新格局促进全省区域协调发展的意见》，提出构建形成由珠三角地区、沿海经济带、北部生态发展区构成的"一核一带一区"区域发展新格局。目前该发展格局正逐步形成，各区域协调发展取得显著进展，区域发展差距扩大趋势有所缓解。新发展阶段广东将以更大力度全面推进新发展格局的构建，优化发展珠三角核心区，大力强化广州、深圳"双核"引领作用，增强对周边区域的辐射带动；推进沿海经济带东西两翼地区加快发展，构建与珠三角沿海地区优势互补的新增长极；促进北部生态发展区绿色发展，打造生态经济发展的广东标杆；积极推动"一核""一带"与"一区"协同联动发展，进一步完善区域对口帮扶协作机制，推动珠三角地区与粤东西北部产业协同化发展，并实施新一轮造血式对口帮扶。

此外，广东规划建设五大都市圈，各都市圈将依托各自特点及长处，发挥带动作用及资源优化配置等核心功能，进一步促进城镇的合理布局，实现社会公共资源共建共享。

全面加强基础设施建设
推动构建现代化基础设施体系

基础设施是经济社会发展的基石，全面加强基础设施建设、打造现代化基础设施体系，不仅是构建新发展格局、推进高质量发展的必由之路，也是影响居民获得感和幸福感的重要因素。广东省始终抓紧抓实基础设施建设，历年取得新成就和新突破。

"十四五"时期，广东将继续加大基础设施建设力度。发展改革委发布的《广东省2022年重点建设项目计划》显示，2022年全省重点项目主要涉及基础设施工程、产业工程、民生保障工程三大领域，总投资7.67万亿元。其中，基础设施工程领域计划投资占年度计划投资的55.48%，包括公路工程、铁路工程和新型基础设施工程等9大类别，涵盖推进"12312"交通圈快速形成、建成互联互通的城乡基础交通网等多个领域，为人民便捷、高效出行等方面提供坚实支撑。在充分保障传统基础设施水平继续提升的同时，广东全力构建高水平新型基础设施体系，推动建设全国领先、世界一流的信息基础设施和创新基础设施集群等，充分发挥新型基础设施牵引作用，并推动与传统基础设施融合发展，以多角度全方位地提升人民生活品质。

全面实施乡村振兴战略
推动提高农民生活水平

随着脱贫攻坚战取得全面胜利，推进全面乡村振兴被摆在了我国发展的重要位置，成为了迫切的历史性任务。广东积极实施乡村振兴战略，从提高农业现代化程度、提升乡村宜居水平、促进农民持续增收等多个方面入手，助力增强广东千万农民的幸福感和美好生活水平。

要积极主动推动农业农村发展。实施现代农业产业园能级提升行动，提高农业现代化程度。政府结合当地发展状况及资源禀赋，研究制定新时期农业发展的新布局和新结构，大力发展特色优势产业。全面实施现代农业产业集群工程，推进建设农业现代化示范区、现代农业产业园和具有广东特色优势的产业集群，同时逐步推进广东数字农业发展行动计划，率先打造农业示范县、数字农业试点县、农产品跨境电商试验区等，并积极总结试点经验以推向全省实施。实施乡村建设行动，提升乡村宜居水平。广东以农村建设为主要发展方向，持续改善农村人居环境。包括统筹城镇和乡村规划建设，合理优化乡镇布局；加快农村物流基础设施网络构建，提升乡村物流服务便捷化水平；大力推进农村供水改革，建立智能化、规模化农村供水体系；实施新一轮农村电网升级改造，保障乡镇居民用电需求等多方面发展及建设。健全农民收入持续稳定增长机制，促进农民持续增收。推动农村居民平等就业，健全农民输出输入地劳务对接机制，鼓励就近就业、就地就业，实施农产品保供行动，发展"菜篮子"、"果盘子"等工程，充分推动农业发展并全力保障农产品流通销售。目前广东省乡村振兴已取得了历史性成就，乡村产业加速发展，乡村面貌发生大幅转变，农民生活水平大幅提升。

全面推进环境污染系统治理
推动建设绿色美丽广东

目前我国进入新的发展阶段，生态环境与社会稳定可持续发展的联系更为紧密，人民对于良好生态环境的要求日渐提升，人民群众生活幸福指数中生态环境所占据的地位也不断凸显。为满足人民日益增长的优美生态环境需要，广东坚持走生态文明发展道路，致力打好污染防治攻坚战，以建设绿色广东为战略目标，满足人民对于优美生态环境的需要为着力点，持续改善生态环境质量，打造人民群众满意的绿色美好家园。

近年来，广东省始终将推进污染防治、改善生态环境作为重点任务，并取得重大阶段性成果，在蓝天、碧水、净土三大保卫战中历年取得新突破。立足污染防治攻坚新发展阶段，广东省总结原有经验，并进一步创新完善做法举措，在大气污染防治方面，采取多污染物协同控制和区域协同治理，逐步完善各区域大气污染联防联控机制。水环境治理方面，统筹推进水环境治理、水生态修复、水资源保护和水安全保障，提高污水处理效率，推进解决生活污水治理。土壤环境安全方面，推进土壤污染源头控制及被污染土壤的管控与治理修复，提高污染地块安全利用效率及土壤环境综合监管能力。此外，广东稳步推进各项生态环境保护重大工程建设，为污染物排放总量持续减少、生态建设与修复提供坚实保障。

持续增进民生福祉
推动提升人民幸福感

切实增进民生福祉、保障民生福祉达到新水平是"十四五"时期经济社会发展的重要目标之一。广东坚持将保障和改善民生作为着力点，瞄准"学有优教、劳有厚得、病有良医"等多个目标，深入贯彻以人民为中心的发展思想，采取多项有效措施，切实加强和改善民生，全面持续增进民生福祉，推动提升人民幸福感。

2022 年广东出炉的"十件民生实事"中，排在首位的便是"学有优教"相关内容。新时期广东将继续全面落实教育优先发展战略，新建、改扩建公办中小学、幼儿园，逐步实现本科高校地市全覆盖，增加优质教育资源供给，推进从"高教大省"向"高教强省"的转变。其次，广东实施积极就业政策，持续推进三项工程，千方百计扩大就业并保障人民能够更充分更高质量就业，同时积极探索收入分配制度改革、优化分配制度，助力提高人民收入水平。此外，广东以保障人民生命安全和身体健康为中心，推动卫生健康事业继续发展，系统性塑造强大的公共卫生体系，全面提升全省医疗卫生服务质量和水平，以充分满足人民群众卫生健康需求，保障居民"病有良医"。

在新的发展阶段，广东省牢记嘱托、感恩奋进，切实满足人民日益增长的对美好生活的向往，多措并举增进广大人民群众的满足感、幸福感，为率先打造人民美好生活的幸福家园努力奋斗。

参考文献

[1] 张伟伦. 一位老世博人的记忆——专访中国贸促会原副会长王锦珍[J]. 中国对外贸易, 2022(06): 85-87.

[2] 骆东华. 1982年美国诺克斯维尔世博会[J]. 风景名胜, 2010(04): 22.

[3] 高峰. 中国重返世博会后的参会经历[J]. 党建, 2010(5): 60.

[4] 李绍刚, 李思东. 事件旅游影响及对我国的启示——以1984年美国新奥尔良世界博览会为例[J]. 商业研究, 2007(10): 192-196.

[5] 夏松涛. 改革开放以来中国参加世博会的经历及其启示[J]. 当代中国史研究, 2010, 17(01): 72-79, 127-128.

[6] 刘洋. 筑波: 科学乌托邦[J]. 环球财经, 2011(9): 43-46.

[7] 无名. 新中国成立后中国参加过的世博会[J]. 制冷技术, 2010(1): 64-64.

[8] 彼得·斯金纳, 李丹锋. 向南岸学习 1988年布里斯班世博会, 澳大利亚[J]. 时代建筑, 2011(01): 58-61.

[9] 姜永烛(选译). 1988年布里斯班世博会[J]. 英语沙龙; 锋尚, 2007(4): 50-51.

[10] 无名. 新中国参加过哪几次世博会[J]. 前线, 2010(5): 10-10.

[11] 夏杰长, 肖宇. 数字娱乐消费发展趋势及其未来取向[J]. 经济研究参考, 2020: 121-128.

[12] 龚云表. "巨大靴子"下的艺术之旅[N]. 新民晚报, 2009.11.07.

[13] 英犁. 世博经济热起来[J]. 绿色中国(B版), 2010, (6).

[14] 中国与世界博览会[J]. 小读者, 2010, (5).

[15] 唐子来, 陈琳. 世博会的经典案例研究之二: 1998年里斯本世博会[J]. 城市规划汇刊, 2004(02): 13-16+95.

[16] 李振宇, 宋健健. 城市事件媒介下旧工业地段改造策略研究——以里斯本世博区城市更新为例[C]. //2016年中国第七届工业遗产学术研讨会 论文集. 2016: 320-327.

[17] 玮儿. 来自德国的报道: 汉诺威世博会[J]. 世界知识, 2000(14): 42-45.

[18] 唐子来, 朱弋宇. 世界博览会的经典案例研究之四: 2000年汉诺威世博会[J]. 城市规划汇刊, 2004(04): 49-52+95-96.

[19] 戴颖. 往届世博会对2010年上海世博会的启示[D]. 上海交通大学, 2008.

[20] 朱亮. 自然的睿智——2005日本爱知世博会[J]. 装饰, 2010(12): 54-59.

[21] 郭定平主编: 《世博会与国际大都市的发展》[M]. 上海: 复旦大学出版社, 2007.

后记
AFTERWORD

《迪拜世博会 广东启示录》终于成书，这是继2010年上海世博会和2015年意大利米兰世博会之后，关于广东参博工作思考之续赓。

设博览会以励百工。世博会作为人类文明成果荟萃的伟大盛会，是各国人民欢聚、交流、沟通和展示、学习借鉴人类文明成果以及对人类未来发展思考的世界舞台。本届世博会和中国馆的主题分别是"沟通思想 创造未来""构建人类命运共同体——创新和机遇"。围绕主题，广东参博工作全方位倾情演绎"合作创新 魅力湾区"，宣传粤港澳大湾区，演出岭南文化，展示广东质造，讲好广东故事，引起巨大反响，让世博会刮起"广东旋风"。雁过留痕，风过留声，这本启示录既有对广东参与迪拜世博会每场活动的亮点记录，也有对不同人物的专题访谈，还有对世博会历史的精心梳理，更有对广东进一步高质量扩大对外开放的深度探讨。希望这本书开卷有益，能够给大家带来一些启发和思考。

事非经过不知难。本届世博会又是在新冠肺炎疫情下举办的。在疫情大考之下，广东省上下同心，戮力前行，克服种种困难，创新举办模式，线上线下融合，迪拜广州深圳三地同步，十六场活动高潮迭起，不出国门看世博、觅商机、拓市场，搭建起广东与阿联酋及世界各国的经贸文化精彩桥梁。

20世纪70年代以来，我国会展业从小到大，从一级城市向二三级城市不断发展。近年更以年均近20%的速度递增，行业规模逐步扩大，专业场馆建设日臻完善，会展业已成为国民经济发展的新亮点，成为名副其实的"无烟"产业。由于旅游业和会展业之间天然的耦合关系，使会展旅游成为当前我国旅游业发展的热点。就旅游行业而言，会展旅游并非大众产品，但却是旅游行业中创造较高经济效益的一个分支。就旅游产业的功能而言，会展旅游的开展，也较好地能体现旅游业在促进社会经济发展中所具有的价值。因此，这也是我编撰此书的另外一个主要原因。

未来，我相信广东省将努力践行"世界各国人民一道努力，回应时代呼唤，加强全球治理，以创新引领发展，朝着构建人类命运共同体的方向不断迈进"的倡议，为"全面建设社会主义现代化国家新征程中走在全国前列"贡献更大的力量！

　　此外，本书的编撰得到了我的学生陈柳余、詹俊杰、叶思颖、谭港民、盘可欣、江汇林，以及参与本届世博会报道的各媒体的帮助，且本书的出版还获得2022年度广东海洋大学横向课题（项目编号：330601052202）的部分资助，在此一并深表感谢！

　　是为后记。

张欢

2023年3月